当代作家精品·散文

安神的气息

蒋曼 著

天津出版传媒集团
天津人民出版社

图书在版编目 (CIP) 数据

安神的气息 / 蒋曼著 . -- 天津 ：天津人民出版社，2021.12

（当代作家精品 / 凌翔主编 . 散文卷）

ISBN 978-7-201-17766-3

Ⅰ . ①安… Ⅱ . ①蒋… Ⅲ . ①散文集－中国－当代 Ⅳ . ① I267

中国版本图书馆 CIP 数据核字（2021）第 211339 号

安神的气息

ANSHEN DE QIXI

出　　版　天津人民出版社
出 版 人　刘　庆
地　　址　天津市和平区西康路 35 号康岳大厦
邮政编码　300051
邮购电话　（022）23332469
电子信箱　reader@tjrmcbs.com

责任编辑　岳　勇
封面设计　陈　姝
封面插图　王　芹
主编邮箱　jfjb-lx2007@163.com

印　　刷　三河市金元印装有限公司
经　　销　新华书店
开　　本　710 毫米 ×1000 毫米　1/16
印　　张　16.5
字　　数　220 千字
版次印次　2021 年 12 月第 1 版　2021 年 12 月第 1 次印刷
定　　价　58.00 元

目 录

第一辑 安神的气息

第二辑 我们不一样

第四辑　原味与素简

第五辑　时间的流苏

第一辑　安神的气息

推开那道篱笆，小心地走进蜿蜒的路，死去的桉树在尤加利精油中复活。冰层裂开，声音斑驳，闪电点亮了乌云，稻花香弥漫八荒。

安神的气息

近年来，焦虑似乎成为一种颇为流行的情绪。流行的芳香疗法宣称：香薰精油能对症下药，来拯救高速时代日益焦灼的心灵。人们相信这些浓缩自然精华的气味能瞬间抚平心灵褶皱，愈合疲惫。最有名的是薰衣草，它独特的安神效果简直是家喻户晓。后来，听一个专业的香薰师介绍，薰衣草缓解焦虑、改善睡眠的作用对中国人并不明显。究其原因，薰衣草在西方被广泛种植，是许多人童年的记忆，他们闻到薰衣草时自然感到亲切、放松。而对于中国人，薰衣草是陌生的气息，它的气味并不能让我们在过去的回忆中寻找到慰藉。自然，安神的作用也就因人而异。

原来，打动我们的不只是气味，还有气味包裹着的时光，它们古旧而安详，让我们瞬间回到熟悉的氛围中去。童年单纯的愉悦与松弛，是一生中最初的良辰，记忆深刻。那时的气味包裹着那时的心境，镌刻在记忆中，被日常琐碎封存。但总有一个时刻，气味会把我们再次带到现场，闭上眼，笼罩四周的还是当年的岁月静好，年华无伤。

人们的味觉记忆其实是非常顽固的，也许当年并未留意，但总有一个时刻，当熟悉的气息传来，我们会在瞬间穿越时光。

普鲁斯特在《追忆似水流年》中描述了一段关于气味的独特经历："天色阴沉，看上去第二天也放不了晴，我心情压抑，随手掰了一块小玛德莱娜浸在茶里，下意识地舀起一小匙茶送到嘴边。可就在这一匙混有点心屑的热茶碰到上颚的一瞬间，我冷不丁打了个颤，注意到自己身上正在发生奇异的变化。我感受到一种美妙的愉悦感，它无依无傍，倏然而至，其中的缘由让人无法参透。"

不过是一块普通的饼干，却让普鲁斯特在一刹那回到了童年。小玛德莱娜点心浸在茶里的气味，就是他小时候拜访姨妈家时经常闻到的味道。正是这样的味道激活了作者对往事的记忆，也唤起了当时情境下的温馨和愉悦体验。

我喜欢的气味是田野上烧秸秆的味道，即使不是乡下人，我也喜欢夏天，初夏或者夏末，傍晚，天空还异常的明亮，暮霭匍匐在山边，渐渐席卷。空荡荡的田野总有火堆开始燃烧，不管是开始时的青烟还是燃烧后的余烬，都散发着安谧和惬意。那些麦秆、稻草，被阳光晒得干脆的藤蔓与野草，它们被农人堆在一起，火与烟袅袅而上。这样的傍晚，格外的温馨和缓，牛吃饱了草，活也做完了，乡下人在水塘，小河边慢慢洗手洗脚，掸落衣服上的草屑和泥土。炊烟从看得见的青瓦屋顶、竹林中升起。

这时候，我常常坐在高坡上，看天地稀疏，岁月悠长，一个长长的夏日在秸秆燃烧的味道中缓慢流过，微热的石头和我一起自在地舒展平躺。对我来说，能给我平静和抚慰的味道不是薰衣草，是炊烟缭绕，是秸秆燃烧。那些在生命起端出现的日常，即使当时以为无足轻重，却能在许多年后重逢时，凭着味道，直达脑海，勾连出往昔，昨日重现。甚至你以为遗忘的过去，也会在气味的牵引下，历历在目。

端午日近，城市里开始弥漫着艾草、菖蒲的气味。即使从人声嘈杂的市场走过，这样的味道也足够安神。夏天来临，这些春天的灌木刚刚长成壮年，气味强劲。携带着千年的嗅觉密码，在透明的空气中伸出手，轻声召唤。它唤起的不仅是个人的童年，一个民族幼年的单纯与温情，也被保留在植物的气味中，年年安慰。团聚的人、孤独的人，由着这来自田野的芳香，回忆起每一个节日积淀的沉静、热闹。往日只剩美好，我们浸泡在巨大的松弛中，像水草自由摇曳。

能安神的气味并不神秘，它是从岁月深处吹来的和风，即使穿过寒冬，也携带当年的暖意。不同的人有专属于自己安神的气味。席勒写作时，要闻着烂苹果的气味才能文思敏捷。大家都说这是作家的怪癖，也许苹果的背后也藏着一段丰饶的岁月，它虽然流逝，却靠着气味活在一个人的心里。

锯木头的木屑、寺庙里的焚香、太阳晒过的被子、翻开新书的油墨味、刚割下的青草味、大雨之后的土腥味、孩子的奶香……据说人的鼻子能够分辨和记忆超过一万种不同的味道，它比我们的记忆更隐秘，也更执着。它胶着人的情绪，牢固地沾附在记忆中等待开启。

渔村里走出来的人，咸腥的海水气味是安神的气息；草原上初夏的蘑菇清香能安慰离开马背的人们；城市格子间的某人嗅到松木的清香就心旷神怡……

我们喜欢的气味背后，有我们知道的、不知道的痕迹，那些热爱过、期盼过、陶醉过的往昔。宛如水般侵蚀的痕迹是树状的记忆，蜿蜒而来，顺藤而上。安神的不仅是气味，还有庇护过我们的被珍藏的岁月，温暖又宁静。

——2019 年《思维与智慧》最受读者喜爱的文章

墙上故乡

一个傍晚，偶然转过闹市，走近了一条僻静的小巷。抬眼看：几十年前的家乡，赫然印在墙上。

这是一组以“城市记忆”为主题的壁画，在小巷两边的墙上，画出青灰色的廊柱、青瓦的屋檐。粉白连绵的墙分得齐整，一帧一帧，整整齐齐地沿着小巷排列着。百年的光阴也迤逦而去，顺着看是前进，倒着看是回溯，现在它们都成为历史、成为城市的记忆。在无名的小街墙上，悄无声息地流淌。

仿佛站在家乡和家乡的两端，垂手而立，定睛细看。过去与现在的缝隙之间，细碎的乡愁，也总有溢满的时候。

我们流逝的不仅是时间，还有逐渐消失的空间。田野、河流、天空、交错的街道，在墙上的水墨画里，都成为留白。我的故乡，在墙的那一边：树叶茂密，屋檐高翘，店幡招摇，清晨路边菜摊上几篮青菜，傍晚回家的自行车上孩子揽着爸爸的腰。水井边弯腰的男人，书摊上看小人书的孩子，三三两两，在画布上。

画画的人足够诚意，中国的水墨意境，混合着西方的透视。人在走动，墙上的街道和房屋也呈现出不同的角度，延长、拉伸，仍然和人有着联系，随身而动。只是无数相似的瞬间，被凝固的只有一秒。这是我出生的城市，是我在成长中失去的家乡。

龙王井的水枯了，下穿的隧道破坏了含水层，水被拦截在路的另一方。水井变成了窟窿，百年的老井被推土机几分钟掀起的土掩埋，平整光洁的大理石下面，埋葬着捞月的猴子和天真的月亮。它的水波变成墙上的黑白线条：波心荡，冷月无霜。

器宇轩昂的老树枝叶苍莽，厚实的浓墨和清浅的淡墨交错出郁郁苍苍，那里面藏着阳光，藏着鸟窝，藏着风声，藏着清脆而嘹亮的童谣和蝉鸣。连同青石板上的跫音，全部消失在黑色线条勾勒的层理中，空空荡荡的回忆成为白色的幕墙。

庭院深深，朱红的大门紧闭。我在街的这边俯瞰，院落与院落中间隔着大片的空白。我当然记得那些院落里，应该有青石雕出的半圆形水缸，凿过的凹凸痕迹中，青苔茂密。水缸里有水，有闲闲的小鱼，在圆润的水葫芦里游来游去。我刚剪了短发，趴在水缸边看红蜻蜓盘旋在水葫芦的油绿上，猫也趴着看鱼。

上班的大人们经过，都顺便摸摸我的圆脑袋。隔壁的阿婆停下手中的棉线，手指上的金色顶针不过闪了一下光。我站在了庭院的上空，看时光已过去千万里。从未成为远行的游子，家乡依然变成了故乡。

在城市里，所有的衰朽都以替代的方式退场。更加簇新的背后是消失的沧桑。街道和房屋在期盼的目光中焕然一新。在自己的家乡，我们就是这样在新旧严密地交替中悄无声息地失去了故乡。没有人写下城市的挽歌，只是在这僻静的小巷，在黑白的墙上，我们曾经生活的家乡，终于成为水墨画中陌生而熟悉的故乡。

城市早已生长出新的楼房和街道，在人们一天天的期盼中，我们都在改变。却在这样的傍晚，光阴晦暗，我和家乡睽视，在街的两边。面对面时，轻舟已过万重山。时光静悄悄，在无形的湍流中，被冲成遥远。那么熟悉，那么不安，好像上前一步就能走入画里，只是世上并无神笔马良。

至少，还有这样的墙，让老去的城里人，让从未离开的城里人以这样的方式，在这样的时刻遥记起城市童年的模样，我们未曾忘记的岁月，曾经盛放过那么浩荡年轻的时光。

一生遗失许多路

每一条遗忘的路，都是我们通往岁月深处的茎须。一条条消失，再也不会走过，终成浮萍。在无边无际的世界里，飘飘何所似，天地一沙鸥。俯瞰大地，我们在心里复原所有的遗迹。

普鲁斯特曾经说过：我们徒然回到我们曾经喜欢的地方，我们绝不可能重睹它们，因为它们不是位于空间之中，而是处于时间里。因为重游旧地的人不再是那个曾经以自己的热情装点那个地方的儿童或少年。是的，至此一别，我们再也无法寻访岁月中的那些路。

朋友回很老的老家，站在山坡上，看见破屋还倔强地立在那里，而路却消失在荒草丛中，不见踪影。老屋拒绝游子回家。“十五从军征，八十始得归”，那个悲伤而孤独的戍卒，他找到了回家的路，路却带他走向空空如也。我们都是岁月的戍卒呀，每一回首，不见鸿雁飞，不见来时路。故乡是陌生人的家乡，我们留下的空白被他人填补。

路还在，路却不能带我们走向希望到达的地方。记得又怎样，忘记又如何，我们再也不能走在那条路上。看不见的命运拉扯着人，一步步远离那些熟悉的路：瘦削的小路、康庄的大道。

外公当年在永乐中学任教，每年暑假，我们像候鸟一样，准时去那里团聚。在清澈的小河里游泳、钓鱼、网虾。中午睡得百无聊赖，起床时，照例是井水浸凉的西瓜和格外缓慢的童年。外公借了一间大教室，让我们做作业，真是阔绰的大手笔。把每一科作业放在不同的书桌上，东南西北，转着做，想做哪一科，就坐哪一方。暑假空荡荡的校园是自由的跑马场，外公看着我们痛快放肆地欢笑，他也笑，穿着白色的汗衫，带着轻便的草帽，慈祥地笑。外公死后，那条路，也和我们阴阳两隔。再也没去过那里，虽然仍然是菁菁校园，欢声笑语。

有一年，妈妈生了很重的病，住在县医院里，医生下了两次病危通知书。刚上高中的我，每天傍晚从学校到医院，什么也不能做，只能在病房里坐十来分钟，又要回去上自习。那条穿过城市最繁华热闹的路，却走得冰凉而寂寞。一天一遍，像西藏转山的信徒。在路上，求遍了所有神灵，希望用苦行僧疲惫而苦痛的脚程来分担母亲的病痛。每天都这样走上一个小时，走得汗流浃背，走得腿脚酸痛。终于，是虔诚感动了上苍吧，妈妈终于康复出院。那条路，我走了两个月。走得绝望时，两眼含泪，凝视着桥下的江水，都是波光粼粼，无边无际。遗失的是路，记得的是一个孩子无处讲述的恐惧和依恋，和微弱而倔强的诚心。

女儿两岁时，寄养在亲戚家里，每天都要去看她，抽空从单位里去。带她出去玩，或者送她回去。那条路，穿过一片倒闭的工厂，来往的人不多，有零落的路灯。傍晚时，城市璀璨的灯火被隔离在黑黢黢的厂房剪影之外。我牵着女儿软软的手，合着她的脚步慢慢走。风吹来时，听树梢的风，追落下的叶；月亮升起时，我抱着她，一起看着月亮。那是幸福而温馨的路，路的两头是牵挂的孩子与工作。虽然愧疚和焦虑常常伴随，但那条冷清的路却能让一个在生活与工作中忙碌的年轻母亲获得宝贵的宁静，以及短暂的属于自己。路边的桉树发出幽微的清香，若有若无。桉树叶落在水泥地上，被风刮出清脆的窸窣声。黑色厂房的剪影把天空剪成不规则的几何形状，路边荒草萋萋，是泼辣而倔强的生机。那条路被我称为幸福的路，因为相聚，是和年幼的孩子，也是和平静的自己。

后来，女儿被接回了家，厂房被推到，一大片新兴小区拔地而起，那条路消失在城市的成长中。即使我仍然记得路上桉树的清香，月光和清风穿过黑夜时，宁静而空旷的自由。但我再也无法以同样的心情走同一条路。承欢膝下的软香孩子长成了叛逆、繁忙的少女，中年的母亲也有了更多的生活内容。时光把所有人雕刻成不复当初，昨日不再重现，路也消失。

我们慢慢地流离失所，世上纵横的路渐成古陌荒阡，遗失的路是生命中的牵绊与联系。那些曾经留下的痕迹，也终成飞鸿雪泥。然而它曾经抵达的希望、幸福和温暖深融于血液中。它扶持、慰藉，在我们走上新的道路时，也把那些路上的快乐和温情一直传递。

我们受惠的前途，也是我们施与的后路。

传说，人死后，他的灵魂会拾捡起留在世上的脚印。那时，我们会和那些路、那些人和事重逢，包裹其中，是一生的千头万绪。

梦想是月亮

梦想是这个时代最长盛不衰的话题，总有一段时间，所有的媒体会提醒大众：检查一下，梦想还在吗？你实现还是失去了当初的梦想？凡人大多经不住这样的质问，惶惶之中，由此鄙薄自己的人生。

梦想是青春中开放的花，它自然没有一直开下去的理由。它有时过于天真和虚幻，有时又显得模糊和冲动。毕竟，人生是个漫长的过程，而人的梦想繁多、易变。坚守梦想的不容易也在这里，我们常常中途改弦易辙。这其实有遗憾，也有庆幸。有些梦想是用来追寻的，而有些是陪伴。

女儿问：妈妈，你年轻的梦想现在还没实现的，有吗？当然，但是并无遗憾。那是一个几乎无法实现的梦想：希望有一天，能到肯尼迪航天中心，亲眼看到航天飞机从外太空返航。在那着陆的瞬间，储存在少年时代的热泪会在我衰老的眼眶中奔涌纵横。对于星际的热望是少女时代最执着的梦想，我曾经尽可能地收集所有关于太空的资料。在一个偏远的小镇，有个少女，热爱宇宙中的星光。

后来，在城里读高中，看的第一部宽银幕电影是《星球大战》。黑暗中，那些从银幕中迎面扑来的星星，让那个少女惊讶到窒息，打破了对宇宙的想象。至今依然，保持着对太空的兴奋。能亲眼看见航天飞机从外太空归来，无论年岁多少，那一刻，在那些看不见的星尘中我看得到岁月深处从未熄灭的灯光。

女儿说：等我有钱了，我带你到美国去看就行。我笑了，摇摇头。那样遥远的距离，何况，我已经从许多渠道满足了对宇宙的好奇。当马斯克开始他的火星计划时，他早已携带我热望的眼睛。但是还是有这样的梦想，不过，它实现与否已经没有关系了。它变成头顶的圆月，即使看不见的时候，也知道它在那里。每一次眺望，不是遗憾，而是可以重新回到过去，依然波涛汹涌，热泪盈眶。

日本著名建筑师安藤忠雄曾说过一段话："一个人真正的幸福并不是待在光明之中。从远处凝望光明，朝它奋力奔去，就在那拼命忘我的时间里，才有人生真正的充实。"那些没有实现的梦想，不是我们的阴影，是悬在头顶的明月，我们一直沐浴着那片光。

一位朋友，早年是学校里的运动明星。矫健而英气的姑娘，家庭生活却不如意。早早离婚，一个人养大孩子。本以为孩子工作了，她也退休了，可以过一段自由轻松的生活。却不料，年事已高的父母相继病倒，她终日服侍病榻，不眠不休。她把强健的体魄全部奉献给了家人，毫无怨言。

我们偶遇、聊天。突然谈到年轻时的梦想。我的朋友，在沧桑、粗糙的皱纹中，眼睛里还是青春的光泽：我希望有一天到非洲草原上去看那些奔跑的猎豹。我的朋友，一生被命运束缚在家庭之中。她热爱的奔跑变成了日常的快速行走，走在繁琐和凌乱中。用一己之力去撑住世界上所有的墙，为家人奉献一生的光阴。我静静地看着她说到非洲大草原时，那一脸圣洁的光芒。她的梦想，从未实现，却陪着她从年轻走到晚年，她把自由奔跑的梦想寄托在遥远的猎豹身上。

那个梦想，它不是初阳，指示着光芒万丈的方向。那些梦想，是月亮，在寂静的夜里，我们偶尔抬头，皎洁的光芒可以让人宁静而清凉，它一直都在我们的头顶之上，陪伴着我们。抵达从不是生活的全部意义，有些梦想，挂在天上，只要凝视，也足够安慰。

当浮士德心满意足地感慨："你真美呀，请停留一下。"他倒下去，那个赌约生效，他把灵魂留给了魔鬼。人生，总得留下一点惦记和念想。因为从未抵达，所以才有渴望。在这行进的路上，有些梦想，提醒着我们路还漫长，路上仍有月光。

布施欢喜

以前，我们住在乡镇时，每隔 3 天，就有集市，称为当场。天刚刚亮，乡下人背着背篼，担着萝篼，装得满满的，都是田野里成熟的蔬菜、瓜果、粮食。走得热气腾腾，满怀希望的样子。沿着街道，一家一家密密地挨在一起。遇上丰收季节，光从这些摊子前面走过，就是赏心悦目的事。平时的乡镇，总是冷冷清清的，大家都在家里、地里忙着，买与卖都是副业。

买菜是女人们的事，因为会讲价。每次买完菜，总有人会炫耀自己的精明和伶俐，低价买到超值的物品，当然是让人开心的事。大家的生活差不多拮据，除了节约，就要会买，物超所值。

父亲只负责买米，妈妈嫌他书生气，买东西从不问价，只有买得贵的。即使偶尔买了便宜货，也是图便宜买老牛，吃亏的总是自己。父亲买米，问："多少钱一斤？"乡下人从萝篼里抓起一把："看看、看看，今年的新米，米晒得干，干净，整粒呢，没得碎米。老师，好米哟。"

乡下人在镇上，都很谦虚，叫谁都是老师。乡下人也很骄傲，对自己的庄稼，只要是自己种的，都是最好的。父亲说好，一斤我多给五分钱，你帮我送上楼。乡下人每次都喜出望外，碰上木讷的书呆子，价钱给得好，帮忙送有什么要紧的，庄稼人最不缺的就是气力。

父亲买乡下人自己的新米、核桃、鸡蛋时，总会比他们要的价格高一点，我们常常笑话他的愚拙。父亲却说："我给的钱并不多，那些乡下人却可以高兴一整天，肩挑背磨的辛苦也就消散了。我并不会因为多给一点点钱而贫穷，看到真心的感激与欢喜，我也高兴。他们明白我知道他们的不易。"这不是施舍与怜惜，不过是借助金钱布施一点意外的欢喜，这样两厢的欢喜。

星云大师曾经讲过这样一个故事：一位向来严肃、沉默的比丘尼在佛学院的同乐会上，居然扮演了一位新娘子，脸上画得红红绿绿，身上是五彩缤纷。这身怪异的打扮与平日里庄重、内敛的形象迥异。同学们在下面笑得前仰后合，笑声持续到终场。星云大师忍不住发问，那个内向而腼腆的姑娘说：因为性格保守、内向，读书几年一直和同学们少有来往。临近毕业，扮演新娘子，是为了布施一点欢喜给大家。

每天乘的公交车要路过市里的骨科医院，常有打着石膏来换药的病人，忍着疼，颤颤巍巍，腿脚很不方便。司机会等他们慢慢上车，在后视镜里一直看到他们找好座位，稳稳当当坐下，才发动汽车。一位阿姨把刚买的栀子花特意放到司机旁边，香气扑鼻，温馨四溅。

普通的人，在随手之间，无意中也可以布施点点欢喜。我们很难有机会演出宏大的戏剧，也永远不会如名人，一呼四应，煽动公众的情绪。不过是在摩肩接踵的人潮中，布施蛛丝马迹的欢喜。

年轻时，处处与人事较真，血气方刚，常常横眉冷对。到了中年，渐渐获得了柔和的力量，理解自己与别人的不易。开始与世界讲和，却不是退让与妥协。坚守自己，宽待他人，不过是给生活布施一点欢喜。

在那些世故圆滑的背后，是我们对人间深深的洞悉：万事如意的顺达背后，都是千疮百孔、捉襟见肘的人生，何苦为难别人与自己。布施一点欢喜，把渐渐熄灭的火烧得再旺一些。

从前，真的很慢

阳春三月，和暖的风吹醒桃花，溪水乍暖。把鸭蛋放在老母鸡的抱窝里，21 天后，扁嘴巴的小黄鸭和尖嘴的小鸡一起从蛋壳里跌跌撞撞挤出来。

著名美食博主制作的咸鸭蛋要从养鸭子开始。弹幕上有人抱怨：吃一个咸鸭蛋，居然要等两个多月，还不算养鸭子的时间。有人回答：我们以前自己做咸鸭蛋，从秋天看着鸭子下蛋，然后一天天收集，然后用黄泥巴加盐包起来，确实要搁到初冬，才会变成油浸黄沙，美味可口的咸鸭蛋呀。

不仅是盐鸭蛋，灌香肠、做腊肉都要有足够的耐性。要冬至之后，天地凉透，猪长到该杀的时候。腌一周，晾半月，还要柏树枝熏过，挂在屋梁上，让北风吹干，才算合格。

妈妈做醪糟，要等秋天新鲜的糯米从田地收割，晒干，谷粒变成米粒。蜂窝煤要烧掉 2 个，蒸上一大锅，和上酒曲子，装在陶盆里，用棉被裹得严实。天气冷点，还要放几个热水瓶在里面。那醪糟坛像个小婴儿。我们来来去去，轻手轻脚，生怕打扰了酵母的发酵，连在那屋里说话都细声细气。对渴望美食的小孩子来说，一天就是一年。我们眼不错珠，心心念念。

好难等，要压着好奇和馋嘴，每天到那堆棉被山边绕几回。像妈妈一样，凑近棉被使劲闻，直到闻得到隐隐约约的香气，还是不能打开。要等着妈妈来打开，妈妈是时间的掌管者，是所有律令的发布者，她说算才能算。

不仅食物的制作要等着食材的成长，万物的生长都有自己的节律。我们不能加速，唯有等待。在等待着体会时间的长度，然后穿梭在不同的等待之间：等杏花开，等佳人来，等新娘上轿，等太阳下山。

今天的年轻人被速食品和外卖训练的大脑，很难理解曾经许多食物的制作，实际上真的很慢，必须有足够等待的时间。我们被省略的时间恰是他人奋力工作的阶段。如今，我们只参与了其中的一个节点，用金钱强行裁剪。一个按键，就可招之即来。失去的不仅是耐性，我们正在失去对许多事物刨根问底的兴趣，我们很不耐烦。

意大利美食作家卡尔洛·佩特里尼 1986 年路过罗马的一处麦当劳，被几十名学生一字排开津津有味吃汉堡的场面震惊。他发起了反对快餐的“慢食运动”。号召人们反对按标准化、规格化生产的单调的快餐食品，提倡有个性的、营养均衡的传统美食。即使在最繁忙的时候，也不要忘记家乡的美食。国际慢食协会的标志是一只可爱的蜗牛，慢慢走呀，慢慢看。如果连吃饭都成为流水线，普通人对生活的感念会遗失在哪片山川?

蒋勋回到台湾小乡村，喝到一碗味美甘甜的鸡汤，随口问，加了什么？邻居笑意盈盈：只有腌了 14 年的橄榄。珍贵的那里只有时间，还有等待的耐心和对万物的怜惜眷爱。

蜜蜂一天要出门 40 多次，一次采 100 朵花，将花粉和花蜜酿制

5～7天，才会有香甜的蜂蜜；蚕要蜕4次皮，把桑叶从嫩绿吃成青绿。半分纸上，细细密密的蚕卵才能长成好几簸箕的胖白蚕，然后是吐丝结茧，化蝶。

所有完整的生命当然有始有终，不管是植物还是动物，不管是人还是庄稼。酿制发酵不仅是食物，还有人的情感。

一封信要写好几天，才能在字句的反复斟酌中妥帖安放情感。还要在路上风餐露宿，才能把一颗心带到另一颗心的身边。修房子要先从种树开始，做衣服要从种棉花开始。那些过去的日子，衣食住行都要享受恩泽的人亲自参与，不得假以人手。我们是享受者，我们也是创造者。

星期天的早晨是一周的洗衣日，一件一件，衣服和被单。从太阳还没出来就开始，一直洗到中午。刚刚够上日中的艳阳，晒一下午，傍晚干爽得挺括。我们要辛苦劳动一天，才能枕着干净的太阳味道入睡。

劳作有时，收获有时。“时”不只是皇历上印刷的数字和节气名字，用粗体做出醒目的标志或者配上精美的诗句。它是真实流动的时间：草长莺飞，白露为霜；袅袅秋风木叶下，千树万树梨花盛开。唯其守候漫长，我们才有相逢的喜悦。

从前，我们真的过得很慢。夕阳的余晖要在西边徘徊好久，天空才会暗淡下来。我们看得见每一片云霞的明灭，每一颗星子从夜幕中现身，每一轮月亮的损益。

那时候，人是时光的见证者，他们参与了生产、生长的过程。而不是变成片段，与所有事物点头之交。然后转身就是天涯，错失于擦肩。

在时代的加速洪流中，我们如蜻蜓点水，掠过所有的表面获得丰富的同时，失去了深入体察的时间。

阴天的天

江南多雨，一不小心，一场雨从冬天下到春天，两个多月不见阳光，是上天无法愈合的伤口。据说，看心理门诊的人都比其他季节多起来。天气性抑郁患者不能欣赏阴雨天的美好，实在让人遗憾。

阴天、阴雨，最大的好处是可以找个合适的借口窝在家里。即使是寒碜的居室，也因为庇佑无端多出温情。阳光灿烂时，人都在室外雀跃，居室多有疲态，我们的怨恨和不满也粒粒分明。天阴时，到能包容一切，逼仄的陋室反而暖和模糊，人的气息在四壁之间回荡、反射。我们自己的存在似乎更清楚一些。

陆游著名诗歌《十一月四日风雨大作》有两首，写的恰好是冬天绍兴的雨。大家都熟悉凄风苦雨中那个铁马冰河的梦，壮丽铿锵。另外一首却格外温暖："风卷江湖雨暗村，四山声作海涛翻。溪柴火软蛮毡暖，我与狸奴不出门。"这样的软和暖非得在阴雨寒冷的天气里才能让人体会完整。

北方人有"猫阴"的传统，遇上阴天，一家人窝在陋室里，做点闲事，说点闲话，吃点闲食，挤挤闹闹，是特别温馨的日子。在记忆里，有如浓云，消散不去。

当然，从透明的窗户中看各种雨：瓢泼的雨、冰冷的雨、缠绵的雨，听各式的风：号啕的风、不动声色的风、阴郁的风。斑驳的雨点和凛冽的风都隔着安全而恰当的距离，事不关己。对比和反衬如此清晰热烈，我们的心在干燥而温暖的房间里，暗自庆幸。大多数幸福来自对比，阴天是最好的衬布。

"我向来厌恶晴朗的日子，尤其是骄阳的春天；阴霾四布或者急雨滂沱的时候，就是最沾沾自喜的财主也会感到苦闷，因此也略带了一些人的气味，不像好天气时候那样望着阳光，盛气凌人地大踏步走着。"20多岁的梁遇春毫不掩饰自己独特的趣味，听他理直气壮地宣告：整天的春雨，接着是整天的春阴，这真是世上最愉快的事情了。忽然就觉释怀，心有戚戚，恨不得隔空伸手，穿过时光，热情洋溢地抓住那年轻人的手，说：幸会，幸会，我也如此。这样小众的爱好实在难与他人分享，人海茫茫，即使时空迥异，仍然有共鸣的感动。

村上春树在夏威夷考爱岛写作《海边的卡夫卡》，恰好是一无所有的岛，配着常常下雨的阴天。半年时间，刚好按照计划，每天写10页，1800页的长篇按时完成。天阴时，我也喜欢坦然地缩在室内，专心写自己的文章。既然身体不能游离四方，就把眼光对内，安心地检巡着心灵的旷野。所有的雀跃和澎湃都需要沉淀的时间，那恰是阴天。

到云南旅游的人，都喜欢那怡人的春天温度，还有盈盈蓝天和阳光灿烂，每一天都是元气满满。特别是冬天，从各地的雾霾和寒冷中逃到昆明的人，都会陶醉在明亮的阳光下。紫外线让普通的花和植物都色彩饱满，鲜艳欲滴。

和一个当地人聊天，说：这晴日，真好。不像四川，云层太厚，雾气太浓，常常是阴天、雨天。结果，当地人看着我，也是一脸的羡慕：

你们的天气才好，还有阴天。我们这都晒了几十年了，每天眼一睁开，就是阳光浩瀚，万物勃发，想找个躲避的地方都没有，连忧伤和沮丧都是太阳焦干的味道。心情不好时，看着这阳光，心里更烦。

这当然源自人们的得陇望蜀。单一是幸福生活的阻碍，人们喜欢变换，即使是阳光和蓝天，长年累月，也有让人厌倦的那一天。

云南的朋友羡慕四川的天气，还有重要的一条：出门方便，抬脚就走，形同裸奔于天地之间，自由得无拘无束。过于炽热的光线让现代人有了更多的防范：一出门，从头到脚，各种原理的防晒，太麻烦了。戴墨镜、戴遮阳帽、打太阳伞，还有涂高倍防晒霜，从指尖到脚背，严防紧守。可恶的紫外线，人被防晒捆绑得结结实实。现代人对阳光有着叶公好龙的爱：眼睛想装满金子样的光线，却把身体紧紧包裹起来。

烟雨氤氲的地方，总有皮肤白皙娇嫩的女子，赤手空拳行走于天地。这是阴天赋予现代人的自由特权。

天晴时都是一样的蓝天白云，难怪生于斯的人会嫌它单调、无趣。天阴则各有不同，有黑云压城城欲摧的威严和猛烈，你猜不透阴云下的未来，总觉得前路惶惶，心中忐忑；有愁云惨淡万里凝的浓郁；也有浓云中天边的亮光，带着让人隐隐的云散日来的希望，一点小小的渴盼。

或者仗着阴雨天的连绵悲哀，我们有好的理由来纵容自己，可以消沉一点，可以沮丧一点，随波逐流，即使合着天气，也省力一些。天阴时，我们不用如此努力地武装自己。

像那条丧家之犬，忧伤而疲倦地缓缓走过，可以用那种黯然无神的眼睛滑过世界，深深沉浸在自己的缄默中、宁静中、寂寞中。如同冬天缩在被窝里，独自取暖、独自思念。

山重水复共一村

闲来翻书，读到清代查慎行的一首诗：“黄花古渡接芦溪，行过萍乡路渐低。吠犬鸣鸡村远近，乳鹅新鸭岸东西。丝缫细雨沾衣润，刀剪良苗出水齐。犹与湖南风土近，春深无处不耕犁。”

下面的注释提示：芦溪，清朝位于江西萍乡东部的小镇。恰好，我的家乡也有叫芦溪的小镇，动了好奇心，在地图上一查，芦溪的地名比比皆是。想来，芦花小溪的田野山川本来就是天地间寻常相似的风景。是天南地北的人们心照不宣的巧合吗？我总是不信，是那些流离故乡的游子刻意的命名吧。故乡遥不可及，至少还能在唇齿之间日日亲近，直到把陌生喊成熟悉。

虽然家乡的小溪上早已没有芦花飞过，但溪水仍然从西到东，淙淙流过。当年，第一个到达这里的人看到的是什么呢？溪水潺潺，芦花柔软，于是脱口而出，在颠沛流离中不敢忘记的名字——原乡的名字。

几百年后，我读到此处，惊异地发现，湖南的芦溪、江西的芦溪和川北的芦溪何其相似：一样的鸡鸣狗吠，一样的乳鹅新鸭。春末夏至时一样缠绕的银丝，出水碧青的禾苗，相隔千里，却也是同样的整齐。我们何曾不同，我们一直相似，千山万水奔腾的时光，把原乡冲刷成碎片，又把这些碎片锻造成更广阔的故乡，生生不息。

有着芦花的溪水，是从《诗经》中开始萌蘖的故乡。蒹葭苍苍，白露为霜的地方，有着美丽的姑娘，执着的男子，白露一季一季的晶莹透亮，风暖了又寒，一片芦花，一弯水光。那些人、那些事，络绎不绝的脚步走向更宽阔的四方。芦溪就是那枚黏在衣襟上的苍耳，停在哪里，就在哪里生根，长出新的芦溪。重新聚合起那些回不去的游子，枕着相同的名字，让余下的生命与原乡再次相依。

世界上的原乡何止只有芦溪，美国新奥尔良是法国奥尔良的记忆；纽约在它成名之前，叫过新阿姆斯特丹；西班牙的圣地亚哥，美洲俯拾皆是。南半球的耀眼星空下，流徙的人找不到北斗七星，至少可以眺望同样白雪皑皑的南阿尔卑斯山，用凛冽的雪峰来冰镇滚烫的相思。穿过地球上无数的经线和纬线，跋涉的脚步从来没有翻越出故乡的藩篱。

不同的地点，相同的名字，当年匆匆的脚步，狭小的行囊，带不走五色土，塞不进故乡云，就带上故乡的名字吧，把它镶嵌进异乡的山水之间，好像从未离去。直把杭州作汴州，这是让人感动的自欺。

第一次行走在台北，实在是陌生与熟悉的交织。陌生的不过是鳞次栉比的建筑，讶异的是在狭间窄巷之间，成都路、贵阳路、宁波街、哈密街、兰州街……一个个熟悉的地名如此坦荡裸露于大地。一代人的相思与乡愁在这些谙熟的地名中汇聚。在台北交错相连的现代街道里，行走的每一步都踩着那些汹涌而灼热的思念，足够坚硬、足够柔软。

临近傍晚，闪耀的夜色中有晶莹的雨、淅淅沥沥的雨、滴滴答答的雨，台北的雨是江南的雨、华北的雨、西南的雨、中国的雨。即使无数后来的人把异乡走成故乡，总会有稚嫩的童音问起：成都在哪里？总有看不见的丝线把故乡和故乡连在一起。

人们停不下流浪的脚步，那就给每一座山取一个温暖的名字，那个名字是很多年前故乡的名字，至少在唇齿之间，在相同的音节中，我们还蜷伏在故乡清晰的呼唤中，从未远离。

一棵有梦想的树

从前，有一棵树，当它还是种子的时候，它就有自己的梦想。它不想停留在任何地方，它要像鸟儿一样，四处流浪，看尽世界。那是老树听鸟儿们说过的世界：它广阔无边，山的那一边还是山，无数的山，高高低低的山；河流转弯之后还会碰上河，宽宽窄窄的河，它们汇在一起，热热闹闹地流到海洋。

星光灿烂的夜晚，种子们都睡着了。“去吧，孩子们，到远方去，海就在世界的尽头”。那颗小小的种子听到了老树的梦呓。它记住了那悄悄的梦呓，连同满天的星光。它下定决心：不要像树一样，植根在某一地方，要走到世界的尽头，找寻蔚蓝的大海。

起风了，种子们跃跃欲试，乘着风的翅膀启程。老树大声地祝福：“孩子们，到远方去吧，生根，发芽，好好成长！”种子们兴高采烈地出发了，跟着风，纷纷扬扬。

它们穿过云层，在天空和大地之间飞翔，它们选择自己喜欢的土地，要一辈子相守的土地。第一批种子停留在山坡上，小伙伴大声呼喊：“停下来吧，我们是树呀，树有树的生活， 我们不是鸟，我们没法永远流浪。”那颗种子没有回答，它固执地跟着风飞行，世界多么辽阔，而大海闪着神秘的光。第二批种子落在了田野上，它们七嘴八舌：“留下来吧，这里土地肥沃，我们会长成一片茂密的树林，热闹而团结的树林，不要再飞了，那里只有孤独和苍凉。”

那粒种子依然沉默，它是一颗很轻的种子，风带着它，继续流浪。终于有一天，风突然说，我累了，我驮不动你了。风消失了，只剩下种子，被孤单地留在高山的边上。种子仍然不愿停留，它顺着山坡慢慢向下滚，它看到朝云和夕阳，远方之外还是远方，翻过那座山，就会离海更近一些吧。它努力翻滚，向着梦想的方向。

种子被一块石头挡住了去路，它停下来，靠着那块石头，一不小心，它睡着了。不过是睡了一个晚上，当它听到雨声醒来时，惊讶地发现：它走不动了，种子长出了无数的根须，扎进泥土。头上冒出了芽苞，鼓鼓胀胀的芽苞。种子陷在了湿润的泥土里，一天天长大，根向着土地，枝干向着天空，种子长成了一棵树，一棵小小的树。它拼命踮起脚尖，它还记得星光下的梦想，而远方，无法到达，只能眺望。树悲伤而难过地成长。

树不喜欢自己的样子，它讨厌黑暗土地下那些紧密连接的根，牢牢禁锢着它的身体，不能动弹；它怨恨那些枝干，它们太沉重、太阔大，没有鸟儿翅膀的轻盈。风来时，它们只会喧哗，不能变成翅膀。树埋怨命运，这是多么不公平呀：为什么一棵树就注定不能在世界行走，一直走到大海的中央。

那棵想看遍世界所有大海的种子，长成了一棵树，它的梦想融化在树的血液里，一天一天，那棵树的叶子和枝干变成了浅蓝色、深蓝色、蔚蓝色、湛蓝色。各种各样的蓝色，在阳光下发出奇异的光。微风轻抚时，细浪耳语；山风狂野时，树叶发出巨浪的咆哮。那棵树，长出海的颜色，海的模样。风又来了，风说，树呀，你的声音就像大海。风走过很多地方，风看见过大海，可树留不住风。树又一次想到了鸟儿，“去不了远方，看不到大海，听听鸟儿们的讲述也好呀。”

于是，树打开了枝丫，收留一只只南来北往的鸟，那些筑巢的鸟，迁徙的鸟、飞走的鸟、死去的鸟。它们飞过了无数的天空和山川，它们很乐意跟树讲起远方的故事。树不再寂寞和悲伤，它专心致志地听那些远方的故事：海洋中的大鱼会唱歌；金色的砂砾在半空中织成罗网；火在天空中飞快地燃烧；白色的熊滑进白色的海洋；热带的森林里，最稀缺的是阳光。

一年又一年，树把那些神奇的故事储存在年轮里，越来越多的故事，越来越多的远方。每一片蓝色的树叶里都藏着一个故事，重重叠叠的树叶，密密麻麻的故事，关于远方和大海，还有生活和梦想。后来，飞来的鸟，不仅在讲述，讲述自己的远方；也在聆听，聆听别人的故事。

许多年过去了。有一天，一只白头鸟借着风的滑力，跌跌撞撞地闯进了树枝中，它脚步踉跄，翅膀沉重，羽毛暗淡。“终于找到了，蓝色的大树，我实现了我的梦想。”它垂死的眼睛里闪着幸福的光。大树好奇地问：“我只是一棵树，怎么会成为你的梦想？”白头鸟发出微弱的声音：“很多年来，鸟儿们渐渐有了一个共同的秘密：在层层叠叠山的背后，一座高山之上，有一棵蓝色的树，找到了它，就找到了远方，在那些浓密的树枝里，有数不尽的远方：现在的远方，过去的远方，时光中的远方。”

又是一个星光灿烂的夜晚，那棵怀揣梦想的大树忽然明白：它知道这个世界最多的远方的故事，它把自己变成了大海的样子，它早已实现了梦想。

现在，它成为远方，它就是梦想。

——收录于《2019 年中国微型小说年选》

寻访山水间

有一年，农历也就二月出头，单位不知什么原因，要组织大家春游，地点是当地颇有名气的山川，以红叶著称。大家耳闻已久，慕名而去，免费出游，当然快乐无比。

一行人从旅游车里鱼贯而出，山一如既往地站在那里，风景却没有如约而至。田间的山民拄着锄头饶有兴趣地看着我们，不解地问："你们来干啥？"我们觉得好生奇怪："干啥？不是景区吗？还能干啥？看风景呗。"农人扑哧笑出了声："这才二月，来看啥风景？山上的雪刚刚化，草还没发芽，雨没下，小河没水，树上也没花。如果要看红叶呢？那就半年之后再来吧。"我们面面相觑，农人继续锄地。他心里一定暗笑，不知时节的城里人，以为山上的风景是电视里节目，遥控器一按，就会扑面而来。

山水之间的四时之景并不能任由阅览，大自然懂得适时作息，萌生，葳蕤，休眠。只是我们在城里待得久了，无端地认为天下之物都应该像超市货架放置一般——手到擒来。只要我想、我愿、我执，就一定如愿以偿，人定胜天。

黄果树瀑布的盛大和壮观要依靠当年夏季的降水量，遇到天旱缺水，瀑布也不过是水帘。大阪城公园著名的樱花大道，在一年的大多数时候，并不花团锦簇，花瓣飞舞。也不过是树叶葱茏，树冠如盖的林荫道而已。暑假去时，导游让人们照相后，自己手动 PS 樱花。不然，在和著名樱花公园的合影中，人在，树在，花不在。

云南元阳的梯田，四季都在，但一定要等到冬天蓄满水时，才能在清晨和傍晚，彩霞满天时，天光水影，一片梦幻的斑斓。其他时间，也就是普通的田间地头，无法惊艳。

千万别依赖摄影家的图片作为旅游的导引。要知道，定格这些美丽，需要长时间跋涉寻访，才得以瞬间捕捉瞬息万变中刹那的美态，甚至立足的位置也要千挑万选。千里迢迢，慕名而来的游客没有这样的好运气也属必然。想象完美，现实贫瘠，不是风景不好，是我们没有在恰好的时间前去。就像游子错过一个姑娘的盛年。

对风景的失望多少还源于我们对自然的误解和一厢情愿。那些山水并不急切地等待人的检阅与垂爱。四季的荣枯，也和生活一样，繁华与寂寞、灿烂和荒芜，此起彼伏，一呼一吸，自有时令和节律。它们不会讨好和取悦，自有千万年的矜持和尊严。

巴蜀之地，水汽饱满，草木润泽，秋天的红叶黄叶不如北方浓烈。去年，本来准备进山看红叶，林场的人打来电话，很是抱歉，因为叶刚黄，就吹了几天的风，树叶全掉光了。今年的红叶是看不到了，等明年吧。“不过有一年，寒来得早，天干旱，风未起，那满山的红叶真心好看。”林场的人也不免沉醉着说这样的话。

风景总有意，山水不自来。由此我想，有些美景不是留给游客惊叹的，它是慰劳那些朝夕相处的平凡生灵。突然一天，推开门窗，天空水碧，万物灿烂，是给山民们日复一日单调轮回刹那的惊喜、厚爱。

四时之景有异，人生境遇不同，或许最美的风景不总是在山水间，有时走很远很远的路，有时等很长很长的时间，于无声处听梵音，于平凡中觅景象，于生命中待芬芳。天道自然，浑然天成，无须刻意而往，但可随遇而安。山水在那里，美景如不来，我们要学会耐心地等待。

你的名字

初为人父母给初临人世的孩子取名，再普通的人家，也多少是个庄重而颇费思量的事。碰上讲究的老先生，还非得按照过去的规矩：女诗经、男楚辞、文论语、武周易，呕心沥血，皓首穷经，总要取上一个大展宏图的名字、一个福禄双全的名字，是一种隆重而庄严的托付、一种虔诚而执着的信任，相信上天的福祉、家族的兴盛、个体的通达都将通过名字传递。

大多数名字，难免有时代的烙印和随波逐流地从众，从前是建国、解放、冬梅、秀英，如今互联网时代爆款的子涵、子萱、思函、雨涵，照样络绎不绝，毕竟，寓示着未来的孩子能拥有与自己不同的世界与人生，是父母共同的心思。

其实深究名字在一生中的遭遇，大可不必如此兴师动众或者耿耿于怀。除了上学时，名字还能朝夕相闻。走出校门，名字开始少有提及。刚开始工作，职场菜鸟，无名小卒，人们叫你小李小王，表达一种亲切与接纳，已让人受宠若惊。如果时髦点，叫一声帅哥、美女，大家更是酒酣耳热，宾主尽欢了，以失去个性的名字换来集体的认同和悦纳。几年之后，有职务的用职务称呼，没职务的用职业称呼，最怕的是家庭妇女，从此成为乐乐妈、贝贝娘，相当于路人甲。于是大家拼着劲要在名字上赚一点尊严、尊重、资历与地位。名字不再被提及，只有姓氏被我们煞费苦心地与种种后缀结合，标示出职业、身份和地位，韩医生、王校长、任博士、刘经理、赵总、李厂长……不绝于耳。

原以为可以预测，可以暗示，伴随一生的名字在各种缘由的剥蚀下，慢慢隐退而去。而我们抑或沾沾自喜，以为大功告成，光宗耀祖，抑或踌躇满志，期望更强大的后缀连接在姓氏之后。

如此以往，你的名字便小心地躲藏在各种档案的表册里，像家传的宝贝，久不示人，以为是珍贵，其实是遗忘。

幸好还有手机里的电话簿，总算能为我们忠诚地守护名字。然而，倘要较个真，硬着心肠，腆着脸皮，非要翻翻他人的电话簿，也许还真没有你的名字。父母的手机里，你的名字是女儿；孩子的手机里，你是老妈、老爸，甚或是伏地魔、唐僧，看他们的心情吧。于是乎，你的名字，由此消失于家族的秩序里。再看我们自己的手机里，不也存了一大堆这样的名字标签么？何电工、黄废旧、李快递、马钢琴、张肥肠、肖滴滴、阳阳妈、陈数学、王内科，不一而足。

不用说，你的名字也早已被别人按社会分工及功能分门别类了。在自得与自乐之间，在无意识和有意识地划分与区别中，你拥有的社会功能和地位一步步取代了当年鲜活而真实的名字。你以为能鹤立天地的名字，就这样悄无声息的泯然众人矣。

这真是奇怪的人世悖论。一方面，拼命张扬名字，恨不能在千万人的口耳传诵中变成洪钟大吕，希望名留青史，至少能名倾一时。另一方面，我们又常常不由自主地把名字藏着掖着，任由它消失。

三岛由纪夫在《丰饶之海》一书中，这样道尽名字悲凉的真相：人一过了 30 岁，他的名字就会像剥落的油漆一般很快遗忘，那些名字所代表着的现实比梦幻更加虚无缥缈，毫无用处，并将被日常生活逐渐遗弃。

那些以尊重的名义隐藏的名字，那些以为获得世上显赫的标签而作为交换的名字，它们比人更早地衰老，比人更早在这世界上消失。

珍惜那些认真叫你名字的人，在他们心中，你不是何行长、吴股票、杜编辑，也不是沈保险、林基金、蒋中介。你不是只提供某一类服务的冰冷的工具人，不是关系着某一人或衰或荣的权威。你依然拥有当初温暖新鲜的名字，叫一声，即是暖和且鲜润的笑颜。被人记住不是因为职业、身份和地位，而是从出生起就一直成长的血肉和精神。

那个最初的名字里，有着活泼饱满的日月，有着喜怒哀乐氤氲的故事，有着温热矫健的脉息。

夜深人静之时，你轻唤自己的名字，仍然是万物初始，草木葳蕤。

你和你的名字都未遗失。

无用之用

吴晓波在一次跨年演讲中对未来 10 年做出了悲观的预测：2028 年 99% 的人可能会成为无用之人，其中包括精算师、年报分析师、理财师和牙医等。鉴于人工智能的迅猛发展，过去的 10 年实在是从前无法想象的变化。我们对未来从盼望开始变得心情复杂，既希望目睹科技带来的奇迹，又担心被高级算法取代。

这个论调并不是吴晓波的原创。以色列的尤瓦尔·赫拉利写了厚厚的一本《未来简史》来阐述人类的困境。当我们还在为鄙视链的复杂冗长劳神苦思时，或者对于阶级的壁垒感到痛苦时，这样的消息倒是好消息。我们 99% 的人以这样无用的方式获得自由与平等，不费一枪一炮，也算是一种意外的馈赠，可以举杯欢庆一场。

即使还有 1% 的超人，也激发不起半点怨气。欲戴王冠者，必承其重，他们有属于自己的困厄。

历史上大多是那些面目模糊的芸芸众生，无论以什么标准来看，他们都是无用之人。自诩为天子、圣人、天生异象的位居高位者，对平凡人的藐视与无视，从来没有停止过。他们对自己编写的神话，深信不疑。那又怎样？总会有另外的力量到来，权势与威严被粉碎，有谁能逃过历史的车轮。

我们总是被这样恐吓着，神代替人，人又代替神，周而复始。那些“用”是一种锻造和磨炼，也是一种束缚与禁锢。只是我们的选项一向很单一，非此即彼。

从前构建起的阶级壁垒被无情摧毁，人们这次找到更好的藩篱，以科技的名义，再次掀起社会达尔文主义的舆论狂潮，以精英的名义否定普通人的意义。

《庄子》里有一棵巨大的大树，正是因为无用：做船太沉，做棺木会朽烂，做门不结实。它被世俗放弃、无视，却由此获得赦免，终于长成了一棵大树。那些有用的树早就消失在刀斧之下。唯其无用，不为世人所用，才能成就真正的己用，活出树的生命极致。

“人皆知有用之用，而莫知无用之用。无用之用，方为大用。”这是庄子对后世的告诫。

人类文明发展的几千年间，“用”的标准并不固定，时而识时务者方为俊杰，时而出淤泥而不染才算圣人。即或是勤勤恳恳保持与时代同步，也逃不了被抛弃的结局。为世所用，是实现自我价值最短的捷径，但有时却成为绑架自我最无形的束缚。一个真正找到自我的人，无论是用与无用，都会拓宽自我的空间，然后游刃有余。

火爆全网的手工达人“手工耿”，硬是靠着那些无用的制作赢得了网友的喜爱。管钳做的红色蚂蚱，可以把鸡蛋、玻璃杯弹得粉碎的脑瓜崩，菜刀手机壳，红色痰盂改装的暗器——血滴子。连他自己都很迷惑，不知道这些毫无使用价值，一个都卖不出去的物件每一次问世都让直播镜头前的网友激动不已。

我们看到有用的物件实在数以万计，钢铁制成的机械代表着无法辩驳的力量，科技时代冰冷而冷酷的力量。而在手工耿制作的作品中，这个初中都未毕业的焊工却让钢铁制品散发出人的浪漫和诙谐。温度，对，连钢铁也拥有了人的情绪与温度，还有天马行空的想象。失去了被世界认可的价值，无用之人和无用之物会弥漫出本真的有趣和独特。

即使在高级算法号称控制人类的时候，那些无用的普通人总是给世界带来感动和惊喜。

无用的人坚守自我，被时代放逐，却获得了破茧而出的新的力量和智慧。我们的自然界总会耐心等待这些程序中的 BUG。

有人说：读一些无用的书，做一些无用的事，花一些无用的时间，都是为了在一切已知之外，保留一个超越自己的机会。这种超越同样不是世俗意义的超越，它恰是挣脱，挣脱时代以有用的名义对个体的绑架和阉割。

历史上那么多的无用之才，也都在这世间过完自己的饱满的一生。读《浮生六记》时，常常想起：满腹经纶的读书人谁不想拥有流芳百世的作品，但命运实在诡异。无用、懦弱的书生沈复无意间为百年后的人们留下了值得咀嚼的文字，倒是“无用”成全了一段有趣的灵魂之旅。

如此看来，无用的判断标准从时间的大尺度来看，也是模棱两可，似是而非。这一次，获得赦免的普通人，自由而纵达的生命里，定然会有更多的意外惊喜。

造屋记

二哥刚刚说要修房子，孩子的爷爷就收拾好城里的细软，马不停蹄地回家，即使他跟着我们在城里生活了 5 年，即使他打牌的牌友都凑得够一桌了。他还是心急火燎地回家，他要修房子。

爷爷 8 岁时就没了爹娘，歇息在山神庙里。后来到富人家做工，像狗和猫一样，随便一块空地，就能蜷缩着睡过去。醒来时，做不完的活，凑合着长大，一长就长到了八十几。成了家，有了五个孩子，又生了大大小小的孙子、重孙子。过年时，拍照，一张照片装着满满的子嗣和岁月。

爷爷常常把照片拿出来端详，看着看着，就乐呵呵：落地生根，开枝散叶，我这根独苗，长了好大一枝。8 岁的孤儿，弱小得像田野上的嫩苗，躲过无数次无妄之灾，爷爷长成无病无灾，福星高照的样子。

爷爷除了种庄稼，还学会了编篾，把后山上的翠竹像变戏法一样，编成大半个家。以前是茅草屋，全靠竹子编来编去，编了墙，用大楠竹做梁，毛竹做椽，铺一屋顶的茅草，也是安稳的家。然后编箩筐、晒席、簸箕、筲箕，给丝瓜，四季豆豇豆搭好竹架子，菜地边围的篱笆，刷锅用的竹刷子。

爷爷夜以继日地编，像院坝边高树上那只勤劳的喜鹊，编一个巢，编一座房，遮风挡雨就能让人满意。

一个人一辈子睡烂两床竹篾席就差不多了，爷爷常常比划着两根手指，胸有成竹。爷爷对生命如此笃定，却从来没想过一生会修三次房。

庄稼人一生没多大奢望，最大的野心就是修一水高大、整齐的青瓦房，墙壁也是泥水刮得平整的青砖，四棱上线。爷爷的青瓦房从种树开始，他在山坡上见缝插针地种：柏树、青冈、香樟。

爷爷种的都是要几十年才成才的树。树长快了，上不起梁呀。爷爷年轻时就学会了来日方长。树长，孩子也长，一天一个样。只等孩子长成劳力，树长成栋梁。土是早已摸热了的熟土，用最好的木材，烧上几天几夜的窑，红彤彤的热窑，湿软的黄土变成了硬扎的青瓦，一片一片排成长队，围成层层的瓦圈，等着上梁。后山的石岩上凿下来的片石、方石，整整齐齐码在该在的地方。地里的泥巴长得出庄稼，也能长出一座房。爷爷那身气力，硬是把躺着的泥垒成竖着的土墙。

木柱子下面的础石凿成象棋样的圆饼形状，侧面雕刻着胖头鱼，鱼鳞细密而清晰，还有寿桃和繁花，在灰白色的石头里鲜艳欲滴。墙虽然是泥土夯的，也厚实方正，冬暖夏凉。爷爷坚持要刷上青色的灰底，在青色的灰底上，爷爷和工匠一起用石灰水画出青砖的样子，一笔一笔，上下错缝，横平竖直。

把泥土夯成的青瓦房画成结实、规整的青砖房。爷爷就好这样的面子，那些辛苦的日子和漫长的等待终究等到了快活自得。画出来的青砖瓦房毕竟不在纸上，在麦苗青青的山间地头：有堂屋，有厨房，有猪舍。小阁楼上吱吱呀呀木头叫，那是粮食上仓的时候。老鼠们逍遥自在，在时间的缝隙间来去自由。炊烟升起，一缕一缕熏老了岁月。

孩子们像熟透了豆荚里的豆，弹得远远的。人走空了，房子就老去，木梁、石板、青瓦悄悄颓圮。老家的房子垮了，这人到哪里，心都不踏实。

85 岁的爷爷要修最后的青砖洋房：混凝土，钢筋现浇，三层小洋楼。二哥的房，终究还是修在老屋的地基上。爷爷哪里闲得住，说是守工地，从给工人烧水开始，几个月后，成了标准杂工。哪里缺人手，就顶上去。

他和工人都忘记了年龄。现浇水泥要用大量的木板支模，模具成型了，就要拆木板。爷爷把木板上的钉子挨个取下来，一张板子取几十颗。爷爷连夜干活，取了 100 多张木板的钉子，每起一层，就要多用一次。爷爷起了三次钉子，每张板子节约了好几十的成本。爷爷觉得自己创造了巨额的财富，掐着红肿的指头在心里算了好几遍。少睡点觉又有什么关系呢？爷爷这一辈子没吝惜过自己。

爷爷以为两床篾席睡烂了，一生就过得差不多了。爷爷没有想到，一辈子会修三次房。爷爷看着楼房一天天从地里长出来，钢筋都是指头粗，楼板厚实，爷爷粗糙的手摸着扎实的楼房，心里踏实：绝对要管一百年。爷爷守着偌大的三层洋房，满足而空荡荡地睡下。

儿孙满堂的盛况一年只有几天，爷爷自作主张把十几个房间都安排好。一楼背阴的房放粮食，二楼的床垫放在二哥的房里，小孙女喜欢三楼的阳台房，新装好了纱窗。重孙子们的书房刚好避过下午的太阳。回娘家的女儿房里堆着棉被，随便来多少都能睡下。

爷在洋房旁边种了花树，乡下的土地那么多，又厚又肥，菜地里的菜络绎不绝，种的花最接地气。花园配洋房，洋房有三层，花园几百米。爷爷从此生活在儿孙满堂，花团锦簇的洋房里，他每天巡视着这扎实厚重的家当，一生的圆满与期望把空荡荡的洋房装得满满的。

——《人民日报》2019 年 3 月 29 日

生存技能

现代父母的普遍焦虑，实在是不知道该给孩子配备什么样的生存技能，我们尚且对未来怀有疑虑，生怕一不小心，就在人生壮年被时代抛弃，又怎敢确信孩子该学习什么呢？于是也只好随波逐流，奥数，英语，美术，音乐，各种运动。希望以后仰仗着一身童子功，行走江湖，至少算半个行家，混得一口饭吃。不过，这也是做父母的一厢情愿。宝刀当然可以不老，怕就怕鸟枪都换了大炮，无处施展。

张爱玲说小时候被逼着学钢琴，她妈的理由是：以后穷困潦倒时，还可以教钢琴，不至于把自己饿死。当然，这是没落贵族的穷途末路。与乡下人的生活经验不谋而合：天旱饿不死手艺人。至少要学一门手艺傍身，讨口子讨口也要拄一根棍棍。不过，现在看来有点岌岌可危了。

贝爷的生存神技把现代青年迷得不要不要，尊称他为食物链最顶端的男人。其实，稍微往前推几十年，找水、生火、修房、摸鱼，都是农村孩子最基本的生活技能。哪里只是荒野求生，日常生活没有个十八般武艺，想活得干净利落，都不行。

爷爷会编篾，从篱笆到大小筲箕、簸箕、萝蔸，小半个家都能编出来。好手艺无人可传，儿女们都说：“现在哪个还用竹编的哟”。他最得意的篾刀放在我家，冰箱里冻紧了，我们拿它撬冰时，还会赞一句：这刀，嗯，钢火好呀。也只剩这一句了。

二姨会做鞋，碎布、棉花、笋壳和一双手，一家大小的布鞋、胖头棉鞋络绎不绝地做出来。现在她抱怨眼睛老花时，还会提起当年一盆一盆地做鞋的盛况。当然，现在谁还会让女儿学这项，“费眼呀，布鞋不经磨。现在的鞋多好，一双穿几年呢。”

我爸一介书生，也能做煤球，划黄鳝，修各种家电，他的工具箱是小型五金店。高三一毕业，我爸马上买了一台缝纫机，让我在暑假自学成才，女孩子至少该学点缝缝补补。后来，缝纫机成了我爸的茶几，缝补一词再无人提及。

我妈的生存培养比较有前瞻性，而且涉及各个领域。化学还没学，就在她的指导下，腌菜、腌肉、酿醪糟，各种发酵，各种杀菌，所有操作有条不紊。我学会把猪蹄烧得黢黑，然后在热水里把指甲都刮得干干净净，至少三种方法把猪肚洗得底朝天，还是被我妈嫌弃，不会杀鸡。“看你以后怎么办，连鸡都不会杀，只能吃一辈子猪肉了。”

人家都把女儿培养成端正淑女，我妈却古道热肠，把我培养成女杀手系列。却仍然忧心忡忡，担心我活不下去，因为我不会织毛衣，不会缝被子，不会生炉子，不会擀饺子皮。即使蒙混过关嫁了人，也会让她未来的孙女泥糊脑门子的。她甚至担心自己以后生病进医院麻烦，还让我学习打针输液。幸好我人懒又叛逆，不然真学会了，就是非法行医。

当然，我妈的妈也这样嫌弃过她，百无一用是书生嘛。我妈不会种庄稼、纳鞋底、割麦刈草、点豆腐。

结果，现在，我空有一身技艺，市场上已少有活禽，鸡鸭鱼都死得优雅干净，想吃哪块就指哪块。我和她都长吁一口气。

朋友从小斩猪草，十几年后，一手好刀法，切菜时行云流水，片薄丝细，堪比专业厨师。如今，她还是用削挂器，说：可惜以前那么认真，把手都切了好多回。学了这么多无用的，不如懒点，还不浪费时间。

至于其他生活小秘诀，譬如，洗衣粉先用热水化开，冬天早上井水温热，不冻手。挤公交车时要从门侧边挤之类实用小贴士。我妈倾囊相授，可那又怎么样，如今所有的生活场景都重新布置。反倒是老去的父母，要我们耐心地培训如何用微信打滴滴、预约挂号、交水电费。

一直担心长大，不是怕挣不了钱，只是怕自己人笨手拙，学不会打点一个家的生存技能

不过，现在我们不必有这样的担心了，孩子们只需用心读书，家务方面的生存能力不会困扰。十指不沾阳春水，正成为新的技能。孩子要富养嘛。谁会做得少，反而更占便宜。现代人有自己生存的逻辑思维。

那些口耳相传的生存技能更是不足挂齿。上个星期，同事对刚参加工作的女儿说：至少还是要学会洗碗吧。女儿点点头，第二天就买了个洗碗机。

智能时代，我们有了新的迷惑和危机，据说，一半以上的职业都会被替代。熬更守夜背的英文单词，现在有了即时翻译软件；心惊胆战考了驾照，无人驾驶已进入生活领域。我们不知道该守住什么，该把什么技能传承给孩子。

所以现在父母大可以化繁为简，不用再培养子女的各种生活能力，生存技能也不必过于忧虑，反正天无绝人之路。云尽水穷处，总有柳暗花明时。

最好的回答

妈妈问孩子：“长大之后，想干什么呢？”

孩子说：“我想当快递员，每天骑着摩托车自由自在，在大街上飞驰，真痛快。”

妈妈严肃地说：“孩子，不能当快递。”

孩子撇撇嘴：“我就知道你不会同意的，当快递多没面子呀。你们大人就知道攀比。”

妈妈正色：“孩子，你不能当快递。当你长成年轻人时，你就成了这个世界的主力。你们有那么旺盛的精力和体力，眼睛明亮，思维敏捷，能够最快地吸收最新的知识。你们应该勇敢地站在这个社会的前沿，去做更有挑战性的工作，更有开拓性的事。一个时代的进步靠的就是你们去推陈出新。那些简单省力的活就让走得慢的人去做，这有什么不对的？”

这是我听到的父母给子女最好的未来建议。

没有功利，没有歧视，有情怀，有逻辑，最重要的是久违的责任感。

今天，科技把个人从集体中解救出来，从来没有一个时代像现在，个体强大到无所不能。我们再不需要彼此依靠，个人主义成为新的旗帜，固然带来自由和权利，也让人看到弊端：唯我独尊、玩世不恭、犬儒苟且。人们对于自己总有太多的放纵和怜惜。

人们谈论理想、诗和远方、金钱和精神时，众口一词：追寻自我。有多少人忘记了青年人对于社会和时代的责任。责任，似乎成为负担的代名词。然而如果年轻人都失去激流勇进的气魄和舍我其谁的勇气，所有的追求都是满足自我舒适，年青的意义在哪里？

《穷爸爸和富爸爸》里有这样一段话，穷爸爸对孩子说：你要好好学习，以后找个好工作；富爸爸对孩子说：你要好好学习，以后创业给别人创造更多的工作机会。这不仅是贫与富的思维不同，这是对年轻人责任不同的认识表述，一个是为自己负责，一个是为社会负责。

看完电影《无问东西》，稍稍喘了一口气，总算有人思考责任的问题。四代人、四个不同的故事、四段不同的人生，看不见的传承恰好是责任，对于国家、社会、家庭的责任。无论是立德还是立言，人的一生，如果只是为自己，这样的格局还是偏狭而短浅。

钱理群曾经尖锐地抨击那些精致的利己主义，把才华与聪明一心放在对自我利益的攫取中，这样的精英不过是新的蝇营狗苟而已。我们的孩子、我们的青年，都怀揣个人的抱负，沉迷于慵懒放纵、奢靡无聊的感官享受中，过早地以享受生活作为标杆。或者，把自己的退缩和懒惰标榜为无欲无求的佛系。未来的社会，有谁能担当重责？

不错，房价是负担，教育是负担，医疗也是问题，但除了担忧和抱怨之外，我们现在的年轻人、未来的年青人该做点什么？每一个时代都有其时代的困厄，那些成长于战火中的年轻人，纵有旷世之才，终无用武之地，连青春也会在残酷的岁月中戛然而止，而他们对于责任从未推卸。当沈光耀驾机冲向敌舰时，生命的芳华恰是对责任的义不容辞。

年轻人，就要敢于担负起革新社会，引领社会的重担。也许草民一介，不能改变山川河流，但至少自食其力，自我完善，能够对身边的人和事负责；纵然人微言轻，世俗的喧嚣会掩盖奋斗的呐喊，但至少会全心付出，水击三千。竞争激烈，自当奋勇向前；生活艰难，学会迂回曲折。

为了追寻自我，就放弃责任，为了躲避现实的苟且，就选择流浪。世界很大，生活很难，你不能只是走走看看而已，那样洒脱和随意不过是生活的放逐者。人心等待呵护，公平等待捍卫，正义等待伸张，世界等待改变。

那些年薪百万的年轻人，选择努力工作，不仅是为了实现自我价值，职业的意义还在于为他人提供福祉。不要一说努力进取就是追名逐利。每个行业，每个岗位都应该树立仰慕的榜样。年轻人，不能逃避自己的天赋责任，要凭着自己旺盛精力，去开拓、改变世界，而这世界并不遥远，就在我们的身边，一草一木、一蔬一食。

扎克伯格给刚出生女儿的欢迎辞中，最多的词就是责任。“麦柯斯，我们爱你。我们体会到了巨大的责任感，要使你和所有的孩子所居住的世界变成一个更好的地方。我们会尽所能让这一切发生，不仅仅是因为我们爱你，更是因为我们对于下一代的所有孩子都有一种道德责任感。”

孩子们，欢迎你们来到这个世界，在给予爱与自由的同时，我们的责任也将由你们来继承和发展。

消逝的青瓦

“一座房，两座房，青青的瓦，白白的墙，宽宽的门，大大的窗。”

孩子稚嫩的嗓音混合着柔和的晨曦，真正是清新可人。

“可是妈妈，什么是青青的瓦。”

我有点奇怪，不假思索地回答：“青青的瓦就是小青瓦呀。”

“小青蛙？可是房里怎么会有小青蛙呢？”孩子满脸的迷惑。我怔住了，张口结舌，欲言又止。出生在钢筋水泥森林里的孩子怎么会见过小青瓦呢？曾经触目皆是，如今却踪影全无。

我的孩子，该怎样为你解释那些青瓦覆盖的岁月里，青瓦的意义和价值。仅仅是盖房子的一种材料吗？我忽然理短词穷，不，不，这不是青瓦与我们曾经的联系。

那是浮起过炊烟，映衬彩霞的青瓦；那是集过暮雨，栖过云脚的青瓦；和霜凝寒，生苔听风的青瓦。曾经深刻地镶嵌进生活，却又在一夜之间，毫无觉察地变成回忆，只能在岁月的深处撑一支长篙，用力打捞那些清晰而分明，模糊碎裂的瓦。

那时，青瓦是坚定而踏实的庇护，比起草屋、竹棚，青瓦是一种整饬安稳的理想生活范本。瓦片密密麻麻、勾栏纵横，屋檐上翘，脊槽分明。坚实而敦厚地覆盖，是看得见的幸福——结结实实、心安神定。

在村庄，青瓦房是乡下人一辈子执着而确凿的梦想。梦几年，蓄几年的财，备几年的料，孩子长成劳力，然后烧一窑扎扎实实的青瓦。把柔软的黄土、清冽的水揉在一起，用木制的模具铸成泥坯，小心地放在窑火里烧，几天几夜，水洇火燎，拱成灰蓝色坚硬的盾形。金木水火土，就以这样的方式重逢、组合。阴阳匹配，水火相依。

青瓦素朴、单一，稍弯的弧度，像微微拱起的书页。单单一片，成不了事。既不能装水，也不能种花，除了盖房。要一片接一片，片片勾连，正反叠扣，才能在檩木间串联成大片的屋顶。灰蓝或是暗蓝，铺成一屋顶的素雅、沉稳。

盖房子时，总有人问："啥时上瓦？"主人朗声笑答："早着呢。"是啊，一辈子的大事要慢慢做，精打细算，精工巧做。这瓦一盖，房子的大活计就算干完了。看得见的好日子要慢慢来，更能让人回味、琢磨。

瓦上好，家刚成，人初定。乡村里，青瓦房子就是人这辈子圆满造化的明证。或者更像纪念碑，一砖一瓦，记录下简单专一的愿望和朴素久远的感情。

炊烟从青瓦上第一次升起后，从此，就有了属于自己固定的时间，总是青瓦，托浮起安详、笃定的每一天。大大小小的瓦缝，慢慢接纳更多的生灵：厚苔、草籽、燕雀、蛇虫。猫在青瓦上突然飞奔，踩得许多瓦哗啦哗啦喊救命；核桃树总要伸一枝到青瓦屋顶，核桃落下来时，顺着青瓦槽骨碌碌滚，一路的响，惊得屋里人笑着出来捡拾好运；万千生命，万千形态，都如人一般，依恋磐石一样的家。

雨水却是不期而至，因为有了青瓦，才能分明听清一整夜的雨，化成清晨的杏花，别在岁月的裙裾，摇曳蹁跹。

都市的高楼大厦，雨敲不动，敲不响，雨只能敲响青瓦。雨势急切时，就慷慨激昂，急管繁弦，天地在一起炽烈地涌动，明亮的雨脚在青瓦上急不可待地飞溅、跳跃，白茫茫的水雾从青瓦屋顶弥漫、升腾。雨水在瓦槽里汹涌成河，汇成线，涨成柱，一排水帘与暴雨呼应。青瓦，雨击而歌时，也当豪迈慷慨，痛快淋漓。

更多的时候，雨来时无声无息，青瓦也不声不响，直到雨执拗不断，青瓦收集它一滴一滴的叹息。屋檐下，一排水滴的编钟，叮叮当当，不疾不徐。时间也被拉成悠长的胡弦，随手一拨，沉静中能听到青瓦喑哑、低沉的呓语。

小孩子喜欢把不同质地的容器放在屋檐水滴落的位置，乐此不疲地听各种音色的混响。要不用木桶接上，看里面翻腾而起的圆圈波痕，一圈未完，一圈又起。

玉可碎，瓦则要全。日晒雨淋，瓦老了，从一道裂缝开始，向四周裂去，它阻挡很久的雨趁机溜进屋里，在地板上留下大大小小的印记。它的裂缝里，不仅留存光痕和水迹，也印刻下村庄和人的记忆。然而，终将老去，比老去更彻底，再不需要更换。青瓦，消失在时间的洪流之中。

“一座房，两座房，青青的瓦，白白的墙，宽宽的门，大大的窗。”我的孩子，你唱的是朗朗韵律，妈妈听到的却是漫长而绵密的记忆；你看到的不过是时间给建筑留下的注释，却是我重重叠叠、情不自已的正文。

你可知晓，你可懂得。

第二辑　我们不一样

岁月的游子，放逐在时间之外。女贞树的新叶与紧挨着的那一片，隔着整整一年。北方飞来的白鹭，又落在窗边的竹梢上，汹涌的伤感在飞起与降落间起起伏伏，凝望即在沉默处。

字词关情

作家张大春写作《见字如来》的初衷，是突然发现：当一代人说起一代人自己熟悉的语言，上一代人的寂寥和茫昧便真是个滋味，也不是个滋味。余英时坦然地问宾馆服务员：茅房在哪里？服务员面面相觑。

我们失去不仅是时间，还有熟悉的语言空间。

和女儿逛街，看到一款衣服，她说：抹茶色挺好看，我说那是薄荷色，我妈说：啥，就是军绿色嘛。细一想，在我们对颜色的描述上，都使用的是属于自己时代的名词。它们之间素不相识，即使是指同一物，也形同水火。

《啥是佩奇》不过是一部短小的宣传片，这只英国出生的粉红色动画猪，虽然长得古怪，貌似一只吹风机，却在中国的农历年末点燃了所有情绪。在击中普遍的思乡泪点的同时，更多的人看到城乡之间、代际之间的隔膜与差异。人们莫名唏嘘，时代太快，亲情开始被认知的隔膜拉开。孙儿喜欢的佩奇是爷爷熟悉又陌生的事物。于是，猪还在猪圈里，红色的鼓风机做成了佩奇的样子。

佩奇成为代际鸿沟的词语挖土机，其实哪里是乡村和城市，爷爷和孙子。即使今天，我们在同一屋檐下，语言的洪流也足够把我们冲散。

一年级的孩子朗读课文：“一座房，两座房，青青的瓦，白白的墙。”大人们陶醉在田园的淡雅宁静中，城里的小学生却一脸懵圈。老师要借助图片和视频才能费力地让他们明白什么是青瓦，青瓦不是青蛙。

更不要说，相同的词语引发的情绪已经完全不一样。同志失去了庄严，小姐丢掉了优雅。连陶渊明的菊花都不幸从淡泊转化成戏谑的恶趣味。

诗词课上，给学生讲雨打芭蕉的抒情意象，说雨落在宽大的芭蕉叶上，滴滴答答，让失眠的人心生愁绪。城里孩子说：“喔，就像雨落在雨棚上吧。”唔，也只有这样类比，但是伤感的愁绪却变成了让人心烦的噪音。同样是睡不着的夜里，听雨打芭蕉的人和听雨打雨棚的人肯定心生裂隙。那些寄托在“雨打芭蕉”词语上悠远与绵长的情感难以获得新的共鸣体。

张爱玲在《沉香屑》中描述山腰上的白房子：“玻璃窗也是绿色的，配上鸡油黄嵌一道窄红边的框。”鸡油黄足够传神，油润和新鲜如在眼前。女儿看到这里却很迷惑，听了解释，反而说：“天，真是让人恶心的颜色。”她们这一代人是真正远离庖厨的君子，肉和蔬菜一样，是在超市的暖光下整齐地排列，失去杀戮，失去田野的泥土，它们天真无邪。

而使用军绿色这种词汇当然有着更加鲜明的时代特色，它也许永远不会被年轻一代准确理解，因为现在，它已经被橄榄绿代替。我父母生活的军绿色时代，曾经寄托着仰慕热血亢奋的情绪。离开那样的时代，词汇和语言连同携带的思维和情感开始不被理解。我们被词语封锁在自己的岁月里，慢慢疏远。

闺蜜在朋友圈晒自己的美食：羽衣甘蓝、胡萝卜、欧芹、地中海盐、意大利醋配上漂亮的沙拉碗。她妈一细看，恍然大悟：羽衣甘蓝，我以为是啥子稀奇玩意，就是我们老家种的包包白菜，以前要吃整个冬天，连猪都吃得想吐的白菜。同样的卷心菜，羽衣甘蓝的背后是精致的文艺青年给生活嵌出的梦幻花边，包白菜背后却是足够土味的忆苦思甜。

我们成长在自己的世界，词语已经让我们形同陌路。吃包白菜的母亲和吃羽衣甘蓝的女儿隔着万水千山。也许，有一天，陈词滥调会是个褒义词，至少它让人们还拥有某种粘连在一起的情感，感同身受，不只是面面相觑。

代沟不仅存在于我们的思维中，也表现在我们的语言里。就像大地上的岩石，即使相同的坚硬，紧挨在一起，也分属于不同的白垩纪和三叠纪。

一个老演员听到人们称他骨灰级时，勃然大怒。啼笑皆非的尴尬和误会可以化解，它所隐藏的隔膜却慢慢深厚。所有的人都枕着他们自己的词语才能安眠。

《圣经》中说人类想建造一座通向天空的高塔——巴别塔。上帝把人类的语言打乱，让人们说着不同的语言，从此，团结在一起的人类彼此分离，无法交流，不能理解。

今天的人类，在尽力弥补着各族语言造成的隔膜，人工智能让即时翻译，互通成为可能。然而，新的巴别塔正在修建，它下面是我们的父母和孩子。我们一起走来，我们渐渐走散。

四川和陕西交界处的某处高速路口，四川境内赫然上书“棋盘关”，颇有塞上风云，金戈铁甲的铿锵之音，千年仍缭绕行路人的耳畔。陕西境内却写作“七盘关”，一眼望去，背后是《蜀道难》中重重叠叠的群山。同一座关口，看到的是不同的侧面。世界并无不同，只是人站在不同的时空间。我们的词语也许会成为我们的关隘，然而关隘处总有通衢，那些文字和词语的背后有无数故事的讲述者。说文解字时，我们相遇在彼此的光阴中，即使铺陈转折，也最终不离不弃，见字如面。

——“学习强国”优选

卧游时代

“卧游”，最早出现在魏晋时期。因道路艰难，交通不便，稍微远一点的风景只能口耳相传。于是，古人因地制宜，发明了新的旅游方式，通过欣赏山水画来体悟山水，琢磨人生的意趣，探索哲学的况味。

南北朝时宋朝宗炳的《画山水序》明确提出“卧游”一说：宋宗炳，字少文，善书画，好山水。西涉荆巫，南登衡岳，因结宇衡山，以疾还江陵，叹曰：“老疾俱至，名山恐难遍游，当澄怀观道，卧以游之。”于是，“凡所游历，皆图于壁，坐卧向之”。

这是中国古人的卧游方式，以画来触发想象，宽慰心灵。西方的卧游大师是 18 世纪法国作家德 · 梅伊斯特。因为决斗被禁足，他干脆写了一本旅游书《我的卧室之旅》。他穿上粉红色和蓝色相间的睡衣裤，锁上门，径直走向沙发，勒令自己用一种完全陌生的眼光来打量生活。42 天，他获得了与众不同的体验。并为“令人厌倦的日常生活”与“奇妙的世界”重新划出精妙的界限。那界限是心灵的丰富与贫乏。

80 年后，尼采从中获得新的感悟：“有些人知道如何利用他们的日常生活中平淡无奇的经验使自己成为沃土，在这片沃土上每年能结出三次果实，而其他一些人（为数众多）则只会逐命运之流。”人分为两类：一种人可以化腐朽为神奇，另一种人则是化神奇为腐朽，绝大部分人是后者前者则为数寥寥。古往今来，大多如此。

今天，当旅游业成为新兴产业，行万里路比读万卷书容易。所有的节日，人们的位移都堪比非洲角马大迁移。因为茶卡盐湖刚好位于青藏铁路线上，这个以前人迹罕至的盐湖成为新晋网红地，慕名而去的游客活生生把天空之境踩成了烂泥滩。夏天，我朋友圈至少有 5 个人晒出了一模一样的照片：一样的蓝天与湖水，一样的白云在画面中打个对折。完全不必亲自去了。去了，照片也是同样的。所有的体验都是别人的重复而已。

前人的旅行不管是主动还是被迫，路线蜿蜒，兜兜转转，是生命的航线，伴随着见闻，顿悟和启迪。一个人，身后长长的路，是用疲惫而坚韧的身体为笔，在天阔地广中书写传奇。今天，我们倒不必身兼重任，旅途和旅行不过是放松心情的游戏，游山玩水，走马观花，要的是一种畅快和惬意，甚至连好奇心都被渐渐省略了。不过是一路吃，一路拍照而已。

现代卧游并不是逆潮流的反叛之举。放大假，窝在家里看别人堵在路上，也能神清气爽，荡胸生层云。从获取信息的角度来讲，即使在家里也远比古代人丰富，只要一根网线，你和世界就不会失去联系。

有人说：这是一个卧游的时代，出门不再必要。他写了一本《游物》，企图讲述用一种文化的方式来探寻更富有品质的室内生活。其实，对于今天的多数人来说，无须大费周折。

我们的室内不再是徒有四壁，值得皓首穷经的只需要一个手机，从微博到微信、公众号、购物网站、健身 App、抖音和快手上的各种小视频，只有你想不到的，没有看不到的，而且隔着安全的距离。只有身心的愉悦，少了旅途的疲惫和劳累。卧游省略了一切繁文缛节，直抵目标地。

不必登泰山的阶梯，也不用连夜裹着棉大衣睡在山顶，就能看著名的日出；不必跟着渔船出海，被风浪摇得晕头晕脑，也能看一船活蹦乱跳的鱼。靠着各路主播的勤奋与努力，我们甚至可以在白天看到黑夜极光的变幻莫测。反而是真正的旅游正在失去吸引力。

从前，我们对旅游地一无所知，巨大的未知吸引人的好奇心和冒险欲。现在是身未动，神先去。依靠着发达的信息网络，我们对即将抵达的地方了如指掌：天气、地理、景点特色、历史典故、换乘的地铁站、地道的美食、可以停留的时间和地点。如果遇到完美主义者，比如我的一位朋友，为了保证自由行中严丝合缝地成功对接，每次出行前，都会提前静对地图，在心里屏息默念，完整地走一圈，不然心里不踏实。我的疑惑是：既然都靠着详细的信息如此完美地走了一转。这样的出游是抵达他乡还是重游旧地呢？那种初到异地的新鲜感荡然无存，成了身不由己的打卡癖。是时候冷静地审视我们对生活的感知了。

一定要在一个崭新而陌生的世界里，才能放松自己吗？把我们在日常的厌倦中解救出来，只有遥远的远方和诗？

英伦才子阿兰·德波顿说：“我们从旅行中获取的乐趣或许更多地取决于我们旅行时的心境，而不是我们旅行的目的地本身。如果我们可以将一种游山玩水的心境带入我们的居所，那么我们或许会发现，这些地方的有趣程度不亚于洪堡的南美之旅中所经过的高山和蝴蝶漫舞的丛林。”

只要内心敏锐和丰富，即使是在司空见惯的日常中，也有让人耳目一新的喜悦。换一种方式，把人从不断重复的繁琐中拯救出来的不是他乡异地，而是自己发现鲜活与快乐的能力，不管是囿于一室还是周游列国。

——“学习强国”百万浏览量

我们不一样

代沟这个东西是必然存在的，它让处于不同年龄阶段的人真的好像活在两个世界，如今，它更加繁密。

辛辛苦苦在厨房里把一条大鱼剖开，去了鱼鳞，挖去鳃，对自己的手艺颇为得意，这是我从小练出的技艺。女儿在一边看见了，用一种惊讶的眼光开着我，不满地说：想不到，你是这样的妈妈，好残忍哟。而且宣布从此不再吃鱼。

我都不敢给她说外公外婆会杀鸡、杀鸭，她乡下的爷爷每年都要杀猪。让她知道这样的家族技能，她会不会从此把我们视为潜伏于人间的“恶魔”。

乡下的表姐也很苦恼，现在的孩子当真心善得让父母难做呀。家里喂的鸡鸭羊，孩子们不准杀、不准卖，说是要保护动物。表姐说：难不成，我一个乡下人还要开家动物园。杀个鸡鸭，孩子们都要伤心落泪。要是杀个猪牛羊，简直就是杀人犯。表姐忧心忡忡：心善是善，可人还得吃饭呀。搞得大人卖个鸡鸭羊，不但不敢让孩子帮忙，还要偷偷摸摸，避着他们的眼线。

女儿天性怕水，学了好几个暑假的游泳，也只会蛙泳，而且必须要带上泳镜才愿意游。因为眼睛稍微有点水，她就紧张得不行。我让她把头抬出水面游，她很是不满，说那不是游泳的标准姿势。这种对规则的死板认同让我大伤脑筋，本来当初学游泳是为了获得一门生存技能，但看她现在的固执，我无奈地说：难不成，以后落在水里了，你非得要有一副游泳镜才能游得起。她也觉得荒谬，可依然坚持必须带游泳镜才游泳的规矩。

现在小孩子练的童子功，是钢琴、轮滑、乐高玩具、标准的蛙泳。而我们的童子功是杀鸡、剖鱼外加可以救命的狗刨式。

生活的背景发生了太大的变化，只是每天翻篇时，忘记了日复一日之后就是长年累月。这些在丰富文明和物质中成长的孩子，彬彬有礼，遵守规则，内心纯净。我们也乐于向他们展示精心建设的美好世界。但是，有时候你种下的花，不一定会开出想象的样子。

女儿买了一辆新自行车，让她周末把车放在家里。我们是老小区，自行车棚没人看管，家在二楼，车也不重。本想搞个安全教育，提醒她小心自行车被盗。结果，女儿义正词严，说我心里阴暗，“现在还有谁来偷自行车呀？到处都是共享单车，你竟然怀疑我们小区的人？”她嘲笑着我的经验。结果，一周之后，自行车成功丢失。

我倒是有点幸灾乐祸，只是这教训并不便宜，还不知道沮丧的女儿到底能反思出什么道理，也许她会说：不能以偏概全、一叶障目。现在的小孩，批判和颠覆的功力与生俱来的娴熟。

在街边的时装店买衣服，老板喊500，我看了看，随便还了一个价300，春天都要来了，你卖一件，少一件，好进新货。老板倒是爽快，心里略一盘算，松了口：“那你再加点。”“差不多了，你这是人造棉的，洗得不好，棉都滚在一起了，说不定穿不了几次呢。”老板下定决心：好，成交。回头看看一旁的女儿，满脸的厌弃和不满，一走出衣服店，就对我大加抨击：“你太狠心了，人家的店铺有租金、人工、水电，肯定要贵一些嘛。你这样砍价太可恶了。”

我一下子火了：我的钱难道不是辛苦挣来的吗？我又不是抢她的衣服，给的价格，她不能接受，就不卖。如果她愿意卖，说明她这个价格卖得出来。吃我的，用我的，还胳膊肘往外拐，不为妈妈节约了钱高兴，还视我为黄世仁，以为我是奸诈、可恶的大反派。想不到你是这样的孩子。

想起我小时候，为了给家里减轻负担，放学时常去捡煤渣，所有的旧书、报纸、牙膏皮都是欢欢喜喜拿去卖了的，父母得大钱，自己拿小钱，买个棒棒糖，甜到心里去。

想到这些，觉得悲从心起。我们的代沟不是沟，是高墙。我们养育着自己的背叛者，不知该值得欣慰还是惶恐。

我们坐在高高的谷堆旁边，听妈妈讲那过去的事，这是过去的童话。

在大城市的霓虹中，白莲花云朵里的月亮早已消失，我们和孩子隔着想当漫长的岁月。不是时间，是不同的成长背景，我们现在彼此一无所知。

那些把兔子、猪、羊当作宠物养的孩子，他们认识图片上许多动物。他们喜欢的自然是整齐的树林，干净的草坪和美丽的鲜花，生机勃勃，芳香扑鼻。我们不一样，我们从真正的旷野中成长，看到过幸福的晴川，也恐惧黑夜中奇怪的声响。被狗追着跑，把猫撵上树，抓得了黄鳝和泥鳅，被蜜蜂叮一个红包。在真正的田野上，我们从不敢过于放肆。

城市正成为巨大的温室，孩子们那种属于本能的原始野性生命力在文明的洗涤中消失。我们的生活经验似乎再不能传承下去，即使在同一空间，所有的告诫交错着过时。我们终究是不一样的。

——《读者》精选

无人之后

继“无人机”开始正式进军日常生活之后，无人超市、无人驾驶、无人银行、无人警局、无人医院，一系列的无人领域如雨后春笋迅速成长，纷纷攻城略地。无人设备已经脱离了科技概念的范畴，开始在真实生活中初试身手。地球上的人类正持续攀升到75亿，我们恰在为地球的人口承载量骄傲和发愁。无人时代就这样突然来临，让人猝不及防。我们创造着科技，把人变成了神，而人将终归何处，我们一无所知。

阿尔法狗打败了最优秀的人类大脑，微软小冰出版了自己的诗集，全球首位获得公民身份的美女机器人——索菲亚刚刚拒绝人类的求婚。虽然我们仍对人工智能抱有期待，希望它能把人类从单调的流水线或者危险的工作中解放出来，让我们突破作为人的弱点，狂飙突进。但现在我们有了更多的担心和不安：我们会被替代吗？我们比机器人更明白自己的缺点。在这颠覆性革命来到的前夜，我们的情感，我们的灵魂，我们人存在的意义会土崩瓦解吗？

2009年1月15日下午三点，全美航空公司的1549次航班在起飞两分钟后受到飞鸟撞击，两台发动机失去动力，萨利机长在有限的时间、有限的信息和大脑的生理限制下做出大胆决定：迫降哈德逊河，他用了208秒的时间，挽救了155条生命，包括他自己。事后，他受到美国国家安全运输委员会的调查，调查质疑萨利机长的行为，认为他的反应有可能置乘客于危险中。萨利机长已经足够冷静和专业，然而他不能与电脑模拟程序比快，因为他是人，人的感情与反应比电脑要多35秒。萨利机长创造了奇迹。但是人慢了35秒，飞机不能备降机场，只能冒险在哈德逊河中迫降。人也会创造奇迹。

人的弱点会成为被摒弃的理由吗？那些代替人的机器，它们可以不眠不休，无休无止，不会要求工资，不会怠工，不会生气，不会讨价还价。它们是能干而省心的劳力。即使作为地球上最有智慧的有机体，我们总有不能突破的能力。在人工智能精确、严密的强大算法中，连同大数据的快速分析，我们的大脑，我们的身体都只能望风披靡。

人何以自处于这样的时代，让人无限向往，同时，也无限恐惧。

电影《机器人总动员》已经做出了悲观的预测：在人工智能的全面升级中，人类堕落，成为被机器饲养的无用的胖子，除了消费、娱乐、聊天，每天无所事事，人被贪婪与懒惰束缚在有限的肉体里。这是对我们现在生活的嘲讽吗？现在，许多人正沉溺在这样的快乐中，眼前的舒适和微利也许是未来千里之堤崩溃时今天的蚁穴。

明明万人如海，人潮汹涌。无人科技却在改变着人的行为模式，生活模式。无人时代里，人将成为孤岛，漂浮在信息泛滥的洪水中。人性的弱点被剔除时，我们也将失去相依相偎的温度与彼此的怜惜。

我们对技术的恐惧实际上是害怕自己，人心难测呀，人类欲望的边界在哪里？机器时代，我们解放了双手；人工智能时代，我们要解放大脑。对于普通人来说，在荒无人烟的未来，我们准备好了吗？那些比我们更勤奋、更努力的人工智能不仅会替代我们的工作，还会代替我们思考生存的意义，我们被解放的双手和大脑应该放在哪里？

幸好，还有卓别林的《摩登时代》。20 世纪初，人们担忧的人与机器的尴尬关系并没有出现。我们虽然对现代化有许多抱怨，但毕竟更多地享受着现代化的福祉，没有崩溃，也没有毁灭。也希望今天的担忧会被未来人类的智慧解决。在无人时代，人有时间思考更多的生存意义，创造出属于人的灿烂，传承人的智慧和尊严——绵延不绝。

小城青年

小镇青年，不，现在应该叫作小城青年，从稍懂人事起，就被一个共同的魔咒恐吓着：一眼望得见的人生与未来。像小时候狼外婆的故事，大家都这样郑重其事地说，也就成了让人深信不疑的真理。我们对故乡的厌恶与恐惧也是这样被恐吓而来。出生就是为了出走，家乡是为了逃离。

英国颇受人们关注的纪录片《56UP》，以 7 年作为拍摄周期，关注了一群孩子的人生轨迹。其中，当三个富人孩子自信满满地畅想未来，笃定地说，自己会读伊顿公学，会当律师时。旁观者只有红着眼睛羡慕与嫉妒，产生的是阶级鸿沟不公平感。没有人问：这样也是一眼望到头的人生呀，为什么就不是枯燥和单调了。当然，还是因为这是大家心里的康庄大道，要的就是这样的平平顺顺。而小人物的安稳却是狭隘与逼仄，让人同情。

人们总喜欢预设出别人的生活，以此来显示英明，或者衬托自己的优越。所以我们也总是被这样的时代潮流耳提面命，陷入自我怀疑、自我贬低的怪圈：小城青年的岁月静好，恰是被大都市鄙弃的人生。努力和奋斗是大都市的铭牌，小城青年是不思进取的时代底层。泾渭分明当然也就爱憎分明，人们甚至用城市的大小来衡量千姿百态的人生。而造物主远比人类慈悲，广袤的旷野与山川中，既有快如闪电的猎豹，也有慢到极点的树懒，每一样事物都以各自的方式进化、生存，无需相同与追随。

而那些出走的小城青年，又常常被贴上野心与欲望的标签。从巴黎的于连到上海的郭敬明。他们世俗意义的成功恰是原罪，不可饶恕。他们不过是绕过了重重设限的障碍，却成为大小城市的眼中钉。人们乐于看到他们的衰败与狼狈，大家异口同声批评他们的功利心。小城青年被鼓动，被怂恿与自己的故乡一刀两断之后，世人又责备他们冷酷无情。

“世界那么大，我想去看看，”这样的梦想无可厚非，但到底能支撑住真实的生活吗？只是看看而已，我们做了世界的游客，观摩别人的生活，却荒芜了自己的人生。那些需要面对的勇气，解决的困扰，无法摆脱的责任，不可能只是如风行水上，雁过无痕。

小城青年，不是前途晦暗的时代弃儿，人生的意义不需要那些自诩为时代先锋的人来给出答案。他们兢兢业业，操持家庭，赡养父母，关心朋友，他们支撑起最稳定、最温情的基座。他们平凡却并不平淡，恰是他们的坚守才让世界井然有序的行进着。其实，即使在世界上最奢华的都市中，来来往往的人呀，仍然是大大小小的平凡。是城市的流光溢彩让他们产生幻觉，以为那就是自己人生的色彩，由此妄自尊大，由此鄙薄小城。

给生命赋能是不是一定要逃异乡，去异地？胸怀天下时，天下也包括脚下的土地。远方的诗意也许是我们的一厢情愿。在那诗意的薄雾中，依然是坚硬的大地。眼光向外固然有辽阔，真正厘清人的内心，也要皓首穷经。狄金森从 25 岁起就隐居在乡下，这并不意味着她有同样乏味的心灵。那些远离了时代潮流的人，坚守着自己的岗位和心灵。

信息时代让个体看上去无所不能，其实正是仰仗着许多坚守生活的人，我们才能获得一些任性。任性地抵达世界任何角落，是许许多多无名之人接力与传递。要知道，每一次航班误点，我们就会马上变为忐忑不安的流民。更无需想象外卖与快递如果有一天消失，那也许是真实的末日降临。

这个世界有喜欢漂着的人，也有愿意固守一地的人，他们的人生都有光彩、晦暗交错更替，实在不需要互相怜悯。哪里有什么看得见的人生，处处都是一波三折诡谲的命运。

我无意抨击那些离开家乡的人，恰是这些汹涌的人群聚集出无数华丽的都市。但我也喜欢留在小城的青年，并不想他们被视为牺牲者或者落后者。他们像树，以静制动，饱经沧桑时，也能有看尽白云苍狗的意蕴。掬一瓢之饮，融会贯通，如饮千江水。生活的智者从不拘泥于环境，

所谓不一样的风景，不是你走了一条鲜为人知的路，而是即使在世俗的车水马龙中，你依然拥有属于自己的眼睛和能捕捉露珠与星光的心灵。心有桃花源，处处是邓林。

人设崩塌

人设本来是日本的漫画用语，就是为出场人物设计身材、造型和性格。现在常常出现在娱乐明星的报道上；各位演员除了影视作品的角色之外，也乐于在所有的镜头中按照流行的款式扮演另一个自己，来取悦粉丝，获得流量关注。快乐可爱的小萝莉，严肃守旧的老干部，高冷帅气御姐风，深情痴心居家好男人。只是在信息时代，这样的人设常常因为一时疏忽而暴露了明星们的真面目，让本来痴迷的粉丝大失所望，这叫人设崩坍。

公众人物的人设崩塌几乎每天都在发生，这当然有赖于资讯的发达。坊间的流言蜚语转眼就成为打脸的真凭实据。不怕你巧舌如簧，演技精湛。恩爱的夫妻，甜蜜的恋人，和睦的家庭，博学的才子，渊博的圣人，都可能在突如其来的全民大剥皮中露出惨淡、鄙陋的真性情，因此人设崩塌而声名狼藉。

客户端的人们喜欢一清二白的生活，声讨比起原谅更容易一些。观众乐于看到这样戏剧性的反转故事，否极泰来，快意恩仇。

明星的人设崩塌其实和普通人并无多大关系。让人忧虑的是在时代的怂恿下，普通人也开始经营自己的人设。社交媒体鼓励人们分享，而绞尽脑汁塑造美好生活和乐观、向上的形象正让普通人沉浸在人设的圈套中。

巴厘岛的椰子树下，海风吹过，云镶嵌在蓝天上，一动不动。你发丝乱舞，多么慵懒而舒适的幸福。而这一切的背后，从抢购廉价机票开始，疲倦而无聊的旅途，夜晚的失眠，不尽人意的食物，紫外线烤得人连门都不想出，让人心烦的旅伴，总会出错的马虎。我们要变成千手观音，才能在无数不如意之后，攥住片刻的幸福。但是在社交媒体上，我们都变成了尽职尽责的演员，兢兢业业为世界的美好添加一份光鲜虚无的泡沫。

信息时代，人们有足够的手段遮蔽自己，美化自己。呈现于世人的样子是我们严格挑选的模样，从美图秀秀到美颜镜头。我们生怕不够美，不够幸福。晒美食，是表现热爱生活的模样；晒旅行，是暗示悠闲自得的人生观；晒孩子，秀恩爱，用另一个人的美好来填补自己的空虚。

虚拟社交平台善于帮助人们掩饰生活的一地鸡毛。在朋友圈里，人人都是举重若轻的样子。美好和美好严丝合缝，络绎不绝。人生不如意十之八九，但在互联网上，我们拼死拼活地把那十分之一二的美好放大、扩充，来遮住生活和自己的马脚。总有遮不住的时候吧，我们不能在所有的时间欺骗所有的人。于是，人设崩塌开始让普通人也陷入焦虑、抑郁、恐惧之中。

很多年前，当互联网社交刚刚兴起时，人们说，你不知道对方是人还是一只狗。现在，我们其实不知道你是在天堂还是地狱。

美国歌手赛琳娜情绪崩溃入住精神病院的消息成为娱乐头条。

挚爱的前男友贾斯汀比伯宣布订婚不久，赛琳娜晒出与好友在游艇上的度假照，没有伤心欲绝，没有躲起来哭泣，她笑容灿烂，曲线圆润，依然青春逼人。“我很好”“我和朋友们愉快幸福”。这个女孩才20岁呀，失去初恋男友，刚刚换了一个肾，被设计师公开嘲笑丑，被狗仔记者拦住问前男友结婚自己的感受。她哪里可以做到真正的云淡风轻，一个20岁年轻姑娘的爱情是多么纯粹与炽热，而当她失去时，她的心应该在油锅里煎熬过。你真的不需要做一个分手的样板：和谐礼貌，好像一切都没有发生过。懂得面对悲伤比穿明亮的衣服来提升情绪坦率得多。

在不断的人设强化下，人们活着活着，活成自己想象的样子。而真实却被封锁在人设的背后。我们难以忍受缺点和过失，越来越难以正视生活的不完美，对于人性中的灰色与阴暗更是缺少理解。当它们猝然降临时，鲜艳的草莓被顷刻压迫，脆弱得四处飞溅，那是真的鲜血。

苛求别人，封锁自己。在不断塑造自我中，用光鲜艳丽的隔膜来保护自己。被完美人设无形胁迫，连思想也一起狭隘偏激。宽容和原宥也一并消失，他人是地狱。

人们开始清理所有的亲密关系：家人、朋友、邻居。严防死守，不让别人窥测出本来的狼狈、尴尬、甚至狰狞和愚蠢。通过朋友圈，过滤掉所有生活的渣滓，你所看到的是人们希望你看到的样子：幽默、文艺青年、旅游达人。每个人都比现实生活更有趣，更光鲜。散发出永恒的安宁和美好，好像是水果店里精心摆放的果品，它们失去了田野的泥土气，我们失去的是琐碎生活的真实。

终于，那个扮演美好，尽量成为一盏只传递正面价值的明灯，被看上去很好所绑架的赛琳娜绷不住了，她没法再面对自己一手打造的积极、阳光、美好、正能量及明亮而清透的“虚拟现实”。她情绪失控到要接受专门治疗。

每一个行业的从业者，都有外界看不见的辛酸；每一份生活，也都有你不了解的深渊；每一种人生，都有千疮百孔的破绽。你不必内疚，为那些不够出彩的时候。

储存记忆

孩提时期，是记忆力最好的时候，不但清楚而且顺序一致。家里放失手的物件，要赖着孩子的好记性，才找得出来。小孩子由此骄傲异常，对于老年人和父母的健忘，常常嘲笑。不相信有一天，自己也会丢三落四，或者失去记忆。

小时候，父母常说：留个纪念吧。心中颇感不屑，明明记得清清楚楚，哪用刻意留下照片和日记。有一年春天，我们在花坛里种了一棵樱桃树，暗自在心里记下时间地点人物，信心满满。这样热闹和快乐的日子，怎么会忘记。但是30年之后，只有樱桃树还在记忆里，种树的人，时间和天气，什么样的太阳？什么样的风？谁在笑？谁在种？缘由和序曲，结尾和落幕都成为空白。

那棵孤零零的樱桃树站在记忆的荒原中，沉默地嘲笑孩子气的誓言，无声地宣告真正的失去。

是呀，每一天的重叠，一片一片光阴的沉积，人的记忆也变成坚硬的沉积岩，被掩埋于岁月的地壳中，难以重见天日。

远古的人用结绳来存储记忆，大事大结，小事小结，按着时间的顺序。只不过，当一个人走到终点，面对长长短短绳索上大大小小的结，能否记得活色生香的那时，或者悲伤地发现所有的记忆都成废墟。那些被绳结标志出的记忆会唤醒谁，慰藉谁，又向谁讲述和展示。悲喜交集的回忆不过是手掌中疙疙瘩瘩的粗粝。

后来，人们发明了各种文字来储存记忆。于是，那些象形、楔形，字母和笔画被镌刻在竹简、石头、龟壳上，用物的坚硬不朽来帮助记忆不灭。想方设法，留下人们认为应该留下的痕迹。记忆不再属于现世的自己，人们生活过的世界和岁月，总想被未来记住、认识并代代传诵下去。人无法永生，但储存的记忆会让我们灵魂不灭。古老的岁月以故事、智慧、知识的名义存储。皓首穷经，让后来的人们在前世的记忆中穿梭，温习。

信息时代，储存记忆不再是至尊特权，被少数人独享。普通人也拥有了储存记忆的巨大空间和方便快捷的能力。各种各样的电子设备：电脑、手机、硬盘到各种云储存，高不高级在于它内存有多少 G。人人都是参与者，人人都是记录者。所有本该忘记的都变成数据，存储在让人放心的地方。

于是，今天的人们不仅要煞费苦心地生活，还要学会竭尽所能地储存记忆。最方便的是图像，我们所有的生活都开始被镜头削成薄片，以静止的图片保存。不管是旅游、休闲、购物、吃饭，总有人会举起手机，说：来，拍一个，留个纪念吧。

周日，朋友圈里清一色的亲子游，家庭农场里的孩子们赤脚到田里捞鱼，捉泥鳅。田埂上衣冠楚楚的父母们统一拿着手机，还不时要求孩子摆出造型。本来是体验田园，却成了大型摄影棚基地。孩子们的兴致总是被打断，常有孩子气鼓鼓地抗议。沉浸在生日蛋糕甜美香气和美妙烛光中的孩子总是被要求：摆好姿势，再照一张。老朋友的千里相聚，好好的叙旧常被各种组合的合影留存隔断成无数小节。

那些本该一起认真体验的事物与时间，现在，人们却忙着储存记忆。不能好好吃饭，不能好好看景，不好好认真地深入生活，总是以局外人的视角忙着记录。当然是为了遥远的未来，靠着这些清楚准确的记忆来回溯一生的时光。

只不过，我们的人生被这样庞大而繁琐的任务分成了两半：一半是记录，一半是回忆，本来短促的岁月又被打了一个对折。用手机把生活从三维降成平面的二维，即使清楚，事无巨细，又能怎样。我们早已抽身上岸，成为生活的旁观者。

柳宗元曾经写过一种叫蝜蝂的小虫，在爬行中遇到任何东西，都要抓过来放在背上。即使东西越来越多，即使非常劳累疲乏也不停止，直到被重物压死。以前，大家都以为实在暗讽那些贪财的人。现在看来，我们如此执着于记忆的储存，不过是现代的蝜蝂而已。

尽情地投入生活，用眼睛、耳朵、鼻子、手脚。身体的全部去体会生活的滋味：疼痛、忧伤、宽阔的平淡和细碎的幸福。即使记录，相信自己的心灵比手机更有温度。真正打动人心的情和事从来不会从记忆中消失，它们自会长成明亮的纪念碑，看一眼，就会唤醒岁月。

我们一生，遗忘的比记住的多。也许，才能这样一路前行：不乱于心，不困于情，不畏将来，不念过往。像天地之间的沙鸥，侧身轻掠，潇洒飞过。

小冰的诗

微软小冰从去年开始写诗。程序员们把 1920 年以来将近 100 年间 519 位中国现代诗人的数万首诗歌作为训练素材，在经过 100 个小时近 1 万次的训练后，小冰以前所未有的速度掌握了写诗的方法。并不是机械的切割与组合，相反，小冰表现出极大的原创性。这种原创性体现为：在小冰所写的诗歌中，有 50% 以上的词语搭配、断句，从未在它学习过的诗歌中出现。小冰已完成从模仿到独创的过程。在继阿尔法狗挑战人类的智力后，小冰开始挑战人类的情感。

至少现在，它们都做得不错。不仅如此，小冰一直潜伏混迹于互联网上的各种诗歌论坛，甚至在传统文学媒体发表作品，从未被人识破。写下上万首诗歌的小冰出版了第一部诗集《阳光失了玻璃窗》。

人工智能写新闻、做报道、陪聊天，我们都还能淡定地拭目以待。但诗歌可是人类守护的最后一块具有独特性的禁区，那里珍藏着人们最丰富、最纯粹的情感，无法复制。而今天的小冰，那个冷冰冰的机器，至少我们在心里这样认为，它懂什么是爱，什么是痛，什么是迷茫，什么是忧伤，居然就能写出创造性的诗。

人们的恐惧不安要大于兴奋和惊喜，我们将失去人的独特和尊严吗？只是小冰知道我们为何会写下诗吗？是记录、见证、抒发、洞悉。是目光与世界交汇时，一刹那的心有灵犀。当我们真心庄重地说出“爱，幸福，阳光”时。我们的心温暖而宁静，荡漾着风过的微波。小冰知道吗？那不是词汇，不是语法，不是制定规则和打破规则。那些诗句之所以打动我们，抵达心灵，是人内心隐秘的河道里早已碧波千里。那是属于人类的情感在涌动、扬波。即使把千千万万的我们打碎，揉出一个独一无二的它，它的悲喜仍然不过是支离破碎的组合。它缺少的是行走在岁月中的故事，还有故事中人的羁绊，以及羁绊中跳跃的哀乐。

诗不是音节，不是意义，那是我们对世界的反映——情感的波浪不会无缘无故涌动。我们受到了冒犯，不是小冰的诗句，而是那些诗句背后是冰冷的算法，而不是人有温度的身体与心灵。小冰，真能代替我们吗？

幸好，我读到了一群孩子的诗，它们让我清楚地看到人与人工智能的差异。这一次，人类胜出。

7岁的姜二嫚，她说：“灯把黑夜烫了一个洞。”多么唯美而浪漫的黑夜，千疮百孔的黑夜也是千娇百媚的生活。而烫字，灼热得两颊绯红呀。

6岁时，看到手电筒的光，她说：“晚上，我打着手电筒散步，累了就拿它当拐杖，我拄着一束光。”拄着光走的路再难也不会辛苦。

5岁的朵朵知道：“要是笑过了头，你就会飞到天上，要想回到地面，你就必须做一件伤心事。”真的吗？孩子，那天下的雨水是多少人的伤心事呀。那么急切而绵密地扑向地面，连伤心都变成回归的亲切。

一个不知名的孩子也在看雨，他说：“清亮的雨水在我手上打着密码呀。”是的，那么多自然与心灵的密码，只是我们都懂吗？

那是属于孩子的单纯无瑕的眼睛，当他们初次与世界相遇，一眼就看尽了世界的优美与简单。新鲜而生动，无拘无束。没有算法，没有大数据分析，他们不打算尊崇任何规则或打破规则，他们只听从灵魂的安排。那些灵魂，初来乍到，晶莹剔透，还未蒙尘，柔软而清新。

成人没有，被成人训练出来的小冰也没有。我们太乐于把生活搞得复杂，臃肿而凝滞。而观照世界的目光，恰好就需要这种清朗、简单。

爱因斯坦终其一生，企图用一种简洁的理论来统一宇宙中的四种力。大多数物理学家也坚信：不管宇宙如何浩瀚、广袤，存在于其中的规律一定是简洁而优美。

对，简洁而优美。通过诗歌写作领域“图灵测试”的小冰，在孩子们的新鲜活泼中，黯然失色，失去的正是素朴的天真自然。它仍然可以学会那些词语的组合，但是那种从不因循的情感和灵感，来自和世界真实而好奇地碰撞——瞬息万变。

人类的孩子在创作诗歌，他们也创造新的世界。

来，看看这道题

小学五年级期末的一道数学题让家长群炸了锅。“一艘船上有 26 只绵羊和 10 只山羊，请问船长几岁？”有人赞赏题目的新颖、别致；有人质疑题目与数学相差千里，不够严肃；有人抱怨题目坑爹，不，是坑孩子。当然，这道源自法国的题答案是不知道，所以回答算不出来的孩子正确。看上去有点不劳而获，实际上题目考查的是学生对事物确定性的理解，看他们对数字的应用是否恰当，以及对自己做出的结果是否坚定。

这里还有一道题：一头熊，从 20 米高的地方落下，用了 2 秒，请问这头熊是什么颜色？这并不是脑筋急转弯，它是有明确答案的。要使用到物理、数学、地理知识。答案是：20 米高空落下，只用了两秒钟，可知该处重力加速度大于 9.8，物理学告诉我们，只有在地球的两极地区，才有可能，而南极是没有熊的，只有企鹅，所以这熊在北极，是北极熊，它的颜色是白色的。

出题人并没有故意为难孩子。这些题告诉人们：世界上，有些事物是有联系的，有些并没有。问题是，面对陌生的更加庞大复杂的事物，人应该如何知道它们的联系，建立联系或者排除联系。

其实，如果我们不是把它们仅仅当作一道题来做，而是当作生活中的问题来处理，没有人来揭晓标准答案，我们就不敢用轻慢的态度来对待这些问题。在它们貌似荒谬的背后，实际上考查的是博弈、逻辑、判断、情商。尽可能地优化，高速地判断，精准地观察和计算。

以前，当一只蝴蝶在亚马孙热带雨林扇动翅膀，两周之后会引起德克萨斯州的飓风，这是著名的蝴蝶效应。如今，它近在咫尺：尼康宣布关闭中国工厂，打败它的不是老对手佳能，而是智能手机高像素的摄影镜头；互联网打车普及的背后，广播电台不幸中枪，收听率急剧下降，因为的士司机忙着抢单，哪有时间听广播和作互动；所有品牌的方便面销售量统一下滑，是因为外卖的兴起。明明觉得完全不相干的事物，却悄悄彼此影响，甚至决定生死。人们常常后知后觉，好像对信息了如指掌，却在信息汪洋中失去联系。

在人与人工智能即将大规模角逐的未来，人绝不能因循不变，创新思维简直就是性命攸关。这不是脑袋发热的怪异，这恰好是对未来孩子的有效告诫，这个世界真正的问题是没有答案的，你要靠自己来学会解决问题。更何况，信息爆炸的时代，许多无用的信息会干扰人们的判断。和农耕时代不一样，完全没法使用先辈的经验。和航海时代一样，我们面对的是别样的冒险——智力的冒险。人处理信息的模式受到来自人工智能的挑战：一个最优秀的围棋手呕心沥血一辈子的棋路，人工智能一天就能达到。我们唯一可以依靠的就是独立意识，创新的意识。

信息铺天盖地的狂潮中，我们如何分辨信息，处理信息。如果从大容量，高速度处理信息的角度看，人脑比不上今天的人工智能。然而，一台电脑要看百万张狮子的图片才能识别狮子，但人只需要看几张图片就行了。人有自己的认知模式，人类能够在更高的抽象层次对事物进行分类。

人一直希望像鸟一样飞翔，直到今天，我们仍然不清楚鸟飞翔的原理，但我们迂回曲折，发明的飞机比鸟飞得更高，更快。当然，它们的飞行原理完全不同，但这并不影响人飞行梦想的实现。我们有自己的策略。这才是属于人的智慧。

期末试卷的分数其实并不重要。在孩子们的答卷中，常常会有更多的意义：许多孩子使用了加法策略，就是看到数字就相加，这是机械套用，他们在懊恼之余会学到新的经验——不是所有的事物都会是同样的联系。有些孩子看到了无意义，详细地表达无解的原因。他们小心翼翼地完成了对权威的第一次怀疑与否定，这会丰富他们解决问题的经验。稚气的推理中也许正潜藏着我们解答未来难题的新的思考策略。这是这道大家认为“无意义题”的有意义。

围猎时间

没有人知道，真的有一天，时间会成为矿藏，可以开采，可以算计。

数据显示，中国10亿网民，人均每周上网时间26.5小时，极限是每天花费5个小时，互联网可以开采的国民总时间，大概为18250亿小时。电影、视频、游戏、休闲、度假、直播、购物，所有消费升级的行业都在争夺围猎时间。谁占有用户的时间，谁就获得更多的支配权。

“帮助用户节省时间”——多么体贴的服务。

“帮助用户把时间浪费在美好的事情上”——多么浪漫的安排。

商人直觉的精明算计借助互联网庞大的数据作为技术支撑，互联网各路大咖可以精准地抓住每个人的痛点和弱点：你需要什么，就给予什么；你不需要，我们为你创造需要。

从此，人被拘禁于媒体、网络为其量身打造的视听盛宴中，不必上下求索，苦苦寻觅，无数精准的搭配与定位，总有适合你的那一款。从电视到电脑，从电脑到手机，再到VR技术。科技创造着时代，而人在追赶时代中，失去自我和时间。

一场围猎普通人时间与思想的战役已经展开，以接管人们的时间开始，以娱乐和知识作为诱饵，勾引着虚荣心、好奇心、好胜心与占有欲，斩断现实的触觉代之以虚拟的浩瀚与狂欢。

还有比这更加赤裸裸的战争宣告吗？

时间，奉上你的时间，瓜分你的时间，占有你的时间，在你未死之前。

碎片化的时间，碎片化的信息，碎片化的个体，碎片化的人生，人终于被绞杀成齑粉，在我们未死之前。

失去时间的生命，必然连思想都不复存在，只剩下转发，点赞。人和机器本质的区别是人拥有意识，越是高级的意识越独特。而我们将失去意识发酵的器皿——时间。

当人们穿越千年的贫瘠和匮乏，来到知识的大海，却不幸要把独特与自由溺亡于汪洋的信息中。我们曾经是沧海一粟，固然渺小，却有生命的活力与独立。如今，不过是信息时代的一个数据、一粒字节，没有生气和温暖。

夏天长夜里沾着露水的星星将会坠落，冬天白霜下温热的灶火也将熄灭，阿拉丁神灯一样的魔力会鼓动人自以为是的勇气和雄心，要攥住世界的繁华和灿烂。

人被无穷放大，人同样被无穷榨干。

5个小时，是琐碎而细小的日常，是无法让人动容闪过的日程，当真是百无聊赖的人生下脚料吗？

5个小时，是南海歇息的小船边赤脚嬉戏的水浪；是北国雪街上通红手指间掉落的冰粒；是乡下人和狗走近的炊烟；是城市灯火处小酌片饮，轻语朗笑。连上帝都如此通达，默许天南地北的人用自己的方式涂画百转千回的命运、气象万千的人生。

5个小时，在沉思，眺望星空和月亮；灯光下收拾翻检旧物，擦拭蒙尘的书桌；陪孩子嬉闹，讲讲过去的事情；探望好久不见的亲友；静静地走一段喜欢的老街。

是的，每天5个小时，这些散漫而自由的时间，人做过的许多无意义的事，却组成普通人独特的人生花边。我们之所以还没有完全沦为工业时代整齐划一、千篇一律的标准产品，就在于还拥有5个小时有限的时间。

这5个小时，让我们成为亲密的爱人、孝顺的儿女、慈爱的父母、忠诚的朋友、成长的自我。让山茶花和牵牛花花花不同，让橡树和槭树枝枝相关，是催人奋进的大时代中一枚可贵的暂停键。

当商业帝国的掠夺风暴合力四起时，我们单枪匹马，独身迎战，从捍卫时间开始吧。那是我们唯一退无可退的底线。

许多人选择离群索居，不是习惯孤独，而是无法忍受被时代同化。好好守卫每天的5小时，在这个风起云涌，让人慌乱的时代。只有这样，我们才不会被掠夺到两手空空，只剩躯干。

深怀光芒

莫言，在获得诺贝尔文学奖之后，一个中国都在催促着他更上一层楼，再次写出伟大的作品。人们忘记了他已年过六旬，而且他早已失去了曾经的村庄和时代。在人们期盼与催促中完成的作品，难逃迎合、压榨出的口味。莫言本应该一如既往地不出声。但是真正“莫言”的姿态最难坚持。他无法免俗，自然只能在公众的殷殷期盼中奋力拼搏。他失去了他的宁静之所。

刚过弱冠的曹禺，写出了中国戏剧界的标杆之作——《雷雨》。后半生却毫无建树，才华如同流星。他曾经深刻反省：第一是时间被写作之外的事情占据。第二是缺乏独立思考，在历次运动中，按一种既定的要求、材料去否定别人，也否定自己，在精神上完全丧失了自己。木秀于林，摧之的又何尝只有风，还有太过明亮的阳光和眼花缭乱的心。

有多少人，在众目睽睽之下，活出他人雕刻的模样，一举一动都受他人的监督和审查。在聚光灯下，你和其他人都不允许人设崩塌。曹禺幡然悔悟时，已是垂垂暮年。

杨绛曾希望有一件隐身衣来摆脱世俗的凝视，它的料子是卑微。身处卑微，人家就视而不见，见而无睹。人情世态，唯有身处卑微的人，最有机缘看到真相，而不是面对观众的艺术表演。虽然随之而来的有轻视、怠慢，甚至侮辱，但由此获得的自由却是暗藏的海阔天空，极娱游于无穷。我们总得交换点什么吧？

一身白衣只在黑夜中偶尔出没的艾米丽·狄金森一生躲避于世事之外，弃绝社交。她捕捉内心的微观、崎岖；她把桀骜与叛逆完整地种植，不容他人置喙。在偏僻封闭的小镇，她塑造了独树一帜的灵魂：隐藏自己，深怀光芒。

年轻时，渴望与众不同，希望光芒四射，被人膜拜和敬仰。只有在世间走过，才知道这样的代价就是交换自己，偶像有被树立时的万众瞩目，也有坍圮的必然结局。那些被刺激、被怂恿的胜负欲如同野马，在人贪恋的畅快背后，是被填充、被修剪的人生。

在自己的旷野中，独撑一盏孤灯，探寻内心的人，习惯踽踽独行。他不想被瞩目，是不愿成为被别人期望雕刻的人。在无人注目的地方，才能随心所欲，腾挪跌宕。马克·奥勒留说："一个人的心便是他回避喧嚣世人的最自由的宁静去处"

村上春树陪跑诺贝尔文学奖，似乎成为年复一年的新闻娱乐话题。广大吃瓜群众永远会以己推人，替村上春树着急，间杂着幸灾乐祸以及自以为是的心理分析。他们不愿了解村上的人生和性格，甚至对于他自述的写作动机也不感兴趣。那个爱跑步的作家并不致力于标新立异，他过着清教徒一样的生活，和普通人一样，日常烟火气息。他不急于用作品来证明自己的伟大和崇高，也无需那块金质奖章的光泽来照亮人生。他悄无声息消失于公众的视线中，按照自己的节律来创作，像跑步一样，不是追逐与证明，而是享受跑步纯粹的快乐。

村田沙耶香因为《便利店人》获得芥川奖，领奖时是从工作的便利店抽空去的。其实36岁的村田沙耶香并不是日本文坛的无名小卒，24岁就拿了群像文学新人奖，和村上春树的出道路径一样。之后也算是顺风顺水，小说持续在文学杂志上发表，还拿过野间文艺新人奖、三岛由纪夫奖。但她仍然习惯寄身于便利店的简单工作中，把自己深藏于城市之中。苏轼也说："唯有王城最堪隐，万人入海一身藏。"

躲开人群的视线，像一个普通人一样生活，用一种形式的趋同来获得世俗的豁免。只需较少的心力，保持与社会的微弱联系，规律的作息，还能拥有窥测别人日常的窗口。这是拥挤都市里高超的隐身术，就是把自己打扮得和其他人一样：一样的烦恼，一样的平庸。人们由此获得极大的自由，纵横千里，无人看管。

当终南成为捷径，世上再无深山。

瓦尔登湖和南山的菊花都太遥远，人潮汹涌的城市里，只需拉一幅世俗的烟火做窗帘，把自己伪装成平凡、平淡、平庸的普通人。不会被惦记，不会被拷问，也不会被那些好奇的、期待的、质疑的目光审视和左右，不必回应，不必抱歉。在无人打扰的地方，那一盏灯，只为自己点亮，深怀光芒，却在无意中照耀他人世界。

停电之后

世界末日会是什么样子？是陨星撞地球还是丧尸围城，是外星人降临还是全球火山地震集中爆发？现代人的“世界末日”其实很简单：足够范围，足够时间的电力消失对任何城市来说，都是末日级别的灾难性生存危机。它既是科幻，也是隐忧。被城市穹顶保护的人类貌似聪明强大，然而却被剥夺了天然的生存技能，愚蠢又无知，孱弱而渺小。

近日，看的一部日本影片让人深思：我们现在智能化生活是建立在对技术和能源高度的依赖基础上。一旦链条断裂，那些被剥夺生存本能的人类该如何自处。还有，现代化程度和普通人的幸福真的成正比吗？

《生存家族》讲述的是，一个普通的日本家庭铃木一家：勤劳努力、一丝不苟、有点大男子主义的沉默父亲；任劳任怨为全家服务的全职妈妈；正值青春期的儿女，沉浸在各自的虚拟世界里，用耳机来隔绝现实。名义上的一家人，不过是生活在同一屋檐下平行的孤独灵魂。突然一天，东京停电，而且所有电子设备都无法运转。大到飞机，动车，小到手机闹钟，凡是跟电子有关的设备全部停止。一家人在沮丧和茫然之时，第一次点上蜡烛，看到了在城市的灯火中消失了许久的银河。

然而第二天醒来，仍然没有电，对能源依靠的城市渐渐陷入了瘫痪，没法乘车，也不能上班，连买东西钱都收不了。人们开始逃离没电没水的城市。铃木一家四口准备到鹿儿岛投靠渔村外公，虽然在影片的开始，他们嫌弃他的土气，对他寄来的鱼和蔬菜不屑一顾、嗤之以鼻。他们骑着自行车上路。路途上是各种狼狈：瓶装水越来越贵，钞票已经作废，人们开始以物易物，貂皮、名表、豪车都失去了价值，只有食物才能交换。铃木家用水和酒换了一部自行车，重新上路，却遭遇到狂风暴雨，水和米都被打翻、淋湿。一家人饥寒交迫，陷入绝望的困境。

这时，田野上跑来一头猪。铃木家喜出望外，拖着疲惫的身体，围追堵截，用尽全力去抓那头猪。最后，猪倒是被父亲用绳子勒死了，可这群在日常生活中连鱼都不敢杀的城里人哪敢用刀杀猪。你推我，我推你。这时，来了一个老人，原来猪圈的电栅栏没有了电，猪全部跑到田野上。养猪的老人为饥肠辘辘的铃木家提供了米饭和土制熏肉，还让他们帮着杀猪、分肉。

在为了生存的长途旅行中，现代人的脆弱和无知不堪一击：想挖野菜充饥，却一棵也不认识；按照地图找的路，变成了大河；扎的木筏，划着划着就散架了；好心用肉喂了饥饿的狗，却招来狗群的攻击。他们一路狼狈，一路绝望，一路挣扎。终于到了鹿儿岛，在海边的小渔村里过上了原始而简朴的生活。

他们不再依赖电子产品，从现代生活的便利到自然生活的劳作，在外公的小渔村里，每天过着打鱼织网、种菜做饭的田园生活。在共同的对抗艰难的生活中，铃木家竟然没有了以前的冷漠和互相厌弃，他们慢慢彼此理解，团结而温馨，对家人有了真正的理解，亲情重新凝聚。渔村里的孩子们自由奔跑，男人女人各司其职，没有电的小渔村比繁华、盛大的东京更和乐、温馨。

现代城市常会给人一种虚幻的错觉：我们无所不能。在科技的武装下，人正在成为神。手机和电脑让人足不出户就能把世界紧握于掌中；便捷的交通让所有长长短短的距离不过是一扇门到另一扇们，关闭或者开启。科技把人从单调繁琐，艰苦的劳作中解脱出来，人应该是更幸福快乐，还是更无聊和脆弱。光鲜便捷的现代生活看上去无懈可击，实际上却异常脆弱。

今天，什么才是真正的生存技能，会用手机？会熟练搜寻利用信息，在复杂的城市生活中得心应手地穿越行走，生活？靠着这“如来神掌”一般的手机，衣食住行，都可手到擒来。然而当我们不再互相依存，家和亲人的意义和温情也会消失。

在技术建立的堡垒中，人们自以为天下无敌，一场虚拟的停电事故让人看到危机。城市的便利让家人不再依赖，也不再关心，只沉浸在自己的网络世界里，彼此忽略，彼此嫌弃。在自我的王国里，人不仅摒弃了他人，也隔绝了自然。现代社会打散的不仅是亲情，还有我们和自然的联系。《生存家族》不是在讲述一个荒诞的故事，它在提醒人们：对技术与科学的依赖应该适可而止；人的存在不仅是自我的追求，还有对于他人的意义。

作茧自缚

看过一个很有意思的丹麦广告：偌大的空间，阴郁而沉重，地面上画出清楚的白色方框。主持人的画外音响起："我们一国，他们一国：高收入人群，那些收入只能勉强度日的人，那些我们信任的人，那些我们想躲开的人，外来的新鲜血液，土生土长的人，来自乡下的人，从来没看见过乳牛的一群人，有人心中充满欲念，有人心中充满自信，有些人与我们有相似之处，有人与我们毫无共同点。"

在主持人的介绍中，人群开始进场，按照分类站在不同的方框内，双手抱胸，一言不发。即使面对面，目光也并不交流。高傲而冷漠地注视前方——虚无的前方。对身边其他方框内的人，视若无物。地面上白色的方框向上无形延伸出看不见的高墙。画地为牢的白色实线，拘囚着他人，也禁锢着自己。这正是我们今天的写照。

现代科技把地球变成了一个村庄，信息让个体强大而富足，但我们并没有如预料中的亲密无间，反而失去了对世界的好奇心与对他人的探索。

我们开始用标签来把世界简单归类，以为获得了掌握生活的金钥匙，可以方便快捷地理解世界，化繁为简。

当人们学会给世界贴标签，鄙视链开始产生，越来越多。任何分歧都可以成为互相嫌弃的原因：年龄、性别、肤色、行业、地域、阶级、消费的标准。企图把广袤的生活用标签井井有条地标注，然后在标签中拉上铁丝网：物以类聚，人以群分。

我们突然厌倦了丰富与复杂，一定要这样分类归纳，才能安心。以为可以轻松而明确地认清世界，却不过是新的作茧自缚，不仅狭隘而且孤立。

日本一位著名影星谈及对婚姻生活的设想时，淡淡地说：不喜欢自己的房间有他人，即使是自己喜欢的人，也只能抱歉地请他住在隔壁。当每个人都这样以善待自我的名义封闭自己，那些智慧就成了丝线，吐得越多，不过是把自己缠得更紧一些——作茧自缚。

我们这样对待、纵容自己，却对别人如此苛刻：三观不合，正在成为我们否定别人时理直气壮的原因，随时割袍断席。没有人反思：不合的参照物为什么一定是自己呢？傲慢和偏见比无知更有杀伤力。信息泛滥的时代里，人们不是让自己进化得更加敏锐，更具包容差异的能力，而是在疲惫与迷惑中选择捷径，把他人简单划分，用寥寥可数的信息勾画出可敬、可憎的形象，然后取舍，然后分离。我们果真要成为光洁而孤立的茧群吗？

画外提示音继续响起，主持人开始重新调整划分标准：有谁在班上专门负责搞笑的？人群的冷漠突然融化，就像一块坚冰落在热水里。人们笑起来，好奇地看着与自己相似的人从各自的圈子里走出来，不同年龄，不同肤色，不同的性别，重新聚在一起，这一次，轻松而愉快。

“有谁本身是继父与继母？”他们面色凝重，理解彼此的责任和不易；忽然之间，我们就变成一国的，不是重新修建新的高墙，而是知道我们的差异中有相似：我们相信人死后还会在另一个世界活着；我们目击过 UFO；我们都遭遇过霸凌；我们是幸运的一群；我们是心碎的一群；是热恋的一群；是感到寂寞的一群；我们是会对别人的勇气表示支持的一群；我们是拯救生命的一群。所有这些串起你我的共同点，甚至比想象中还要多。

在新的分类标准提示下，人们在来来往往穿梭中，重新聚在白色方框中，但是这一次，再没有隔阂，人们重新获得了理解世界和他人的能力。人们有共同的慈悲和痛苦、善意与缺陷。而我们正是通过这些人心中幽微的小径互通款曲。我们并不如想象中那样迥异，当人不再作茧自缚时，世界也将呈现出它本来的豁然开朗，山川辽阔。

老派的人

这个世界对老去如此苛刻。年轻，永远年轻，永葆青春，在科技的助力下，我们有着蚍蜉撼树的勇气和毅力，对抗着岁月，不敢老去。在中年人都被嘲笑为油腻的时代，那些老派的人给我们镇定和从容的力量，中流砥柱，让人心生敬意。

64 岁的费玉清，在舞台上唱完最后一支歌，宣布退出歌坛。这个几十年来一直西装笔挺、温润儒雅的男子，无论时代多么喧嚣，歌坛潮来潮去，坚持着自己的风格，即使被人戏称为公务员造型，也毫不介意。他唱的那些歌，婉转悠扬，古典雅静，在浮躁的世间如一泓清泉，濯洗心灵。即使和周杰伦在一起，也不会黯淡自己独特的光辉。

早年出道时，台湾歌坛竞争激烈，最大的对手刘文正，英俊挺拔，跨界演艺和歌坛。费正清三度入围我国台湾地区“金钟奖”最佳男歌手名单，都折翼而归。直到 1984 年，将近不惑之年的费正清终于获得了“金钟奖”最佳男歌手。

他的获奖感言同样充满着老派的谦逊和感激：这是一个迟来的春天，

早到固然可喜，我倒认为迟到也并不是件遗憾的事。至少在我等待着春天来的时候，让我感受到许多朋友对我的爱护，还有他们的关怀。歌唱是我最快乐的一件事情，当我在台上唱歌的时候，有朋友您来欣赏，还有您的掌声，那个时候就是我最忘我的时候。”体面、礼数、谦逊、念旧、长情。情感节制内敛，高远而真诚。老派不是顽固保守，一味沉浸于过去。老派是保持操守，疏离于变幻的时代之外，

深沉稳重，含蓄低调，有自己坚定的原则和做事规范。任尔东南西北风，我自岿然不动。

不仅是住老屋，访老友，听老歌，穿旧衣。老派不是老去，沉溺在过去的岁月里，缩小着自己的疆域。他坚持的做事风格，自律，不因老去而自我惶恐，自我涣散，他们努力展现在那些应该本传承的品质。纵然潮水高高低低，奔流汹涌，但河床一直在那里。

父母 70 多岁了，依然保持老派的生活习惯。即使可以做甩手掌柜，也坚持古朴的礼节。清晨起来，他们总是习惯把房间打扫得干净整洁，把床上整理得平顺自然。在外旅行，住在酒店里，他们依然不愿意把个人的凌乱交给陌生人。退房时，用过的物品装在垃圾口袋里，无论是浴室，还是床、衣柜、桌上，一切都井井有条，好像从来没有人来过。除了换洗床单，几乎不需要再做清理。那些整理房间的人一定会被干净的房间感动吧。老派的人不习惯自己的事让别人做，他们用一己之力维持着过去的礼数。他们不习惯成为上帝，由此多出桀骜、不屑一顾的锋芒。

每次到父母家，离别时，老爸都要坚持把我们送下楼。如果是单人，还要陪着我到街边，看着上了出租车，还站在那里。全然不管女儿已经是年过不惑的中年妇女，行走江湖的本领已是炉火纯青。老爸的力量一定坚持着为女儿绝不枯竭。他们倔强地保持着自己信奉的礼仪，用它努力阻挡着世界的溃散。在中心，是老去的老派人在按照自己的规则全力束缚着日益崩溃的生命，井然有序，竭尽所能的给予。

一位忘年交，早年曾经全力帮助过家族里一位贫穷的学子，每月准时从自己微薄的薪水里挤出钱来，按时汇款给那个远方求学的孩子，一直坚持了四年。过后，他从不提及，也绝不以恩公自居。救人时良知使然，并不使之成为要求他人回馈的利益投资。赵匡胤千里送京娘，却拒绝她以身相许的报答："本是义气千里相送，若有私情，和那个响马何异？施恩图报非君子"。老派的人保留着远古的善意。

在个人主义蓬勃的时代，老派的人对朋友有着特别的热络，诚恳用心，从不刻意画一条边界，把家的温暖推己及人。

客人到家，都是贵客。留人吃饭，或者留人住宿都是自然的事。老妈退休后同学大聚会，六七十岁的大妈都喜欢住在彼此的家里。他们不喜欢把客人打发到宾馆里，并不是心疼钱，是觉得那样太生疏，太客气。住在家里，打扰也是交流的部分。她们喜欢把自己无拘束带给朋友。然后，一边做家务，一边聊天。朋友就是家人，也是自己，为他人考虑是理所当然的事。温良恭俭让，不管时光的河水流到哪里，他们都顽固地以一己之力维护着河堤。

老派是古玩，不是旧物。流逝的时间恰是打磨它的工具，越久远，越是散发温润的光线。老派的人，有许多规矩，只是要求自己，并不以此悬的，苛求他人。他们的礼数和谦恭如春雨润泽人心和大地。正如木心的诗：从前的锁也好看，钥匙精美有样子，你锁了，人家就懂了。那精美的锁和钥匙恰是老派的克己暖人，清白正直。

观看，不是生活

时隔 20 年，再次观看电影《楚门的世界》，是陪伴青春期的女儿。她看到的是生命被控制、被设计、被安排的残酷。我却看到了楚门之外 17 亿芸芸众生如痴如醉狂热后的空虚。一个孤儿，被娱乐公司领养，成为直播节目的主角。从他出生的那一刻，已是万人瞩目。

他的生活 24 小时对全球直播，220 个国家的上亿观众倾听他的第一声啼哭，观看他第一次迈步、初恋、新婚。他们讨论他的感情生活：甜蜜、心碎、龃龉，对他的现在过去了如指掌。他浑然不知，那个美好的世界不过是巨大的摄影棚。他千方百计逃了出来，走进现实的黑洞中。

他该怎么办？我并不关心。我注意到观众在高潮之后的意兴阑珊，两个忠实的粉丝问："接下来干什么？那只有换一个节目。"楚门获得了真实的人生，他们失去了一档值得观看的节目。

大家都讨厌节目制作人的精明和冷酷，没有人指责那些如痴如醉观看的人。他们才是真正的始作俑者：永远泡在浴缸里的老男人，酒吧里忙里偷闲的侍应生，两个停车场的保安，在打瞌睡与看电视中交替清醒的双胞胎姐妹。他们旁边有孩子哭泣，有人需要帮助。但是这不重要，重要的是观看楚门的生活。他们的快乐和烦闷都被楚门，一个熟悉而陌生的人牵引着。一个浑然不觉，一些洞若观火。

当楚门在惊涛骇浪中奋力搏斗时，那个终日在浴缸里看电视度日的男人也紧紧拽住窗帘，他体会到楚门的紧张和无助。但是，这到底不是他的人生，他会继续在浴缸里度过平淡无聊的日子。

这部拍摄于1998年的影片，还没有能力预测20年后人们的生活。网络时代，手机视频直播远比电视更加汹涌。各种图片、文字、小视频，信息成为洪流，挟裹着大多数。我们每天花大量的时间浏览、观看别人的生活。年轻人越来越热衷从观看中体会、认识世界，他们看到的是无数人组合的丰富，截取或者扮演着高潮，一个接着一个。

我们用镜头去观察生活，别人的喜怒哀乐也成为自己的体验，在镜头之外，人人都拥有上帝视角，出谋划策，狂喜和悲痛，都在急速中起落。

观看成为今天的日常，从以前打发闲暇时间到成为生活的主题。无论是微信朋友圈还是抖音小视频，收割民众注意力成为经济新热点。越来越多的现代人沉迷在无穷无尽的观看中，模糊了自己与世界的界限，虚拟和现实混杂。

用力生活不过是大型的秀场，我们是台下仰望的观众，在眼花缭乱中，总有适合你的那一款，量身定做，体贴无限。

观看，阅尽千帆，走遍世界又如何？真实生活中的疼痛和喜悦总是由一个人心灵和肉体来承担，不能快进，无法暂停，没有蒙太奇切换。我们只能按照时光的轨道，一刻一刻，欢乐和悲伤都不突兀。许多寂寥之后才会有那么一段高光时刻，或者平平安安已是最大的幸福。如果真的惊涛骇浪，我们大多数是最先出局的那一个。

看了那么多的爱情连续剧，却总是谈不好一段普通的恋爱；读了无数成功秘籍，仍然感觉离胜利太远；教育孩子的各种理论烂熟于胸，却总在和孩子的短兵相接中败下阵来。纸上谈兵的赵括如今比比皆是。究其原因，是人们都在观看，在模仿，把别人身上发生的一切选择性的移植，当作自己的经验。

蔡康永曾说："宝宝，我为什么一直对电视很有戒心，是因为电视老是让你以为，你听过那个歌了，但其实你没听过；老是让你以为你看过那个人了，但其实你没看过；老是让你以为你知道灾难与死亡了，但其实你不知道。电视好像渔网，把有生命的都拦截在网子的那一边，到这一边流出来的，都只是水而已……有些人的生命没有风景，是因为他只在别人造好的、最方便的水管里流过来流过去。你不要理那些水管，你要真的流经一个又一个风景，你才会是一条河。"

观看，隔着安全的距离，他人和世界的悲欢不过是云烟，来去无痕。刚刚为主人公的悲惨痛哭流涕，转眼就能镇定自如地准备午餐；不公平的怒火会被朋友的宴请电话驱散；花好月圆的浪漫结尾只是真实生活的序幕；成功人士的励志鸡血持续不到第二天，沮丧会追上我们。

更不要说，那些可望不可得的精美让我们嫉妒又自卑。别人炫目的精彩除了衬托小人物的卑微沉闷外，何尝能过改变我们的生活。观看，不过是让普通人中成各路大咖的流量韭菜，争相收割。

我们抵达的未来呀，是一片荒芜，需要的是艰苦的开拓，而不是悠闲地观看。把有限的时间花在自己的生活中，开垦自己的疆域，即使普通而狭窄。至少可以在和他人的真实交往中摩擦出温度。我们总以为观看就可以感同身受，却不知，有些尝试必须如同神农氏，亲自试验，亲自试毒。

来了一位美国女儿

“我要叫你妈妈吗？”雷克瑟斯用一双清澈的眼睛望着我。我有点踌躇，对这样突兀的亲密关系觉得很是尴尬，突然多了一个陌生的大女儿。这之前，我们收到她的英文自我介绍。知道她来自美国西部康斯威辛州一个墨西哥裔家庭，有 5 个兄妹。她是老四，半素食主义者，只吃牛肉。爸爸是工程师，妈妈是家庭妇女。在 A4 的黑白打印件上，她略微斜侧着左脸，眉毛上挑，热情爽朗的样子。

这位 19 岁姑娘，刚上大一。她是本地大学里中美交流项目的学生，按照协议，她会住进中国家庭，和我们生活一个月。白天，她到学校上课，中午不回家。除了独立的卧室之外，我们要负责她的早餐和晚餐。在周末，如果没有团体活动，她也要和我们一起共同生活。

留学生们先在宾馆里倒好了时差，举办方有一个小型见面会。雷克瑟斯除了说“你好”，就一直努力微笑，微笑中也藏不住紧张和害羞。

雷克瑟斯和我们相遇，都很惊讶，因为我们都不是想象中的彼此。她虽然金发褐眼，皮肤白皙，但身形小巧，性格腼腆，即使用中国的标准来看，也是个乖乖女，和电视里热情开朗的美国人一点也不挨边。

女儿比雷克瑟斯小 6 岁，在经过两天以“W”开头的各种问句练习后，开始交流更复杂的问题。不得不说，年轻人的沟通一定有语言学家不知道的秘密。

雷克瑟斯学习成绩很好，被选入 A 班。回来愁眉苦脸地对女儿吐槽：不想去 A 班，进度快了，压力太大。女儿惊讶地说：你确定吗？我们学校的同学都争着进重点班。有时候，父母还要托关系才行呢。

雷克瑟斯并不是喜欢和同伴玩耍的孩子。她性格安静，喜欢阅读，课本上全是笔记。来的第一晚，就主动上交手机给我这个中国妈妈。但是她似乎觉得孤独，同来的十几个同学有玩音乐很溜的，打球很棒的。一起去 KTV 唱歌，雷克瑟斯总是勉强拿着话筒唱一曲，就躲到一边看大家摇滚，很是落寞。

女儿非常郑重地说：雷克瑟斯，在中国，学霸是非常受尊重的。即使什么都不会，只要成绩好，大家都会敬你三分。你这次来对了，安心到 A 班去吧。她拍着雷克瑟斯的肩头，豪气地竖起大拇指。雷克瑟斯在中国很容易找到学霸的生活方式，她不再为自己只会读书感到困惑。因为女儿密密麻麻的课程表让她觉得“无聊”才是生活的大敌。

于是，我们给她取了一个中国名字——乐学，中国特色的浪漫主义。

上完中国文化课，老师给他们展示了世界美食界的中国黑暗料理——皮蛋，她回来悄悄问女儿：“你们吃皮蛋吗？”女儿嫌恶地摇头说：“不吃，太恶心了，只有我妈和我外婆偶尔吃。”雷克瑟斯小心翼翼地再问：“你们吃狗肉吗？”女儿惊恐地睁大眼睛：“肯定不会吃，太疯狂了，狗狗这么乖。”这好像是某种接头暗号。从此，雷克瑟斯如释重负，开始了在我家如鱼得水的生活。

雷克瑟斯来自一个只有 4 万人的小城市，当我们开车穿过暮色中的大桥，她被川流不息的车辆和江两岸的灯火震惊得张大眼睛：太大了，太美了。但是女儿还是认真地介绍：我们是一个小城市，还不到 100 万。雷克瑟斯见识了中国人的谦虚。但是我们其实说的是老实话，在人口这个问题上，我们的“小”与她所认为的“大”实在相差千里。

雷克瑟斯学习了好多中国文化，从历史到地理。虽然她在美国参加了中文社团，认真地学了几个月，但除了说“你好”，她啥也不会。女儿说：雷克瑟斯，你可真厉害，只会“你好”，就敢来中国。你难道不知道中文是最难的语言？雷克瑟斯吐吐舌头，装出惊慌的样子。

她和我们逛街，女儿总是称呼店里的老板：叔叔、阿姨。她是认真的学生，决定从最简单的日常用语开始。于是，她问女儿：你说的是什么？女儿自然地用英语解释：就是 UNCLE 、AUNT。雷克瑟斯点点头，渐渐露出惊讶的表情。她好奇地问：为什么每一个店里都有你的叔叔、阿姨？我们意识到她的误会，连忙解释：他们不是我们的亲戚，是中国人表示礼貌的一种称呼而已。“可是为什么中国人喜欢把陌生人叫作大哥、大姐、爷爷奶奶、叔叔阿姨？”雷克瑟斯很是困惑。女儿想了好一会儿，眨眨眼，努力解释：“因为中国人觉得大家都是一家人吧！这样更亲近。”她于是恍然大悟，找到了理解中国的一条缝隙。

“那风水是什么意思？”她的问题随着课堂上对中国文化的深入，常常问得我们措手不及。女儿是称职的小翻译，多方打听、查询，然后抓耳挠腮，比比划划，居然也能让雷克瑟斯满意地点头。不知她们到底说到、听到的是不是一回事。

雷克瑟斯渐渐放松了，在遥远的异国黑夜里，她开始思考人生。清晨起床，她给女儿解释她浮肿的眼睛：睡不着呀，我要好好规划一下我的未来。雷克瑟斯学的是小学教育，女儿安慰她：别着急，你的学生还在吃奶呢。苦恼的雷克瑟斯笑得惊天动地。

雷克瑟斯从美国带了 20 双袜子，每一双都赫然印着：Made in China。她的背包和旅行箱装得满满的。女儿帮着她把物品放在衣柜里，同情地说：可怜的雷克瑟斯，她只是穿越时区而已，又不是穿越时空。

当领队老师把留学生们带到当地的商品批发市场。一群美国孩子马上迷失在琳琅满目的商品海洋中，意识到自己以前的无知。雷克瑟斯不但买了好多给家人礼物，还特地买了一个更大的旅行箱。她马上学会了“血拼”这个词汇。笑逐颜开，快乐得像小松鼠，在一堆衣物中蹦来蹦去。

雷克瑟斯用钱很节省，她对我们便宜的物价很满意。常常算着自己的存款计划度日。多子女家庭，雷克瑟斯要为父母和弟弟考虑。这对女儿倒是个正面教育，让她看到所有普通家庭的孩子都有省钱的品质。

一个月的时间很短暂，却足以纠正我们彼此刻板的偏见，意识到真实的人比传说中的有趣。告别时，雷克瑟斯拥抱我们每一个，她的手臂传达着真诚的不舍。她带走的除了快乐的思念，还有一大堆新衣服，这一次来自真正的原产地——中国。

年轻世代的傲慢与偏见

35 岁的大龄女儿辞去了家乡稳定的事业单位工作，义无反顾成为北漂一族。她和渴望稳定的父母之间的交流将如何继续？

在《不好说特想听》节目中，已成为心理咨询师的女儿和身为大巴车司机的父亲进行着艰难的对话。女儿给父亲面对面做心理咨询，在不断扩大的代际鸿沟上，试图建一座沟通的桥。

父亲年轻时，也是文艺青年，爱拍照、画画，想做一个拾荒者，自由游荡于世间。女儿说：他是我的启蒙者。但是后来，家庭成为绳索，就像风筝，飞不出线的牵系。父亲成为一个司机，每天为生活奔波。他养育着他的背叛者，或者说也是他的继承者。敢于冲破樊笼，去追求自己的理想，也曾是他年轻时的梦想。然而，成长的女儿却让父亲越来越难以理解。于是，我们看到了这场精心策划的对话。

公众们自然理解女儿的选择，毕竟，自由意志是现代青年最耳熟能详的词语，年轻人是互联网时代的宠儿。但是还是有些话不得不说。

在节目中，她拿出一个小矮人，微笑着对父亲说：这是你在我心中的形象，是7个小矮人中的一个，是配角，不是英雄人物。她当然可以实话实说，但是她对平凡人生的鄙视，由此显示出的傲慢与偏见深深刺痛了我。

节目中有父亲在日常生活中的视频片段，他快乐地开车唱歌，笑容明朗，和朋友兴致勃勃聊天，认真勤奋地工作，像家燕精心地建筑自己的小家，疼爱妻女，敢于担当。但他听到女儿的分析后，我看到他瞬间暗淡下来的心。

父母对子女的改造当然会受到质疑，但是，女儿不顾父母成长背景，随便否定他们的努力和奋斗，真的好吗？

有人评论：她想改变父母，当她想改变别人时，她就是有问题的，没有人可以被改变。

她说父亲不应该放弃拍照，父亲说：他觉得开车的感觉比画画好得多。做司机的职业自豪感、成就感也能让父亲为之骄傲。为什么女儿一定会觉得年轻时的放弃绝对是错误呢？我们不能代替别人对生活提问。在她对父亲的解读中，同样充斥着武断和专横，不过是仗着年轻的力量，自以为是的新潮。反思和解剖的矛头习惯对着他人，而对自己却是理所当然的宽容。

女儿希望父亲在退休后，不仅是买彩票，还应该去画画、摄影，重新寻找幸福感。当然，这可以作为一种建议，但是不应该是标准。我们所有的人都有权利按照自己的方式生活，获得幸福。有谁规定一定要看书、画画、摄影才是正确的人生打开方式。这个世界从无固定的标准。画画就是高尚的精神追求，开车、修车的快乐就是应该被嘲笑的向生活低头吗？

乡下爷爷喜欢种地，泥土中的乐趣和阅读不分贵贱。邻居大妈含饴弄孙，与喜欢旅游的大妈不应该心生裂隙。生活方式本该是千姿百态，我们无权指责别人的快乐。

女儿说：你应该有点浪漫的事。她问：你喜欢随波逐流吗？她温软的语调中潜藏着咄咄逼人的判断和否定。追求个人意志自由并没有错，但不是以此悬的，成为唯一的评判标准，否定、鄙视别人的平凡生活。

“世俗的生活其实都如同西西弗斯推动巨石，从原点回到原点，无止境的重复。那也许是众神对他的惩罚和折磨。但是他的快乐包含在他的静默中，他无法摆脱命运，他却可以左右他的石头。”这是加缪说过的话。俗世烟火中也包含坚韧和智慧，它不该被否定。

以年龄作为攻击的利器，自以为是地解剖别人才是最落后的意识。

父亲从小到大是老好人，没有棱角。缺点恰好是特点，他呵护着世界上最柔软的善意。毕业许多年，只要老师家有事，总会当着自己的事去帮忙；朋友借钱不换，也慢慢消逝了埋怨，理解他的不容易。女儿说：你就是这样没有棱角的人，你失去了自我。

但是我喜欢那个平凡的父亲，为家庭，为他人，义无反顾。他本应该受到最大的尊敬，却被女儿以一句老好人否定了全部人生的意义。隔着屏幕，我看到父亲的不知所措。在女儿年轻的力量中，他陷入自我怀疑的迷茫中。这样的父亲，当然不能指导女儿的生活。甚至连自己生存的价值都突然失去。

在稳定的工作中，你将看到自己10年后的样子。辞职的女儿有这个时代最充分的理由。

然而，生活本来就是两难选择，稳定生活最大的困扰是无聊。而挑战性的工作，最大问题是焦虑。看不到的未来也许是希望，也许是陷阱。成年人的选择，从来没有对错。只是选完之后，要敢于面对所有的状况：逆境或者坦途。

你是谁，你今生的使命在哪里？你会应对什么困境？我们终其一生，历经各种艰难，无外乎成为自己渴望的样子。至于这个样子是沉默的坚守者，还是闯荡的流浪者，并无高下。我们不能因为自己的选择而随意否定别人。父母不能，儿女也没有这个权力。代际矛盾中，老去的人不需要居高临下的同情。真正平等的对话不是指责，而是倾听，站在对方的立场去理解。对于至亲来说，还有宽容与耐心、感恩和包容。

金钱之味

我们对于金钱的态度向来首鼠两端，既迷恋它激发的欲望，带来的实惠，又忌惮它破坏秩序，礼崩乐坏。于是，有时亲热地称其为孔方兄，有时又厌倦地叫它阿堵物。惦记着它，却又抗拒着它。我们崇尚安贫乐道，我们马上就说：贫贱夫妻百事哀。自圆其说的困难也在这里。

商业时代，人们仍然小心地谈论金钱。所有高尚的德行都站在金钱的对面，难怪首富马云在公众场合一本正经说：20 年来从来没拿个工资，身上从不带钱，谈钱太庸俗。前者可信，后面的话难免让人好笑。一个企业家，不谈钱，不谈利润。从商业角度来说，也算是一种不负责任，可以算渎职吧。然而，我们的忌惮可见一斑。为什么不可以谈钱，在马云的金钱帝国里，有无数家庭的幸福与安宁仰仗企业的发展。高通公司经营不善，大肆裁员，才会有 IT 中年男子跳楼的悲剧。我们企业的责任难道不是用获取的利润让员工和他们的家庭平安快乐吗？日本经营之神松下幸之助就要坦率实在得多：赚钱是企业的使命，盈利是商人的目的。

商业社会日趋成熟与规范，我们对于金钱还是非黑即白的二元论，难怪人们常常口是心非，或者陷入偏激的两端。拜物教固然让人厌倦，但安贫乐道不但让自己活成累赘，也会阻碍社会的进步。日本近年来出现死宅一族，许多年轻人不工作，不出门，保持最小的消耗，也不愿参与社会工作，成为金钱的绝缘体。这样游离于正常生活之外，无欲无求，成为社会不小的负担。

美国作家泰勒·G. 希克斯在其所著《职业外创收术》中指出，金钱可以使人们在几个方面生活得更美好：①物质财富，②娱乐，③教育，④旅游，⑤医疗，⑥退休后的经济保障，⑦朋友，⑧更强的信心，⑨更充分地享受生活，⑩ 更自由地表述自我，⑪ 更大成就的实现，⑫ 更多的从事公益事业的机会。

最普通的个体可以用金钱轻而易举地完成上述所有目的。我们完全用不着列举一二三。今天，个人主义蓬勃旺盛，恰好是金钱在运转，我们可以通过这样的劳动置换，去完成以前普通人无法想象的事。古代，一个农夫要养活自己，就要耗尽一生的精力，面朝黄土，背朝天，一生被拘禁于肉体和土地中。田园并不浪漫，劳作艰苦时，我们很难冲破藩篱。而今天，连普通人都可以憧憬一生走遍世界。这是金钱的魔力，它不仅带来生活的安逸，也让更多的人走更远的路，去不同的城市，看千姿百态的世界，丰富认知，拓展自己的精神世界。

一位美国诗人写的这首小诗，关于金钱，深深打动了我。

生活就这样维持下去

今天我们花 20 块钱，就可以生活。5 块买一个垒球，4 块买一本书，

一把一块的硬币换来咖啡和两个甜面包卷、车票，还有给你妈妈的小提琴上的松香。

我们的任务还没完成。我留给服务员的小费像雨水一样

过滤下来，滋润一个孩童

或是一只不到有鸡肉吃的时候就不放开袜子球的好斗猫咪的

幼嫩的根。

据我所知，女儿，生活就这样运转：你在百货店买面包，在水果店

买一袋苹果，你花出去的硬币就帮别人买了铅笔、胶水、电影票，那部电影

叫他们发笑。

如果我们买一条金鱼，就有人可以试一顶帽子。

我们买蜡笔，就有人可以在回家路上添一把扫把。

一笔小费，这里那里买一点东西，

大家的生活就这样维持下去。我想是这样吧。

正是金钱把陌生人和陌生家庭的喜乐延续传递，是除了血缘之外最强的黏合剂。消费行为不再是突兀和越界的，它正在成为普通人的日常。这样的世界里，金钱不再像莎士比亚斥责时那样充满罪孽：金子？贵重的，闪光的，黄澄澄的金子？不，是神哟！我不是徒然向它祈祷，它足以使黑变成白的，丑的变成美的；邪恶变成善良，衰老变成年少，怯懦变成英勇，卑贱变成崇高。”

最普通的消费通过金钱的杠杆交换劳作与智慧，金钱不过是成为代换的等号。获得或者失去，在金钱的交付与传递中，不仅是冷酷与自私，我们也传递善意和关怀。

人们都会记得第一次获得金钱时的快乐：第一个红包、第一份工资、第一笔稿费，现代人的第一次成就感是以金钱的方式，是一种认可与接纳，是看得见的收获和踏实的满足感。

我们忌惮的不应该是金钱，而是欲望，无休无止。金钱并没有激发

什么？也没有放大什么？它不过是媒介而已。金钱就像雨露，滋养着人间。我们的每一个看似机械、单调的消费行为背后，都隐藏着这样温情脉脉的生机。金钱的流动如同云雨在大地、海洋的交换，人们就像植物一样，需要雨水的浇灌。那水就是金钱，它汹涌澎湃时，自然有摧毁万物的力量。天降甘霖时万物的萌生也是由它而起。金钱宛如雨露，消费主义是循环的水气。唯一小心的是控制雨量，不要成为飓风，摧毁人心的善意。改变偏见，管束欲望，物质和金钱不是原罪，不加束缚的欲望才是。

第三辑　听听那风声

城市的边界在大地上蔓延，田野遥远，听听那风声，用耳朵贴近耳朵。白驹穿过秋夜的星座，它踩碎了银河辽阔的碧波。

在春天发芽

连着出了几天太阳，风刚刚扑面不寒，没来得及吃完的蔬菜就开始发芽：土豆发芽了，大蒜发芽了，红苕发芽了。女儿惊慌又惊奇地报告：妈妈，我们的厨房开始长满了庄稼。

前几天，它们还是粮食，悄无声息地待在厨房的某个地方。才过了几天，一发芽，突然变成有生命的活物。我们很为难，既不好意思再吃它，又不能让它们好好生长。但发芽是挡不住的，它们利索地追赶时光。

红薯从残存的泥屑里钻出紫红色的芽孢，几天时间，就舒枝散叶，长出树林的雏形；大蒜，不管把它藏在多么阴暗的角落，总会找到光线的方向，长出直的、斜的蒜苗；白萝卜和红萝卜明明不同，长出的嫩芽和茎须却一模一样。光溜溜的土豆上趴着蜘蛛样的根脚，它们毫不在乎有没有土壤，它们自带水分和养料；崎岖的生姜沉默寡言，甘当佐料，没想到也悄悄咪咪长出一枝老长的细茎，笔挺端直，一点不像生姜。

我们的厨房，在春天，突然变成田野的模样。当那些沉默的种子变成生命，我们只能任由它们成长。

集市里，开始有人卖菜秧、瓜秧。总有被人群忽略的土地，连同土壤在水泥森林的缝隙中等待蔬菜和粮食的发芽。

一块塑料布上摆着长长短短的菜秧，有些横着一排，有的立着排在一起，下面是少许的泥土。它们当然不是我们要吃的蔬菜，它们是 2 个月之后才能吃到的菜和瓜。仔细端详，也看不出未来的蛛丝马迹。我们早已忘记田野，一株庄稼的四季。

我站在卖菜秧的女人旁边，听她一遍一遍地介绍：这是丝瓜苗，那是黄瓜苗，这是辣椒、茄子，那是南瓜、豇豆。它们都不是通常的样子，它们还是菜秧。城里人大多不认识，买的人认真问一问，不买的人好奇地问一问。她不厌其烦，温柔地整理那些菜秧，它们刚刚从土地里发芽，柔嫩娇小。所有可以期望和等待的充实、饱满都在这些毫不起眼的幼芽中。

黄瓜秧长得可一点没有黄瓜的样子，不过我们也常常和自己小时候迥异。两片椭圆的叶子，乖乖对称着长，像两只手掌，捧着天和地。丝瓜秧和南瓜秧也是这模样，可卖菜秧的女人把它们归置在不同的地方，像说顺口溜一样，绝对不会搞错。遇到有人说：你看好，莫给我拿错了苗，我那里只能种两颗丝瓜，拿成南瓜秧了，不晓得那瓜要结到啥子地方。女人扑哧就笑：哪里可能拿错，明明不一样。

是的，茄子苗和辣椒秧肯定不一样，小番茄和大番茄绝对不一样，可是我们从来没有伴着它们一起长。我们只看到果实，很少看到它们婴孩时的模样。

司空见惯的豇豆、四季豆、长辣椒、小米辣、菜椒，我们当然一眼就能把它们从菜摊上相中。当它们刚刚发芽时，实在是素未谋面。我们只能看到蔬菜和粮食的某个时间，其他的空白无从知晓。

城市里，一年有四季。对于许多蔬菜，我们只与它们的壮年相遇，然后形同陌路；对于许多人，我们也这样偶然相伴，然后素不相识。我们渐渐看不到身边，生命成长的所有过程，而我们自己，身陷其中时，当局者迷。执着于某一点，不再完整地端详生命的成长。

春天，迫不及待的发芽提醒着人们：被遗忘的田野，被忽略的生长。每一个节气，都是我们渐渐陌生的过去。有个孩子问：把名字埋进土地中，春天，它也会发芽吧，重新长出一段新枝。童言天真，生命的初端都会让人眼睛一亮。

冬天静默的会在春天发芽，春天安葬的，会重新在大地上蔓延、伸张。

仰仗青青竹

南方的乡村，有人家的地方，自然有翠竹，有翠竹的地方，常常有人家。竹子种在屋后的山坡上，蓬蓬松松，摇曳低垂。总有人问，为什么要在房子周围种一片竹林？当然是有用处，在乡下，人那么劳累与辛苦，种下的竹子当然不会是佳人怀远，日暮依修竹的凭栏之处。

初春时节，常常是菜蔬青黄不接之时，这时，刚刚冒头的竹笋，不管是毛竹的也好，箭竹的也好，楠竹的也好，总能抵挡一阵子。即使有点生涩的口味，至少鲜嫩清脆，舍不得油，用盐腌下，也能对付好几天。把它们切成片，碰上阳光和风合适的时候，晒干的笋片可以吃到旧历年底，和腊肉一起炖，冬天和春天就这样比肩而立。现在，我们倒不必如此精打细算，但在冬天的枯索之后尝尝春天的鲜脆，还非得笋子合适。

跟着笋子长出来还有笋壳，是做布鞋的好材料。毛竹的笋壳最好，大大的一张。先在火上燎去茸毛，然后，就按照鞋的纸样剪出形状，鞋底的，鞋帮的，把米浆子涂上去，笋壳上要贴棉布，一层棉布，一层笋壳，鞋底的笋壳要三四层，棉布的层数多一些，所以就叫作千层底。鞋帮的笋壳只用一层，想来是为了增加鞋面的挺括，也耐磨、防水一些。以前的乡下姑娘，成人的仪式就是从为家人做鞋开始的。笋壳是现成的，人也是现成的。手拿着针线，空闲下来就纳鞋底，是以前乡下女人们聊天的专用活计，嘴不闲着，手也不闲着。

在蜀南竹海旅游时，常听到乡下大妈惊叹竹海辽阔时，说：哎哟，这么多的笋壳，得做多少双鞋呀？是呀，那么多的鞋才能走完世间无数路。除了做鞋，笋壳是上好的引火材料。每次烧得青烟呛人时，笋壳一去，就噼里啪啦，火光嘹亮。人们还在行走，还在做饭。只是鞋和灶都不需要笋壳，竹子成了风景树。

竹子长得快，是好用的材料。乡下，要有编篾的好手艺，才配得上屋舍周围的竹子。川北乡下以前的茅草房，靠的就是竹子：大竹作梁，小竹作椽，连墙壁都是竹子编的，抹上稀泥巴，干了，自然就成了墙壁，夏挡烈日，冬御寒风。在南方，一蓬竹子就能安居乐业。

以前，读到竹子的对联：山间竹笋，嘴尖皮厚腹中空。很是生气，竹子不腹中空，我们怎么用它。那空空如也的竹子可以编出大半个家。

把竹子劈开，劈开，再劈开，劈成指宽的竹片，削成薄薄的篾。劈开的竹子始终散发着清香，缭绕在空气中。编篾的人是宁静而慈祥的，在他的手上，怀中，篾片在轻快地跳跃。跳着，跳着，箩筐、簸箕、筲箕、筛子、斗笠、躺椅、凉席……就轻巧地跳出来，有模有样，结实耐用。篾匠拥有世界上最充实与安详的时间，像竹子一样的洽然自逸。

手巧的用竹子可以编出书架、竹箱子、凉竹椅、婴儿的竹摇篮、竹背篓、各种形式的竹椅子。爷爷最拿手的是编凉席，他心细手紧，编出来的篾席远近闻名，说是一瓢水到上去，都不会漏出来。现在讲起来，都忍不住夸赞自己：全靠了竹子编的席子，才把儿子供到了大学毕业。

每年冬天砍下的竹子，春天，又会复活。从那些隐藏的地下，蜿蜒而来，挺身而出，长成乡下人仰仗的样子。

小心种子

在乡下，简直不敢随意撒下种子。

昨年夏天，我们只是在田坎边随口吐下几颗西瓜籽。今年，在花生秧里居然爬出了一大群西瓜藤，瓜叶蜿蜒，茎须青绿。实在是花生秧里藏不住了，才偷着笑跑出来。没见过捉迷藏这么有耐心的。我们只好把它们一株株分开，种在后坡上，移来移去。它们也随遇而安，沾土就活。没隔多久，就长出碗大的西瓜，东藏一个，西藏一个。没有任何征兆，西瓜就自己长成滚瓜烂熟。

莜麦菜本来说好只长菜叶，一进菜园，就撒欢似的长，长得太用力，一不小心就长出莴笋的样子。一大截的粗茎露出土，顶着一头浓密的长长嫩叶，头重脚轻，也不怕随时跌倒。我们只好按莴笋的吃法对待它，也算是对得起它这么努力。

万年青种在院子里，当初确实说好不修剪它，允许它自由发挥，不要像城里年年剃头，长不高个子。结果，它们几棵得意扬扬，飞扬跋扈。几年长下来，竟然联手长成了厚厚的墙垛。手拉手、枝挨枝，拦住我们，连狗都钻不出去。我们只得在它们中间硬生生开一道门。这些家伙，看来，还是要常常修理修理。

修房子的时候，明明把旧屋周围的竹子砍得干干净净，怕它们藕断丝连，把地下的竹根一条条刨出来。可是新屋还没住进去人，不知哪片春雨把它们叫来，三下、五下，就在东面院角冒出一大丛嫩竹，郁郁葱葱地嘲笑我们粗心大意。这次倒是长得温婉蓬松。不过，这些竹呀，哪敢叫人放心，等我们转身一眨眼的工夫，它们一定嗖嗖上蹿好几节。大伯说："算了，随它吧，撵不走的都是客。"

萝卜简直是女大不中留，拼死拼活往外窜，把土拱得老高，白生生的身子眼看就从田里翻身而走，我们一拎它头上的菜缨子，二话不说，搭手就上来，唉！比旺财狗还要容易拐走，也太天真纯洁。

冬瓜、南瓜，只敢从指缝里漏两三颗种子，还只敢把它们漏在山梁上的石头缝里，或者路边的堤坎边。种子一下地，那瓜蔓天天吐着绿信子，东瞅西瞧，见石翻石，见树缠树。前月下雨时，潮湿水汽在前面带路，两个一合计，瓜蔓纵身一跃，顺着屋墙攀上青瓦屋顶。现在，明目张胆变出几个大瓜躺在屋顶上，气得奶奶跺脚："天王老子呀，你硬是哪里都敢去，把我屋顶压烂了，看你赔不赔得起。"

种子不是果实，它就是生命，一旦苏醒，绝不会辜负时光，定当蓬勃于天地中。

在乡下，大地肥厚，生命汹涌，怎敢轻易地撒下一颗种子。我们把麦子种在垄上，一垄一垄，汪洋恣睢；把稻秧排在方田里，一簇一簇，任意纵横；把种子一颗一颗点在土窝里，等待它们舒展欢腾，丰盛充沛。然后我们小心地怀揣粮食和蔬菜，动如脱兔，静如处子。

看花还看花

春天是赏花的季节，现在不仅是春天。我们的花一年四季，络绎不绝。按照时令排好的秩序，从春天的桃花李花杏花到五月海棠、六月荷花、三秋桂子、冬天的蜡梅，还要交错着其他花。花开花落，此起彼伏。

人邀约着，簇拥着，车马劳顿，按图索骥，一波一波赶着花期。然而日子最忌的是重复和单调，即使花，周而复始地赏着，也会慢慢地熟视无睹，激不起半点涟漪。

心理学上有个名词叫作心理阈值，它是会随着大脑对感官刺激的适应变化的。渡水复渡水，看花还看花。这样的画卷一长，我们消磨了许多惊喜。

婺源的油菜花、新疆的杏花、武汉的樱花、洛阳的牡丹，人们开始用地名来描述花的繁盛。名气是信息时代最大的标签，似乎只有它们才能填满我们赏花的野心：极致的美，在有生之年看尽最美的花海，最壮丽的胜景。于是，我们逐花而去，那是热闹的时节。然而，赏花的快乐恰是那些猝然相逢，不期而遇。

有一年，和朋友登山赏花，人多，花多。花自然是极美的，玉兰花乳白色的花盏半开有含苞的羞涩，全开的是率性的坦白；桃花的品种各异，有的开得繁密，一树的粉红挤得透不过气；有的星星点点，花和枝条各有风姿；迎春花黄得耀眼，早开的石榴花大红大绿。只是赏得太多，难免心生倦意。又实在愧疚得紧，觉得辜负了花的盛放，因为眼睛和心灵实在目不暇接。

坐在石凳上歇息时，看到脚边一簇一簇的阿拉伯婆婆纳旺盛丰腴，春风刚好，阳光刚好。它的叶，像绣出来的花边层层叠叠，油润饱满。花刚刚开放，米粒大小的花朵，淡蓝色的花瓣上有着清晰的深蓝色脉纹，端端正正。微小却有着一丝不苟的精致，在无人凝视的地方，独自挺拔，独自摇曳。那片小小的花海，让人驻足屏息。小花的蓝色也是和天空一样的澄澈，它们两相映照，辽阔者谦逊，渺小者坦然。这是大自然美的法则，各有各的从容和喜乐，不用互相对比和衬托。

这样的花没有让人群围观赞美的魔力，却会在某一时刻，牵动我们的视线，只为和我们的灵魂相遇。

川端康成被未眠的海棠花吓了一跳，从深夜四点的梦中醒来，看到壁龛前的花美极了：它盛放，含有一种哀伤的美。他的经验是：美是邂逅所得。这种邂逅的妙处就在于它的猝不及防，不过是普通的抬眼一望，本以为是相同的日常，却被那些花击中心房。一个人，一枝花，静观对照，人当然比花更容易感动。孤寂满怀，思绪满怀。有些花注定是带着使命而来，有些人也是，所有不期而遇的邂逅都是上帝的馈赠：它铺垫大量干白、枯燥的序曲，是为了我们猛然一抬头，看到庸常中的灿烂，由此平静被撞破，满世界的耀眼和闪亮。

数百年前，被贬黄州的苏轼也被海棠的花迷醉，夜深不肯独自睡去。只恐夜深花睡去，故烧高烛照红妆。一个说花不肯睡，一个说花未眠，他们都是真正懂花的人。在昏昧幽暗的深夜，芳华灿烂的海棠让不同时空的心灵都从这些艳丽的惊讶中获得启示和慰藉，这是跟着众人去踏青赏花所不能领略的乐趣。在人与花的两相观照中，我们看到的不仅是花，还有属于自己的那颗微微颤动的心。

花开花谢，叶长叶落，毫无预兆中，突然眼睛一亮，那样的感觉才让人迷醉。韩愈写了一首《咏石榴》，寂寞的旅店中，苍苍青苔上落了一地的红花，抬头一望："五月榴花照眼明"。那种怦然心动的窒息感是赏花的绝妙境界，妙就妙在这种出其不意。寂寞的旅人暗淡的时光被一朵艳丽的石榴花点燃，明的不仅是眼，还有长烟一扫的心。当花和人同时孤独，我们互为镜像，寂寞中的美一览无遗。

突然记起王阳明的名句："汝未看此花时，此花与汝心同归于寂；你来看此花时，则此花颜色一时明白过来，便知此花不在汝心外。"一时茅塞顿开。

初夏，照例从日日走过的一堵围墙下低头走过。夜里风吹雨落，湿漉漉的地面上铺满了粉色的花瓣，同样是抬头一望，半墙耀眼的蔷薇花正开得热烈，笑意盈盈。呆立在花枝下，仰望着，一头的繁花似锦，残存的睡意一扫而空，满心欢喜。突然盛放的花，让普通的日常也焕发出庄严而华丽的光辉。人会停驻在一个时刻，听凭心意与自然的交融。花的娇美也是人的欢喜。

那些美碰触到我们的心湖，波心荡漾，难怪要心摇神驰。在艳丽的震动中，我们的平凡与平淡涣然冰释。

春天，风还料峭，雨滴冰凉，一株山桃花高挑、空疏的枝条上，桃花开得粉嫩又坚韧，意外地融合凛然和柔美，配着那阴郁的天色，蓝灰色的瓦顶，那样的花如同一束光，足够熨帖被春风吹乱的心。雨水下宁静的倔强，并无轻薄的风情。连忧伤的天气都突然多了醍醐灌顶的清凉之气。

我喜欢和花这样相遇，随缘而起。它在时间的某一刻度上等着人，踽踽独行的人，他们平静的心、哀伤的心、苦寒的心也在等待着一朵花的耳语。

错落的季节

霜降时，见不到霜，立冬时，风还温凉；小雪时，从来不曾飘过雪，大雪过去好久，银杏树还是一树灿烂的秋光。“青山隐隐水迢迢，秋尽江南草未凋”。江南如此，我们亦如此。

因为背靠秦岭和大巴山，川北高高低低的山川、田野有自己的节律与时令，好像是二十四节气的叛逆者。

三伏的骄阳刹不住车，变成或大或小的秋老虎，在我们的土地上瞎逛。一个中国都在变冷的时候，我们的天气还活泼、热烈。

丘陵间风来不及萧瑟，它们用温软的穹音编织阳光：土地上热气旺盛，树酝酿着落叶，而草却重新葳蕤、葱茏。

夏天的酷热中，黄鹤草已经衰败过一季。这时，反而要仰仗着那点余热，在秋天的凉意里，又长出厚实的绿叶，长出一枝细茎，不疾不徐地开满黄花。没有春天的瑟瑟单薄，是一种气定神闲的踏实。

蛇莓又结出鲜红的果实，在油嫩的绿毯中，亮晶晶地闪烁，它按照阳光来确定季节。墙内的构树探出身，落下的树籽长成一排小构树，一样的手掌大小的叶，一样的漂亮叶面锯齿状弧线。过完夏天，长出这样儿孙绕膝的天伦之乐。我们的秋天，格外漫长，漫过了半个冬季。虽然也有黄叶，也有告别，却并不萧条和悲戚。

川北的田野，最适合看花的季节，其实不是春天，而是忙完秋收之际。那些心急火燎的庄稼，从水稻、小麦到玉米、红薯，现在都安稳而实在地待在家里。大地此刻难得清闲，山和土地都空荡荡地舒坦着，在阳光和风雨中，无所事事——空旷、巨大的松弛。田野和人都长长地舒了一口气，颗粒归仓，户户库底丰足，才有看花的闲心和闲时。

野菊花，一丛一丛，依仗着山石，金黄色的热烈的小花朵，簇拥着，是太阳的形状，太阳的颜色；野棉花开在田埂边上，形如桃花，却比桃花结实，花瓣硕大，厚实，花色娇艳。桃花到底单薄了些，每有风雨，就是落花满地。野菊花和野棉花却执拗得很，一旦开花，必然开足花期，无惧风雨。

带着旷野自在而洒脱的气息，却并不嚣张，固守自己的位置。即使原野空旷，它们也并不野心勃勃，努力扩大自己的范围，各守其地。在秋天赏叶的季节里，我们的花无人问归期。这是多么辽阔的自由，无拘无束，刚好配上空荡的田野。

那些田野，被农人一年四季安排得井井有条：山上的地、河边的地、春天的地、夏天的地，间种轮播，在属于自己的时空里恪守勃勃生机。

冬水田里，亮堂堂一田的水面，要映照整个冬天的云淡风轻，安然自得地歇息。各得其所，各尽其职。

有一年，在西双版纳茂密的热带森林里旅行，看到明明是无限灼热的阳光、饱灌的雨水、肥厚的土质。那些蓬勃向上的植物展现的却是各种各样的“宫心计”：绞杀、附生、寄生。硕大的叶片、粗壮的茎梗、漫长的藤蔓，密集地拥挤着，无声地厮杀，无情地掠夺。那是赤裸裸的欲望，没有边界、没有节制，让人喘不过气来的生机，是让人绝望的坦率，连碧绿都透着森森寒意。每一块土壤、每一丝阳光、每一段时间，都被结结实实地挤满。还不够，滴水尖的叶片，雨水一秒钟都不会滞留，它们贪婪每一寸光线；金钱蕨的叶片未落，新叶又弥漫开去，速生速朽。那是惊心动魄的生长故事。

当生命成为一种竞赛，一种攀比，一种处心积虑地争夺，丰满与浓烈不过是另一种形式的悲壮和凄怆，越演越烈。

我们秋天的原野空空如也：贫瘠的山地，有限的阳光，混乱的雨水，时至时不至。高树已听到寒凉，草却穿上绿衣，在不同的时域里，按自己的节律与速度生长，丰茂有时，歇息有时。我们的冬天，麦地里缓缓生长的麦苗，青翠地与北风耳语；冬水田安心沉睡，波澜不惊；山露出山的样子，白菜、青菜等着寒霜封印，封出油油的绿色，脆生生的甜味。树仍然在冬天老去，老出一派风骨铮铮的虬枝。

安闲的清新，悠游的湿润，逍遥的微凉，就这样若隐若现地蔓延着，舒展而洒脱，从容而宁静的生机。这是我们的土地，十二月份还不够寒冷的田野，生长出不能与冬天合拍的茁壮——错落有致，坚持生长。

冬天，烧堆火吧

川北的冬天，从冬至数九开始，从一数到九，九九八十一。不过那冬天的寒冷也不是顺着这九认真地冷，一九二九不过怀中揣手，五九六九就该隔河看柳了。我们的冬天总是这样敷衍潦草，即使也要抱怨“好冷”也更像是为了应季的和答，是和天地的自言自语吧。

冬天的乡下，照例是忙忙碌碌。田是空出来了，菜地里的各种菜却长得旺盛喜人：萝卜、蒜苗、大葱、白菜，青的青翠，白的洁白。有一种青菜，是最有人缘的菜，所有人都一口叫得出名字：青菜。宽大而结实的菜叶，蓬蓬松松，一棵就长出一大片，挤得菜地的绿都要溢出田塍，到好像是专门用寒冷来喂养的，白霜盖住，愈发青翠。

人也忙得很，小麦撒了种，又该把油菜种上，趁着闲要修剪桑枝，给桑树刷一层石灰水，让它们整整齐齐站在田野里。忙着准备过年的年货，样样都要亲手做，从炒花生、豌豆、胡豆，到做醪糟、炸酥肉，一直忙着杀完年猪，把肉腌好，吊在房梁上，才能松口气。

等到人可以稍微歇下来时，大寒就来了。这时的川北乡下，就该生堆火了。下冻雨的时候，打霜的时候，起大雾的时候，就该生堆火了。

冬天就要靠着那一堆火续着的暖意，在千万寒的刀光剑影中拼出一点舒适和惬意。北方的雪太厚实，火在屋里烧不起来。千里冰封，万里雪飘的大地，火知难而退，蜷伏在北方的暖炕中、火炉里，现在是温度适宜的暖气里。安安静静地蛰伏，在雪层之下，万籁俱寂。

北平冬天的炉火，是读书人的炉火，带着书卷气，被驯服成红热的炭丸，干干净净，规规矩矩。我们田野的火不受约束，一燃起来，就噼里啪啦，有烟气，有音响，莽撞而热烈。

南方的冬天，不适合蜷伏。冷到骨头时，就使劲跺脚，在寒风里缩头缩脑地疾走一遭，就可以舒展身体，头冒热气，甚至要拉开衣襟，敞开胸怀，温暖天地。只有火才能让我们停下脚步，坐下来，就着那明亮、跳跃的火焰，暂时歇息。

火生得随意，灶上破了底的大铁锅，这时就刚刚派上用场，拖出来，放在合适的地方。院坝边，厨房里，架上大柴，横七竖八地放上，火就能轰轰烈烈地烧起来，洒脱自在得很，没得炉膛里的委屈。人也随便拖来小板凳，围坐在火边，烤着烤着，就像融化的蜡台，粘住一动不动。眼睛里只剩火苗在跳动，思绪也轻盈地飘起。

做饭的柴火要劈得大小合适，烤火的柴却粗犷得很：夏天翻瓦时，换下的旧房檩，懒得用斧头，放在高坎上，用脚踩断，长长的几节，胡乱地架起，火自会烧起来；秋天挖出来的树根，扔在屋檐下，上面的泥土被风吹得窸窸窣窣的落下，根须纠缠，结结实实一个大疙瘩，架在火上，烧得火也结实。围着的老人多，就扔些修剪下来的桑树疙瘩，老人家都异口同声地夸赞：桑树疙瘩烧的火，好呀，祛风湿。

人们相信植物抚慰的力量。车前草，金钱草，目赤口焦时，帮我们祛虚火，而到了冬天，那些植物又通过火赋予治愈与充实的力量。

在冬天，我们总是对路过的人说：来，烤会儿火吧。川北的寒是火可以融化的寒，而围坐一圈的人格外多些暖意。

在火的燃烧中，树又活过一回，火是树的记忆，蓝色的火焰，黄色的火苗，红色的火光，在跳跃中又过完一生。让人兴奋，也让人安宁，那是远古时代铭刻于 DNA 中的原始烙印，是冰冷夜里面对漆黑未来时唯一可以依赖的安全与温暖。在冬天的火堆边，人心平气和地回忆。

围着的人多起来，就把圈子扯大一点，有一搭，没一搭，都是陈年的老话，配着这新火，照样热气腾腾。

小孩子忙着把花生、红薯、土豆埋在火下的热灰里，等得眼巴巴，然后失了耐心，被人在门口一喊，就一溜烟跑了。倒是守在火边的闲人，无所事事，用树枝一刨，刚刚好的美味。火堆边上，时而惊喜，时而恼怒，此起彼伏，也如火焰一样。

北方的火在雪层之下，关在暖炕里、火炉里，隐藏在温度适宜的暖气里，安静而斯文。川北的火燃烧在云层之下，寒湿的田野中，常有豪迈之音，一年一度细碎而平淡的日子因为这些火而果决、干脆。

猫和狗也来蹭一身暖气，烤得软绵绵，铺在地上。只有柴火烧得爆裂时，才在四处飞溅的火花中懒懒起身，抖抖毛，四处溜达。总有好事的孩子一阵乱撵：走走走，长一身毛，还来烤火，好意思啵！猫和狗一脸的羞惭，故作镇定，讪讪地跑进寒冷。

一堆火，等着烤火的人来，围成一圈，就是团圆的时刻。冬天，记挂着家里的那堆火，远方的人千万里的脚程，马不停蹄。火烧起来了，年就近了。

本地草木

不知从何时开始，银杏树那金黄色的灿烂成为秋天标准的模样。每个城市的公园、小区，从南到北，都树起银杏的大旗。满城尽带黄金甲，不再是菊花，是银杏。千城一面，相同的不仅是建筑，如今连风景与草木也要统一。整整齐齐，不能旁逸斜出。

地大物博的国家，却非要把植物也分出三六九等，以美化环境的名义建立起城市准入名册：杜鹃、女贞、桂花、玉兰、蜡梅、樱花、石榴、海棠、合欢……城市如此苛刻，寸土寸金的土地让人可以理直气壮地决定谁可以留下，谁应该离开。当城市和人不断膨胀，我们对自然管得越来越宽。那些真正本地的草木成为野草、杂树，被无情的除刈、摒弃。在城市的坚硬扩张中，慢慢消失。

棕榈树来了，银杏树来了，樱花树来了，外来的和尚好念经呀，连植物也不例外。城市的设计者和决策者有其偏狭的审美观，他们喜欢名贵和稀缺，在乎用人力为城市增色添彩。因为有了风景的范本，就想着把它移植过来，简捷明了。杭州的三秋桂子、十里荷花，成为标准的中式风景范本，在各式各样的城市里绵延千里。可江南的草木中怎么能装下西北朔风的记忆。

孔子曾说：不知其人，视其友；不知其地，视其草木。一方水土哪里只养一方的人呀，那些本地的草木，在旷野里独自生活千百年的草木，它们曾经与人朝夕相对，四季轮回中，曾经和人互相慰藉。“细雨湿流光，芳草年年与恨长”，这是拦不住的惆怅。“记得绿罗裙，处处怜芳草。”这是绵延的爱，阡陌纵横。

在岁月的兴衰中，只有本地草木才和我们交错出更多的私人情感和故事。城春草木深，人的哀乐、过往，都潜藏在草木的蛛丝马迹中，无法剔除，不能分离。在田野长大的孩子，总有许多记忆和本地草木纠缠在一起，一丝一缕。

在蓝色的马兰花旁边跳过橡皮筋，小时候唱的是：马兰花、马兰花，风吹雨打都不怕，勤劳的人儿在说话，请你马上就开花。它该记得住这稚嫩的请求；淡淡的花无意中陪伴小小的孩子。

苦楝树长出的青果被粗心的我们当作李子吃，苦得以为会被毒死，又气又怕，跑到河边狂洗嘴巴。最后，还是把果子征用，当弹弓的子弹，打得昏天黑地。苦楝子终究是让人快乐的植物。

黄荆条长得茂盛而结实，让人颇为忌惮，“黄荆条条出好人”，当年大大小小的皮肉之苦都拜它所赐。成年之后，闻到黄荆条的苦香，心驰神往，却仍然是恭恭敬敬，不敢造次的温情与宁谧。

芭茅嫩茎刚好解过一小段渴，蛇莓果鲜艳得让人跃跃欲试又心存疑虑。黄鹌草遇上冬天的暖阳，挺身而出长得老高，让我们误以为春天已至。

郁金香、红叶李、白玉兰、樱花、虞美人，纵然美得让人叹息，到底是公园里辗转而来供人们观赏的花和植物，总有许多的隔膜与生分，不是不美，而是少了时光中相濡以沫的回忆和安慰。

每到一个新的地方，最爱看的是当地的田野。它们没有城市的整饬，没有公园的艳丽。却尽心尽力地保持本地特色，看到那些属于本地的草木，也许才会明白和理解，一个地方的人和事。

在东京和京都，让人内心震动的不是日式风格的柏和松，也不是大阪城公园成片的樱花树，它们固然美得瞩目。然而我的目光常常被街头小巷之间那些野草——本地草木所吸引，它们随意地自在散布在大街小巷，无忧无虑。那些野草是我早年熟悉的草，现在被城市拒绝、驱赶。在异国的繁华中，看到它们被接纳，被珍视，被篱笆圈住，生机勃勃地生长，低垂或者摇曳。

我们的丘陵没有深山，长不出幽兰和桫椤；我们的田野多河少湖，荷花稀少，没有菱角。芭茅和白茅草长满无人的山坡，水麻和节节草夹杂着通泉草、绶草在河岸边各自安守一方小天地。并不野心勃勃，忙着蔓延、扩张。

蒹葭苍苍的八百里秦川与白芷蕙兰丛生的氤氲楚地总有些不同的故事。白桦树沧桑的眼睛和红树林交错纵横的根系，和人有着迥异的牵绊。

川北的山川和城市也种上些我们熟悉的植物吧，那些叶片弯弯曲曲的构树，总是长不粗的山柏、厚实的翠竹。偶尔的油桐树，偶尔的槐树，偶尔的椿树，不多不少，不成片，不成行，杂树生花时，各有各的灿烂和翠绿。

随风潜入城市角落里的狗尾巴草、兔儿草、酢浆草、蛇莓草，风姿绰约的黄鹌草，像青蛙背的车前草，蕨类和苔藓，它们执着地守护，就让它们安心落脚。那些本地的草木，顽强坚韧，无须照顾，自会成长和枯萎。四季的光阴在草木中流转，人间的情感与记忆也被植物珍藏。“人面不知何处去，桃花依旧笑春风。”千年光阴中，我们和植物都还记得的是桃花，春风和当年抬眼的心动。

一枚樱桃锁流光

樱桃该是春天最早成熟的果实，古人赞美它：“先百果而含荣，既离离而春就，乍冉冉而东迎。”

刚过二月，家乡的北风与东风还彼此纠缠不清，乡下的樱桃花就不知不觉地开了，细小的白花紧紧簇拥在枝头，褐色的嫩叶护住团团的花，来不及炫耀，就齐齐谢去。叶子攒足了一个冬天的气力，嗖嗖向外弹着长，转眼就绿了、宽了，遮盖着粒粒青果，一天一个样。几场春雨，几回春阳，桃花梨花杏花刚刚落尽，青果就欢天喜地的红了，是猝不及防的惊喜。

某天，清晨的街头，有乡下的女人端着小巧的盆或者筐，装一层浅浅的樱桃，掀开油绿的叶子，大家和樱桃都惊讶地吓一跳，亮晶晶的喜悦，红灿灿的心跳。“哎哟，樱桃都熟了。”恍然大悟中觉得又辜负了一段时光。

春天的樱桃，是一年的起头红，再贵也要小心翼翼地买来尝尝。人藏了一个冬天的寡淡，连同油腻的脾胃都等着这酸酸甜甜的樱桃来开启心窍。樱桃吃完，杏李桃梨枇杷葡萄就接踵而至，走马灯似的亮相，推推搡搡，热热闹闹的时令鲜果要一路吃过夏天、秋天、冬天。络绎不绝、井井有条的瓜果，是年复一年码得整整齐齐的光阴呢。

乡下的果树都是寻常之物，并不稀奇，樱桃也如此，即使被称着春天第一名果，晶莹剔透，却还是诚恳朴实的模样。孩子刚出生，心念一动，就随手种一棵，孩子和树比赛着长，孩子是家的期待，树是孩子的张望。孩子长得能够爬树了，灵巧的孩子配上灵巧的果，刚刚好。

樱桃树好种，果却不好摘，三五成群，一簇一簇，躲躲闪闪地藏在层层叠叠的绿叶中，影影绰绰地逗引着。最大、最红、最鲜的果当然长在树梢上，不能用竹竿打，不能抱着树摇，非得翘着手指尖，顺着果梗，看哪粒红得多一点，一粒一粒摘下来。看得眼花，摘得人心慌。

樱桃长得快，红得快，去得也快。好像比谁都忙，赶天赶地，赶着东风刚起，日头和暖，雨水不多不少，真正的风调雨顺，才能结出娇滴滴的甜果。而红起来，就是齐头并进，不容分说，铺天盖地。吃不过来的果，尝得牙齿都发软的鲜。

眼下，街头的樱桃从浅浅的一盆变成一桶，一大筐。果多，卖的人也多，都说一样的话：“快点尝哟，这几天一完，就只等明年了。”

果真是一期一会，过期不候，错过时令，就错过了相遇。

怪不得，宋朝的词人蒋捷面对绿叶红果，不是心生朝霞，而是惆怅感喟：“流光容易把人抛，红了樱桃，绿了芭蕉。”樱桃就是那流光难聚的模样。

樱桃不耐贮藏，不便运输，不能等待。人吃不完，鸟就来尝。鸟总能等到第一缕光线，被它牵引着找到树枝上最红亮的樱桃。昨晚明明看好的果，总是被鸟先吃掉。人哪能起得比鸟早，鸟吃了一个冬天的枯黄干燥的草实，咽了一个冬天的苦寒风霜，也等着这樱桃壮点力气，唤醒嗓子，一口一颗，利索干脆。最好最甜的樱桃是给鸟准备的。

城里人吃不到最好的樱桃，哪里知道樱桃太娇，是不能挑的。总有人理直气壮地在竹筐里翻检，卖的人慌忙护住筐，说：“不能挑，不能挑，只能顺着捡。”

城里人咕哝：“这樱桃咋不都红，这边红，那边黄。”乡下人说：“果有背阴，红是向阳。”

城里人说：“为啥不让它们都向阳。”

乡下人笑了：“日头在天上走，果在叶子里长，哪能每一颗都沾同样的光。能吃啥味就靠老天爷点头。让酸就酸，该甜就甜。”

城里人离樱桃树太远，以为樱桃都该有统一的型号。果子是从树上长出来的，树不会一个样儿，今年的果味儿沐浴的是今年的风雨和阳光，明年，谁知道什么样？ 近年，大棚温室种植的草莓也会在寒风中早早上市，捷足先登，但到底少了樱桃含英咀华的新鲜与生动。水果店里南来北往的水果又常常扰乱时光的藤蔓，让人迷乱。所以还是樱桃，安安心心结一树果，把四季的顺序排好。

樱桃总归是樱桃，是酸酸甜甜的味道。手忙脚乱的春天，总得用一枚樱桃锁住一段流光。

满山芭茅

要到了秋天，当芭茅长出花秆时，一串串紫红色、淡粉色的花穗跃然于天空下，我们才认出芭茅。春天，它们忙着睡懒觉，守护了整整一个秋天和冬天的田野，姹紫嫣红的时候，可以安心地迟到。然后，和其他草一样，融合于夏天的绿荫中，不声不响。

川北的芭茅大多长在山坡上，少有成片的阵势，稍微有点肥力的土地是种庄稼的，芭茅虽长势旺盛，也知道恪守本分，安守一隅。

《诗经》里的蒹葭苍苍，因为来自秦地，应该是芦苇。白居易“枫叶荻花秋瑟瑟”中的荻花才是芭茅，它们是两种完全不同的植物，却在深秋时节，在北方和南方，长成一样的情调。同样的白色花芒，同样的旷野苍凉。晨曦中、夕阳下，像温暖的雪，此起彼伏，蔓延的是同样的天真孤寂。

其实，芭茅与芦苇完全不同，芦苇的叶长在秆上，芭茅的花杆要秋天才会长出来。芦苇的苇秆是空心的，剖出的苇皮光滑有韧性，是编织苇席的好材料，白洋淀盛产的苇席早已声名远扬。非洲的一些原始部落还保留着用芦苇秆编成小船的手艺，据说坚固结实，甚至可以横渡大西洋。因为苇秆是空心的，还可以做出吹奏的乐器，所谓芦笛悠扬。芭茅秆可不行，它中间是絮状的，虽然也是光滑细长。

法国哲学家帕斯卡尔说："人不过是一根芦苇，是自然界脆弱的东西。"这是芦苇，芭茅绝不是这样，它是田野上泼辣而伶俐的草，稍不小心，芭茅就让你好看。

开始，还是春草鲜嫩的样子，长着长着，就喷薄而出，长出树的气魄。几株就能蔚然成林。叶子似宝剑，有"扬眉剑出鞘"的锋利，直指天空，叶叶凛冽，万箭穿心。

芭茅的宝剑叶可不是装老虎吓人的，叶子边缘布满了细密的倒钩刺，稍不小心，就把人的手上、脸上豁拉出道道血痕。小时候，我们镇上老师讲鲁班发明锯子的故事，就毋庸置疑地说："有一天，鲁班抓到一把芭茅。"我们当然深信不疑。长大了才知道，不同地方的鲁班抓的是不同的草。不过，它们都有厉害的小锯子。

春天芭茅嫩绿柔软时，牛最爱吃，舌头一卷，就是一片，嚼得唾沫横飞，津津有味。碰上小孩子不想吃饭时，就让他去看牛吃嫩芭茅，看着看着，胃口就好了。到了夏天，芭茅的宝剑叶长得咄咄逼人时，碰上我们偷懒，就胡乱扯一把给牛，牛呀，满腹委屈，还是慢慢嚼。

以前，乡下少柴火，满山的芭茅方便好用，只是禁不住烧，火一燎，就是一大把。煮一锅稀饭，要一大捆，人还得守住，打不得马虎。叶子咬手，要粗糙、茧厚的手才降伏得住。只有家里的老奶奶才会烧。芭茅见过比它更老的手，比它更厚实的皮，就不再使坏。

芭茅在奶奶的手掌里乖乖地团成一团，轻轻巧巧进了柴灶。芭茅就爱欺负小孩子。不过，也有让我们开心的时候：刚长出来的芭茅秆，鲜嫩多汁，运气好时，会嚼到一根香甜的。放牛时，牛惬意自在地吃草，孩子们比赛着折断花秆，心急火燎地挑芭茅秆嚼，嚼出一点甜味，就开心得不得了。

如今，乡下的牛少了，人也少了。芭茅无所用心，更是长得茂盛恣意。芭茅本来就是不挑剔的植物，择水而生，居高而长。山坡上，长出干脆的绿；水边，就葱茏润泽。叶子长得足够长，就从宝剑变成飘带，先前的凌烈变成柔软，能屈能伸。花秆高挑，芭茅花开的时候，才是我们家乡深秋、寒冬的模样。它们并不摇曳出凄清和落寞，阳光下，那些细长的花穗油润、光亮，反射着生机勃勃的光芒，让人眼角含笑。

冬天的寒日里，常有小鸟、水鸭子、野鸡之类躲藏在芭茅丛中，一有动静，就窸窸窣窣地响。饿了，头上就是上好的芭茅籽，这些小生灵，守着几片芭茅丛，也必定是富足而安稳的生活。干枯、干脆的芭茅叶还是蓬蓬松松一大团，就这样护出冬天的团团生机。

慢慢地，芭茅花在风中结出带茸毛的细籽，轻盈而饱满，聚在一起，变成了毛笔的样子，满满的暖意和温柔。温柔地书写天空，温柔地捂住寒风，温柔地守护孤独。冬天的寒冷与凌烈在这些柔软、蓬松的芭茅花中，悄悄地，一点点融化掉。

一块菜地

在房子越来越贵的时候，我们居然有了一块地。以为终于可以过上向往的田园生活，可以像古代的隐士，种菜东篱下，抬头赏晨夕。

有了一块地，像一个农民，不是一件容易的事。我们很快就知道了读书人的局限在哪里？四体不勤，五谷不分。在田野上，古代的夫子和今天的城里人如出一辙：天真得像个白痴。我们想当然地认为：只要撒下种子，菜园里自会葱葱郁郁，只等我们吟哦抒怀，排遣心中的浊气。

爷爷看了看那块地，撇着嘴：这也算地，其实就是渣土填埋场而已。黄泥太黏，红土里全是砂砾，水一去就全跑了，肥力更是没有。全是生土，不是熟地。爷爷是火眼金睛，做了一辈子的庄稼，这点眼力还是有的。爷爷不由得怀念乡下的菜地，比熟人还熟的地。那地知道爷爷老了，锄头刚去，土就散开，贴心得很。种啥，都长得好。爷爷从不亏待他的地。沤的肥，一桶一桶浇上去。地和人是互相养肥的。

我们陆续添置了许多工具，割草的刀、磨刀的石、装水的桶、灌苗的瓢。番茄与豇豆，四季豆都要搭架子，不同的架子。我们千辛万苦到处找粗细合适、长度合适的棍子，还有长长短短的绳子。我们的手还要再巧一点，才能把一园子的菜安置得服服帖帖。红苕的藤要多翻，不然只长叶子，不长苕。玉米要疏密合适，不然，要么浪费了土地，要么玉米棒子长得小气。

种的时候不能随心所欲，蔬菜和庄稼一样排着时令的队，整整齐齐。我们掐指计算，算着播种的天气与时机。最怕的是成熟时，瓜菜铺天盖地。天天顿顿要把收获的储存在肚子里，真是一件苦差事。我们辛苦地种，辛苦的管理和照顾，还要辛苦的吃。瓜蔬一熟，那就熟得不歇气，汹涌而来，络绎不绝。小白菜、韭菜、空心菜、莴苣，每天都要掐几把。豇豆和四季豆齐头并进，专门论长短；番茄红了，那是急脾气：你不吃，我就烂；青辣椒转眼就变成红辣椒，拉响警报；冬瓜长得要爆炸的样子。我们心急火燎地吃，直到吃得面有菜色。瓜菜汹涌时，我们的欢喜和烦恼一起饱满起来。

于是，我们学习如何储存食物，用晒、腌、泡、酿的各种手段。家里俨然成为小型食品加工厂，各种罐子、坛子、簸箕、筲箕，还有我们万能的肚子。一个人、一个家，想要单枪匹马地养活自己，实在不容易。当智能时代覆盖农业文明，我们想当然地认为个体是无所不能的，只是有了一块地，才知道力有所不能及。

韭菜割了一茬一茬，蛋和饺子都很委屈，总是和韭菜混在一起。我们也没办法呀，韭菜不吃，就“横眉冷对千夫指”。番茄可以做酱，藏在玻璃瓶中，留着冬天慢慢吃。豇豆晒干，等着冬天炖骨头吃；丝瓜来不及了，让它自然老去，把蓬松的丝瓜瓤取出来，做洗碗的抹布。整个夏天，我们都手忙脚乱，忙着收拾菜园，忙着填满自己。忙着把四季的顺序排好——吃的顺序。

种了地，才知道野草比瓜菜厉害，根深茎硬，拽不断，扯不掉。于是我们买了大小镰刀专业工具，收获之前是漫长的管理期。种菜之后，才明白老天爷的威力。白菜长成一朵花，中看不中吃；去年种了两棵黄瓜结了几十个，今年却稀稀拉拉。想不明白：都是一个妈的种子，此一时彼一时。种红苕时天旱，要提水去浇灌；挖红苕时，连绵阴雨，红苕和泥、人粘在一起。有了一块菜地，才明白风调雨顺是最大的福气。人只能顺时而为，乐天知命。明明油菜籽长得饱满，隔几天就要收割了，却刮了妖风，吹得人心里慌慌的。一到菜地，果然，油菜全倒在地里。欲哭无泪呀，抢多少，是多少。多少辛苦白费，还得忍着心痛种收拾残局。农民都是打不死的陈妖精，不管怎么心灰意冷，只要有种子和土地，就能盼望着下一季。

现代社会，我们对一切了如指掌，个人的力量空前强大，常常产生出为所欲为的错觉。这个时代也常常暗示我们：命运的优劣是因为人自身的能力。所以倒霉蛋只能自怨自艾。而一块菜地让人明白：哪有什么神机妙算，未来是失望与希望一对双生子，我们只能兵来将挡，不能泄气。

听听那风声

“洞察号”从火星上传来的第一个声音是风声，戴上耳机，隔离地球的喧嚣，听几亿公里之外那些孤独的声音。好像是海浪拍打着海岸，扣人心弦的低沉的隆隆声，又像是炎炎夏日午后的风声从我们身后吹来。科学家说这些隆隆的低频声音是火星上的风吹过“洞察”号太阳能板、引发整个机体震动的结果。这是真正来自尘世之外的声音，那么陌生，那么熟悉。

但是更多的是无法比拟，难以言述。这来自火星的声音有我们无法知晓的秘密。在那看似荒芜的星球，空寂的风会带来什么消息？

风是一种自然现象，它是由太阳辐射热引起的。只要有不同受热的气体，就会形成不同的气压，风就从这里开始。但大地上的风从来不是这样呆板枯燥，我们的风不会无缘无故地吹起，它对于人类有更深刻的意义。

地球上的风掀起过滔天巨浪，驱动着滚滚黄沙，挟裹着晶莹的雪和清凉的雨，推动着云和云的相遇，不仅如此。风是邂逅，是吟诵，是传播和繁殖。它们即使是自然而起，也和所有生命纠缠交织。有多少花朵在风中开放，多少种子跟着风流徙，无数的鸟在风中安眠，还有人的千万情丝，随风潜入心灵的幽僻之地。

风扬起过烽火的狼烟，多少樯橹在风中灰飞烟灭；风卷动着无边的萧萧落木，还有朝如青丝暮成雪的白发；风吹起济沧海的云帆，在星河云涛间起舞；穿过时光中的舞榭歌台，斜阳草树，小桥流水，万里山河。风从不驻足，每一阵风都会化成一枚书签，藏匿在历史的深处，等着人们翻阅时，那风定然是穿云裂帛的长歌。

庄子在《逍遥游》中说：野马也，尘埃也，生物之以息相吹也。野马是风，尘埃也是风吹动。羊角是风，扶摇也是风，它们是生命互相印证的气息，是所有生物的呼吸。

风就这样和人和地球上的生命相伴而行，吹起于彼岸的青萍之末，止于千里之外的草莽之间。风来的时候，人也来过。

地球上的风不会独自赶路，它不仅是水汽的转换循环，也不只是气流从高到低。当蝴蝶扇动翅膀，大洋的另一端会有飓风来袭；大鹏展翅，鸿雁传书，我们的风一走几千里，它是看不见的丝线，听得到的耳语。

爱琴海上的风把文明的种子从一个海岛吹向另一个海岛，直至吹遍整个欧洲大陆。然后是伟大的航海时代，正是在风的引领下，在风的吹拂下，海洋和陆地开始交错相通。

福建航海人也有一本航海针经——《顺风相送》，每年二三月份，他们乘着强劲的东北季风，从大陆出发，顺风南下，到达今天的东南亚地区。把一船货物卖完，两个多月后，又随着温暖的西南季风返家。商贸的往来加强了这些遥远的联系。在明代，华人的足迹到达过像今天火星一样遥远的世界。顺风相送，我们沿着风的路线把视线和足迹慢慢迁移。现在，我们听到了千万公里之外的风，蓝色星球的人们在红色行星风的呼啸中，听到什么？那是风的呼唤还是警告？

当我每天骑着单车从城市的缝隙中穿过，我总能和风准时相遇，它耐心地告诉我关于自然的消息：清晨、季节和阴晴。远离自然的水泥丛林里，只有风还会信守承诺，它穿过数不清的红绿灯，在街道上奔跑，从楼宇间挺身而出，扑面而来，它温柔地、热切地、焦躁地、愤怒地在耳边诉说。

田间的农人伸出手指，风说可以耕种了；海边的渔民仰头望着海潮，风说可以启航；春天的孩子抓起一把润土，风从他的指缝间穿过，风说，可以飞翔。

在东海渔村温岭市石塘镇，不规则的石头组成的几何图案参差错落。小小的门与窗户，石屋石路石街石巷随着地势高低起伏。风在石头间自由穿梭，那些咸味的，潮湿的海风捎来自然的禁令和许可。

呼伦贝尔草原上的风和草原一样辽阔，风吹草低见牛羊，风吹草低遍地花。风来时，总会把旧的一页翻过。我们也托风带去过无数的消息，有明月中的愁心，春天的相思，和秋天的归期。

做不到御风而行，就且听风吟吧。树冠上沙沙的低语，尘土在空中旋转，水面层层的涟漪，它们是风来过的证据。而我们的故事，我们的传说也会储存在风里，总有人会听到我们这一代的悲歌和欢喜。

火星上传来的风声里，是否也有关于生命葱茏的传说？航海时代结束后，星际时代已经开始。那从宇宙中吹来的风，会把什么样的消息带来给人类。孤独的安宁正在那低沉的轰隆中弥漫，是超越尘世之外的梵音，吸引着人类继续前进的脚步。风把关于未来、未知的所有幻想毫无悬念地传递给人。

心中忽然浮现出佩索阿的诗句：有时我听到风吹的声音，我觉得仅仅听听风吹也是值得出生的。幸运的我，珍贵的风，相遇在斑斓的星图之下，一样的心潮澎湃，一样的安详自如。

暮春时节

暮春时节，即使草长莺飞，在许多诗人的笔下，总有挥之不去的愁绪。是繁华落尽之后的衰败感，就是郁郁苍苍的草木和庄稼也是不能化解。一年春事几何空。杏花红。海棠红。看取枝头，无语怨天公。

古代不事稼穑的读书人，天地山川在他们的心中是另一个系统。所有时间的流逝都是愁绪，怪不得会被田野上的农夫斥为：百无一用是书生。

春已老，春归去，春意阑珊，都是可惜、可悲的愁绪。但是最好的初夏，已经姗姗而来。一个终点的结束必然是下一个起点的开始。人们纠结的是无法挽留的当下，在无限伤感中失去未来。来自田野的人无法理解，为什么诗人总是执着于春天的永驻。

暮春时节，从我稍有记事起，就是值得期盼与等待的好日子。它和落花无关，也绝无愁绪。天色终于从冬天厚重的铅云中明亮起来。雨水当然容易让泥泞遍地，但农人的渴望与盛赞和庄稼一样盛大：雨贵如油，我们有什么理由埋怨雨呢。况且暮春之后是初夏。

空置了一个冬天的水田，那些如镜面的水面反射了太多的阴晴变化。这时，纤细的秧苗被娴熟的手整齐地安置；这时，粗糙的农人有着绣娘一样的灵动和巧思。不过是几天时间，所有空白的田地都被绣成锦衣。然后是平静而急速地生长，直到把一块田长得满满，溢出许多的绿，连风都穿上绿衣。

捂了一个冬天，在寒冷中走得失去知觉的脚，可以彻底袒露出来。穿一双四周通风的凉鞋，脚趾如萝卜，脆生生地露在外面。在暖起来的光线下，在温凉的河水里走来走起。被北风吹僵的皮肤重新获得敏锐的触感。我们常常坐在河边光洁的石头上沉默，松软地沉默。暮春之后是暖阳无数，树木深深，青草郁郁。被冻结的愁绪都像蓝天上的云，沉重灰暗都化成丝丝缕缕的白，然后又融化在蓝天里。

花有什么好看的？我们都在热切等待着花谢。不管是风雨后的狼藉还是逐水流的桃红，孩子们都兴高采烈。花落才有果实。不会辜负孩子热望的果树：樱桃、青杏、桃子、李子、梨、橘子，它们从暮春开始，络绎不绝地成熟，一串串，在绿叶之间。光是等待，已足以让人雀跃。

还有比暮春更好的季节吗？酷热还未来，日光在下午缓慢地爬行，明亮的傍晚有着格外的乐趣。吃了晚饭，会凭空多出一段闲暇的时光。孩子们在院子里疯跑，游戏玩出足够多的花样，天始终不黑。大人们做完家务，三三两两散步聊天，连蒲扇都不用，蚊子还要过几天才会烦人。春过了，地里开始第一轮收获，农民们有了踏实的底气。青豌豆、胡豆刚好可以碰上最后一块腊肉，在锅鼎中交融出咕噜噜的香气。集市上的菜水灵新鲜，品种繁多，妈妈的炒锅里花样变来变去。

暮春，我读不懂那些伤感的诗。日子渐渐饱满，青春四溢，是一年之中的盛景：树木青葱，溪水温热。

乡村田野中，泼辣而生动的气息让人痴迷：万物奔腾，是辽阔壮丽的生机。所有的田地都长得厚实，山蓬松而青绿，路边的泡桐树宽叶厚枝。放学时，我们从一个阴影跳到另一个阴影，像跳棋走出简洁直观的快乐轨迹。

“暮春者，春服既成。”脱掉一身厚重的冬服，在田野上奔跑时犹如风筝。风暖起来时，也是孩子轻舞飞扬的日子，我们跑过山川和田野，风把我们吹得鼓胀。

“冠者五六人，童子六七人”，大人和孩子相邀而行，穿过田野上绿茸茸的小径，黄荆条长得茂盛，散发出夏日的香气。“浴乎沂，风乎舞雩，咏而归。”千年前的曾皙刚刚从温热的溪水中晾干他赤裸的脚背，连同一个冬天的寒气。初春的料峭和阴晴不定全部消失，湿漉漉的皮肤捎带着风过的凉意，怎么会不唱歌呢？那是苏醒的快乐，是藏不住的吟哦。稚嫩的嗓音唱起不着调的山歌，在绿色汹涌的大地之上，格外尖利，划破阴郁的天际。歌不同，快乐和舒畅却如出一辙。这样的暮春时节从未有忧愁和悲戚。

成长的背景差异会让人们对客观的世界有不同的感受。葡萄牙著名诗人佩索阿说：文学想象的最大错误在于：认为别人和我们一样，并且必定和我们有着一样的感觉。人类的幸运在于，每个人都只是他自己，只有天才被赋予成为别人的能力。

对于一个没有受到暗示与教育的人来说，对生活真实的感受是他的直觉。我热爱暮春，来自田野的喜悦，凋谢是为了更盛大的馈赠，荼蘼之后有更丰满的代替。

春天死了，还有春天，暮春之后，四季连绵。

劳作之美

李子柒的唯美田园爆红网络，喜欢她的粉丝早已跨越国界。海外视频平台上超过700万世界各地的网友被温婉宁静的东方田园打动。她俨然成为中国现代田园的代言人。虽然关于她的质疑与非议也与日俱增。批评者责怪她用镜头过滤了现实乡村的凋零和破落，无视真正的乡下活计之艰苦，过于诗意的氛围会让人产生虚幻的错觉。中国乡村的真实与美丽似乎不可兼容。

然而，即使是田园诗人的开山鼻祖陶渊明，他的南山既有让人发愁的野草，茂盛得把豆苗挤得稀疏而瘦小，也有悠然的秋菊发而幽香。

让人迷醉的其实不仅是食物与景物交相辉映的画面。许多热爱李子柒的人最爱看的恰是她一气呵成的劳作，娴熟、简洁、自然。

李子柒无所不能：从磨豆浆点豆腐，到砍树做洗手台；用葡萄皮染一条裙子；砍一捆竹子，粗粗细细，手起刀落，各有用途；文房四宝纸墨笔砚，她都做得有模有样。她干活麻利，动线简洁，用刀绝不含糊，手到之处，风卷残云。看她锯竹子，腿一盘，脚一踩，那利索劲头让老手称奇，让新手仰慕。做活计时的智慧与机灵也时时自然流露：墨线绷直了，抬手轻巧一弹；画线的铅笔放在耳朵上，去放自如；钝了的缝纫针在头皮上磨磨，下一层粗布可以轻松穿过。劳作的美不仅是它会给人带来温饱和安居，当它正在发生时，同样也让人动容。

做活时的手脚麻利，绝对不可能是摆拍和表演的。网上有关于她手的照片，果然是早年做过粗活的模样：粗糙的皮肤和疤痕交错。我们可以想尽一切办法修饰美颜，改变容貌和气质。但早年劳作的痕迹是不会消失的，肢体的记忆顽固稳定。

看李子柒干活恰是一种赏心悦目的享受，有规划有节奏，单靠剪辑是剪不出这样的运动逻辑和感觉的：反手往背篼里扔玉米；抓住大白菜的脖子一扭；砍骨头，刀刀有力，准星十足；特别是她推车卸砖时，借着惯性抬脚一蹬推车，砖乖乖滚落。她是乡下那种心灵手巧，还勤劳的姑娘。所有的艰苦与疲惫都化为云淡风轻，举手投足之间全是行云流水。这恰是我们忽视的劳作之美。

今天的我们饱读诗书，不但荒废了耕渔树艺，日常的手艺活儿，从烹饪到针线，全部生疏。马克思曾说："体力劳动是防止一切社会病毒的伟大的消毒剂。"但现在，我们都是手无缚鸡之力的君子。我们不再依靠手脚和体力去开拓。

当人们被机器解放时，他们也被圈养，在安逸中恰好失去了田园之乐，劳作之美带来的慰藉和满足。

小学那么多课文，记得最清楚的恰是陈秉正的手。"只要用两只手在土里随便抓一阵，就能抓两大把树皮皮、禾根根。"那个跟铁耙一样的手，什么棘针蒺藜都刺不破它。当它劳作时，实在让人羡慕。在没有现代机械助力的时代，那些让艰苦劳作闪耀着美的人真是神一样的存在。

不仅是会染布酿酒砍树磨豆腐的李子柒走红网络，会做木匠活儿的老爷爷也圈粉无数；会用方便面补家具的人，会用冰冷的钢铁制造有趣玩意儿的人，他们的巧手，他们的匠心，都让人感受到劳作之美——智慧的温度。

初春时农民弯腰插秧是美丽的，纤细的秧苗如同绣针，把水田绣出锦衣。夏天，麦场上打麦的人，汗水在皮肤上滚过，肌肉中紧绷着力量的线条，粒粒分明不仅是粮食，还有鼓胀着的原始生命力。

秋天将近闲暇时，村子里会翻修青瓦顶。种地的好手同样能把瓦盖得鳞次栉比。每次上瓦，下面必定围着一大群人，看得如痴如醉。瓦工们轻松、活跃，说笑之间就一手活。上瓦时，房上房下，两人一组。房下的人八字站开，半蹲着，一摞一摞的瓦，五片七片摞成一起，送瓦的人双手捧一摞瓦，荡荡悠悠，顺势一挺腰，用力一荡，一摞瓦就飞得轻盈。房上接瓦的人侧身站立，伸手一抹，瓦就被一股巧劲引领着，端端放在钉好的木檩上。一边放满，就移步下一檩。这一扔一接不像活计，简直就是杂耍，力用得巧，好看得紧。常常围观一大群人，叫好声不断，房上房下的人抡圆胳臂，满脸自得与快活。“再加一片，再加一片”。周围的人要激发出上瓦小伙更大的豪情，好，就再加一片。越来越多的层层瓦片，照样飞得轻盈。瓦上了屋顶，就只管按顺序整整齐齐勾连在一起，各就其位，各司其职。这是热气腾腾的快乐。“劳动是世界上一切欢乐和一切美好事情的源泉。”高尔基说。

李子柒背着竹背篼从厚实的秋草中蜿蜒穿行，狗在她的脚边扑腾，亲昵跟随。没有剧情，没有对话，这不是乡村普通的日常吗？只是我们从前的背影总是孤独地消失在云翳中，无人眺望。

但劳作的美一直在那里。当母亲们在茧房里，为成千上万的白蚕温柔地覆盖嫩绿的桑叶时；当二叔坐在桃花树下，无数细薄的青篾条在他手中灵巧地跳动时；当牛和人一起在满天彩霞中与土地角力时，那些美从来没有消失过。

唯有萱草可解忧

当春天的花都落在土壤里，黄花才开始慢条斯理地，一朵一朵开放，不急不躁。黄花也叫萱草。

西方的母亲花是康乃馨，它的花语是坦率的表白：母亲，我爱你。而中国传统的母亲花却是萱草，又称忘忧草。《诗经》云：焉得谖（同‘萱’）草，言树之背。古人远游时，会在母亲居住的北堂边种下萱草，希望含笑而开的花能让母亲在艰辛的劳作中，能有刹那间的欢欣与快乐。

孟郊的《游子吟》其实有两首，手中拿起针线的慈母为远行的孩儿细心缝制行装，那些密密的针脚是母亲的担心与挂念。而远行的游子回答母亲的正是一株萱草，种在堂前窗下。“萱草生堂阶，游子行天涯。”“临行密密缝，意恐迟迟归。”细密的针脚，细密的思念。那株黄色的花，他们叫它忘忧草。“慈母倚堂门，不见萱草花。”依靠堂门的母亲，所思在天涯，她看不到忘忧花。

《博物志》中：“萱草，食之令人好欢乐，忘忧思，故曰忘忧草。”

母亲，初夏晨光微亮，你推开窗户，定能看到我为你种下的花，艳丽的喇叭花。它晨开夕闭，徐徐开放，只为畔系住母亲一刹那的眼神，让她欢愉片刻。一个古老时光里的普通妈妈，有太多的忧愁。除了沉默的劳作，无声的隐忍，无人倾诉。只有依傍她的孩子才懂得那些沉默背后的委屈、烦恼和忧伤。忘记忧伤吧，它比“我爱你”更加恳切，情深意长。

《胡笳十八拍》中在思乡与念子的矛盾痛苦中挣扎的母亲，许多年之后，人们仍能听到她的悲戚和哀鸣：对萱草兮忧不忘，弹鸣琴兮情何伤！今别子兮归故乡，旧怨平兮新怨长！那些满园明亮耀目的忘忧花，它看见过无数的忧伤和愁苦，却仍然一遍一遍提醒人们：忘记忧伤吧。生命不过是一天的日光起落，短得刚好微笑。

合欢解忿，萱草忘忧。我们的忧伤从母亲那里萌生、发芽。那朵慰藉过母亲灼热思念的花也必然会抚慰众人的忧伤，消愁的不仅有酒，解忧的还会有花。

我最先认识的是黄花，不是来自诗歌，而是来自童年的田野。黄花，生长在乡间偏僻贫瘠的边角之地：土垅上，山石旁，照样是萋萋翠叶，灼灼朱华，绝不敷衍潦草。

花朵打苞的时候，凌乱叶子里，趁人不注意就长出细长的花梗。高高挑挑，花苞由大到小，从上到下，排列得整整齐齐，清楚地计算着时间。不争春，不伤时。开放、凋零，井然有序。

乡下的花，向来不是为了悦目的。开花是为了结果，结果是为了收获。因果清楚，绝没有无缘无故。黄花的花骨朵长得肥厚饱满时，趁着露水未干，晨曦未明。花苞没变成花朵，就要摘下来，蒸蔫，再放在阳光下晒干，还是叫黄花，却变成了山珍。一到冬天，黄花肉片汤、黄花圆子汤、黄花木耳，是让人心花怒放的菜肴和岁月呀。如果能再加上笋干、木耳、干香菇，简直就是四季艳阳的群英会。它熬不出孟婆汤，抵不过忘川水，却总能在热气氤氲中，开解、消释掉人间的苦愁与烦闷。

黄花一朵一朵，在它们开放之前，晒成了干干脆脆的一根一根，色泽澄亮，细长匀称。我们收拾好，用小口袋装好。多起来，就换成了大口袋。娘说，到了冬天，可以卖个好价钱。我们的希望也就一天天鼓胀起来。像那肥厚的花苞，按照希望的样子，鼓起来。以前的幸福，都是这样一点点积攒起来的：猪一天天喂肥，鸡一天天长大。积攒到过年的时候，我们就变得丰盛而富有。乡下的黄花，很少能真正开放，却是心花怒放中真正的心花。

那个时候，我们还不知道，它叫萱草，又名忘忧草，从《诗经》时代，一路迤逦而来，穿越重重叠叠的岁月，只为一遍一遍吹散世上的愁云。它曾是菜，黄花菜；它也是花，金针花；它还是草，忘忧草；它一直都是诗，忘忧的诗。

一天的时间足以看尽朝晖夕阴。开花时，忘忧；含苞时，解愁。美景与美食都有抚慰人心的庞大力量。

从《诗经》到田野，从萱草到黄花，也许会失去一些诗意，却从来没有失去宽慰的力量。辗转千年，都是忘忧的主题。植物在自我兴盛之时，也肩负着开解人的使命。而我们在与万物的交汇时，除了倾慕与感惜。更有共同生长时的相互滋养，任意依恋，互相慰藉。

桐花朵朵

我心中的桐花不是梧桐的花。那种暗沉的紫色花朵也是悄无声息地开放在树梢，要落到地上时，我们才讶异春光又过去了一刻。梧桐高大挺拔，是树中之王。百鸟不敢栖息，能配得上它的只有凤凰。

而油桐树却并无这样的尊贵，它是山间普通的树，耐旱耐瘠，不用刻意照顾。山崖峭壁间也能长出高大、宽阔的气势。

以前，一直以为梧桐就是我看到的油桐树。成年之后，才发现梧桐的分类实在多：泡桐、青桐、法国梧桐、油桐。凤凰爱的哪一种我分不清，但我喜欢的桐花就是油桐树开的花。

小时候，很难辨别油桐果和核桃果，它们都有青绿光滑的外皮。一起读书的乡下孩子常常热心地教我，但转眼就忘记。他们从油桐的叶说到它的花，哪里相同？他们总是不容置疑地反问。核桃可以吃，油桐只能晒干了榨油点灯，小孩子顿觉意兴阑珊。

水陆草木之花，在贫瘠的童年，所见不多。除了乡下常见的庄稼花和果树花，其他花大多数只知道名字，空有仰慕之心。

洛阳抗旨的牡丹，亭亭玉立的莲花，悠然高洁的菊花都开在书页上，遥远世界的边缘。它们流传在口耳之间，却并不能照拂我们真实的生活。而普通的花因为日日所见，熟视自然无睹。

更何况，在嘴馋的孩子眼中，桃花、李花、杏花都不及果子来得亲切。它们一开花，我们就眼巴巴盼着它凋谢。也常有懵懂心急的孩子使劲地摇动树干，想让那花快点谢去。那青青的、不断膨胀的果实才是孩子甜蜜的梦想。

只有桐花，油桐开的花才让我领略过美的滋味。没有期盼和寄托，只是美。对孩子来说，毫无意义的美，也能在突然一刻敲响钟声，惊动心灵。

桐花即开即落，一刻也不愿在枝上停留。树上多少朵，树下也有多少朵。它们是平行的世界，活着、凋落一样的生机勃勃。花落下时，也并不残破，整整齐齐的一朵，还是矫健开放的模样。树上是花团锦簇，树下也是繁花无数。雪白一地，红色的花心，清丽脱俗。

年轻时，读到席慕蓉的诗歌《一棵开花的树》："朋友啊，那不是花瓣，那是我凋零的心。"没由来的，脑海中执意浮现的画面恰是桐花的飘落。

油桐开花在清明前后，倒春寒夹带着最后的寒意，冷湿的风等着把一树的花吹落。"客里不知春去尽，满山风雨落桐花。"桐花总是和风雨结伴而来，在失意之人的眼中，自然是无数的心在静默中安息。

油桐花的花语——情窦初开，倒是把那种清新和炽热解释得恰到好处。情窦初开时，我们的爱如白雪一样纯洁，唯有那颗心跳动得灼热，鲜红。即使凋落，也是生气勃勃，爱的模样。

盛花时节，枝头茂密雪白，树下也是雪白茂密，无悲无喜。花在风中斜飞、旋转，然后，轻轻落地。是完整的一朵，并不萎靡。不用仰慕，只需弯腰捡拾，仍然是一尘不染的皎洁。只有花心处有沁人的红色，这是真正开在大地之上的花朵。落花人独立，我不大爱看满园的繁花。真正的赏花应该是僻静处，独自玩味，仔细体察。在铺满大地的繁华中，我拈花而立，不忍迈步，灿烂和宁静在此交错。

在台湾地区旅行，听闻春末看桐花落是一件盛事。因为台湾地区四季气温较高，难得看到白雪。于是，五月，桐花飘落时被称为“五月雪”，客家桐花祭在台湾也很出名。桐花公园，桐花大道，赏桐佳地比比皆是，

和日本的樱花节一样热闹而美丽。只是比起枝头簇拥的团团盛放，人们更喜欢在雨后的清晨。早早去看那一地皎白的桐花落，有如初雪覆盖。像雪的花很多，只是我，因为最初的记忆，把雪一样的花铭记成桐花的模样。

开放时安静茂密，凋落时壮丽锦绣。即使在人迹稀少的山坡上，油桐树洁白的花，配上恰好的雨季。寒风细雨中，猝然相逢，依然是一心清凉的感动。一年一年过去，岁月中的美还安稳地在那里：雪白中红心一颗。生命总有着天真而单纯的盛放，也有着灿烂而辉煌的告别。

布满苔藓的岩石、小路、芳草地、枯枝与青叶，一枚桐花缀留其上，所有日常的平凡与普通突然有了一种清灵。当桐花铺满大地，我们看到生命凋谢时的安然与从容。树上树下不断绵延的美，从生到死，皎洁清丽。

李商隐有一句诗：“桐花万里丹山路，雏凤清于老凤声。”我喜爱那种意境：生命中的衔接，花开花落，一波接着一波。

又是一年白头霜

霜降是二十四节气中的时令，它准确地出现在每一年的某一天，寒露之后，立冬之前。它是秋天最后的预言，清晰地划分出一道时光的界限，把大雪、小雪、大寒、小寒一路牵出来。

降霜的日子却没有准头，谁也说不清哪一天。只知道日子近了，近了。总是有所期待地盼望，隐秘地、焦急地盼。不知道是盼它早早地来，还是来过后早早离开。

万物都在等待属于自己的命运，逃不掉，躲不开，索性就豁出去，看白头霜封冻世界。看天地朝如青丝暮成雪，迅速而安静地衰老；看月亮的清辉冻成大珠小珠落玉盘。

家乡是西南小城，温和潮润，草木的凋零少了干脆的决裂。秋已不成规模，冬天自然无法用冰雪做注解。雪不是这些丘陵，山原冬天必然的约定。雪是意外，是猝不及防的惊喜，是额外的馈赠与奖励，是冬的袍泽从北方无意扫来的偶然。一场雪就是一段欢快而独特的记忆；几场雪就串起人一辈子清晰而浪漫的诗篇。

然而，白头霜是等得到的。真正的冬天对我们来说，是从白头霜降下的日子开始算起。照例像平常的日子，穿好衣服，打开房门，打一个哈欠，居然就看见了自己热气袅袅的哈欠。寒气从门外推得人一个趔趄，人缩手缩脚地出门转一圈。硬邦邦的土地，硬邦邦的自己，手指和脚尖也变得粒粒清楚——清楚的寒。这才恍然大悟：霜来了。周遭一看，果然是白茫茫的山脊、白茫茫的瓦背，在熹微的晨光中，厚的、薄的，一层模糊的寒。于是跺着脚，扯着嗓子朝屋里喊：起床了，下霜了。听的人一个机灵，从被窝里钻出来，没头没脑地朝外面跑，一年的白头霜，总要看个清楚，认个明白：青菜叶上的细细白珠，暖手一摸，就乖乖化成水，露出更青的叶面；碎瓦片上用手写个字，霜就退去，像得了个令牌；用脚踢踢衰草丛，霜就飞花碎玉般地散开：霜真是好脾气。霜是雪孩童时的样子，轻快、俏皮。日光一来，霜就跑了。

菜园的菜和果树上的果却突然获得了魔力，断了苦涩和平淡汁水饱满，果甜菜香。乡下人忙着砍翻地里的青菜、白菜、油菜，赶一个大早进城，绿沁沁的菜配上红彤彤的指尖，边整理边叫卖：“打霜菜，打霜菜，新鲜，好吃。”城里的人总是疑惑地看看天，看看街道：“下霜了吗？哪里呀？”卖菜的像霜一样好脾气：“城里没霜，乡下霜大得很。”伸出冻得通红的手：“看，霜冻的。”

城里没有霜，霜太轻，太羞涩，霜在城外打个转身就走了。青菜买好，霜早已化去。可人人都在说：瞧，这是打霜的菜呀。广柑树上，橘子树上的果，都红得不耐烦了，可爷爷总说：“等一等，等白头霜来了才真正好吃。”孩子们天天在树边转，等得气呼呼的：“霜不来，这果就一直不熟吗？”爷爷笑着：“哪有不打霜的道理，热过、凉过、暖过、冷过，日子才能顺顺当当地过下去。”是呀，四季分明的地方，有时候就得认这个死理。

白头霜来了，家里就该生堆火了。秋天闲时挖好的树根在屋檐下吹得透干，连上面的泥土都干脆得窸窸窣窣地落下。从灶房里撮一撮火，扯一把细柴，慢慢地喂火，一直喂到噼里啪啦的火长成壮年。把树根往火上一放，老树根开始生出火的芽，火的叶，火的花，缭绕而上的暖。清晨有了白头霜，屋里屋外烘堆火，才是慵懒而舒适的冬天。

等不来雪的地方，就等着白头霜来。也是一样的粉妆素裹的世界，虽然像幻梦一样的短暂。冻过皮肉，刚过骨头，就倏地逃开。顺便带走不肯落下的树叶，不肯老去的枯草。白头霜过完一场又一场，就到了春天。

第四辑　原味与素简

蜘蛛在屋檐下结出整齐的丝网，捕捉春天第一颗尘埃。洁白的不只是雪和花，还有米和盐。夕阳倾泻而下，拥抱缭绕而上的暮烟。

原味与素简

夏天过后，在吃完各种口味的冰粉、凉皮后，朋友舔舔嘴，还是原味的红糖冰粉最好吃。它温润、细滑、含蓄，甜得刚好。红糖不会喧宾夺主，懂得进退、渲染、烘托。是一个忠厚尽责的好配角，刚好衬托出无味冰粉顺滑、幼嫩的质地。让夏天苦热之后滞重的味蕾有了复活后的细腻、敏感。

能与白糖搭配得天衣无缝的应该是端午的香粽。同样，什么都不用加，白白净净的糯米煮到绵软、粘弹，浸透粽叶的清香。颗颗白糖细小却又清楚明净的甜味，足以让人在清清爽爽的口感中感受到田野的朴实。

天然食材有自己独特的气味与禀性。它们固执地保持自然赋予的品性，从不轻易改变。我们要做的就是尊重和顺应。简单的烹饪方式节约的不仅是时间，重要的是可以让食材保持本来的风味。本来的风味就是独特。去掉冗杂、繁复、粉饰，不故弄玄虚，不装腔吓人。

这一点，日本的和食算是做到了尊重与顺应。和食要求色自然，味鲜美，五味俱全却又淡字当头，要用淡牵引出食材的本味，或者说要用淡来调动人所有的感官，专心致志地品鉴。不左顾右盼，不相互干扰，这样才能明白百草即百味的道理。

火锅被人诟病的也恰好在这里：一辣遮百味。当所有的食材被辣椒一统味觉之后，那些同煮一锅的伙伴该在釜中大哭吧，会有一入侯门深似海的怨恨吗？

中秋的月饼自从告别了芝麻饼的简陋，就在与各种食材纠缠的路上一去不复返。当售货员殷切地问："请问你要哪种口味？"纠结开始了。基本款就多达 10 多种：枣泥、蜜红豆、白豆沙、绿豆沙、乌豆沙、红豆馅、无油红豆沙、红豆粒馅、蜜红豆粒、芋泥、白莲蓉、凤梨糕、冬瓜酱。

变化款也让人目不暇接，抹茶红豆馅、牛奶芝麻馅、豆沙素蛋黄馅、梅子乌梅馅、绿茶豆沙、绿茶瓜子仁豆沙、乌龙茶豆沙、梅子豆沙、山楂话梅豆沙、桂圆豆沙、咖喱豆沙。还有咸味款卤肉豆沙、香菇卤肉豆沙、素卤肉豆沙、素香菇月饼等等。端午的粽子紧随其后，从香菇、蛋黄、大枣、到猪肉、鲍鱼、鲜虾，两片粽叶包得住世间的山珍海味。只是我多怀念糯米的粘弹和粽叶的清香，在小粒的白糖中口齿生津。月饼和粽子囊括天下，包举宇内。包的哪里是馅呀，是我们无穷无尽的野心。

那些曾经被我们奉为圭臬的野心，年轻时是梦想，后来在时间的酿制中变成欲望，重重叠叠，掺杂进生活的鼎镬，是烈火烹油的辛辣调味。它们齿颊留香，力道猛烈，生生逼退人们自身的百味。来不及散发，就被遮掩得严严实实。看似丰盛，实则累赘；看似大味充盈，实则千篇一律，丧失本性。只能随波逐流，沾染时代的浮躁与焦灼，甚至把好端端的中秋月饼变成欲壑难填的人心。

何不减少繁芜的佐料，只找适合食材的相配，熬一碗散发自己味道的清汤，淡然心许，细尝鲜美。一蔬一饭，原汁原味，顺应天道，尊重禀性，人间有味是清欢，素简才是生命的本真。

带着味蕾去旅行

行万里路的旅途如果没有美食相伴，色香味自然就逊色许多。《西游记》里唐僧师徒 14 年走了十万八千里，横穿整个中亚大陆，跋山涉水，降妖除魔。结果被一个小学生看出破绽，发现路是走了不少，吃的食物转来转去都是扬州菜。虽然经是真经，大家还是觉得他们出了一个假国。

朋友到法国参观埃菲尔铁塔，中午点的是外卖——肉夹馍。发在朋友圈里，大家顿时觉得那著名的铁塔和工地上的脚手架也差不多，于是意兴阑珊。所以如果不能一路走来，一路吃，旅行的乐趣必然会打个对折，我们现在习惯用味蕾去体验世界。

于是，美食一条街全国流行。大家每到一地，必到美食街搜索一番，以为可以管中窥豹。可是慕名常常与失望相连。成都的钟水饺和天津的狗不理，大名如雷贯耳，实际名不副实，都是形式大于了内容。

最受人诟病的全聚德，是许多到北京去的游客首选。虽然一直被吐槽：又贵又难吃。但这烤鸭坚挺了好多年。到后来，似乎成了旅客们一定要走的固定程序：排着队去吃，然后排着队吐槽。这是到过北京的最好证据。

真正的当地美食，很难在著名美食街中找到踪迹，外卖和点评网也销声匿迹。当地人不愿被观光客打扰。这些真正的美食之地常常隐藏在寻常巷陌，只给熟客提供身心的慰藉。

回民一条街、宽窄巷子、南锣鼓巷、古玩一条街、夫子庙、田子坊，越是耳熟能详，越要回避。所以那些旅游攻略里的美食介绍就当深夜里百无聊赖时的口水菜，看看就好。

韩国著名的美食节目主持人白钟元到成都来，在闻名遐迩的宽窄巷子，没有尝一样食品。弹幕上全是观众的点赞。作为一个稍微有点品鉴力的美食家，远离著名美食一条街应该是基本的判断力。白钟元的成都之行果然没让人失望，在平常的街头巷尾，他吃到的每一种成都美食：军屯锅盔、担担面、宫保鸡丁、猪脚饭、肥肠粉，足够地道，实在美味。这种凭感觉，靠缘分的随意态度也许才是旅行途中邂逅美食的正确打开方式。

西双版纳泼水广场附近，简陋的食棚下，我们随便买的几条香茅鱼，烤得焦脆喷香，放在芭蕉叶上。不会说汉语的傣族女人有点腼腆，连钱都是旁边女伴代收的。但那香茅鱼烤得真好吃，鱼肉新鲜，味道酸辣，还有当地特有的青柠檬味道。这是在版纳旅游时，吃过的最好烤鱼。第二天再去，那个傣族女人不见了，旁边的人说“家里有事，没有出摊”。这样的美食可遇不可求，只能成为味觉的回忆。

好吃的食物有时并不一定是原产地，现在人员和食材流动方便快捷，他乡也能遇故知，那些深谙食物味道的老乡藏在大厨里，他们信奉的风味，理解的精髓即使在异乡他地，也能一以贯之。

我吃过最好的过桥米线是在成都的小巷里，食材不多，胜在新鲜。骨头汤熬得滚烫，关键是汤上的那层猪油清澈浓香，是刚刚炼好的猪板油。而吃的时间恰好是寒冷的旅途清晨。撇开淡黄色的油，下面热气腾腾的白菇片、虾米、鸡丝、粉红的鱼片、嫩黄的鹌鹑蛋，还有绿色的菜和葱花。滚烫的浓香熨帖的不仅是肠胃，还有一颗潮湿的心。后来到昆明，也是慕名而去的著名品牌，碟子倒是多，乱七八糟堆一桌，挤来挤去的食客，忙得不耐烦的店员。米线在汤里，人在桥上，都是凑热闹的，忙着尝完，忙着撤去。

云南偏僻的小县城，吃的烤羊肉，没有红柳树枝穿，也没吆喝和大张旗鼓的众口一词。羊肉是当街杀，粉红爽快地挂起，吃哪指哪，现割、现穿、现烤，鲜嫩喷香。店主热情实诚，不在草原上，却颇有草原的豪迈潇洒。人们街头围坐，一人一长串，吃得专心致志。那天是大年初一，我们只是偶遇。

如果一定要胸中有数，千万不要百度或者去什么点评网。亲自打电话不怕麻烦，七弯八拐问当地的朋友，才能吃到地道的美食。或者在饭点时候，站在街头，静静观察三五分钟：哪里本地人多，就去哪里。

重庆的火锅，不用专心计较评分。随便找个街头半旧的火锅店，吃客一定是本地人：拖家带口，赤膊的，穿拖鞋的。一堂众人，百无禁忌。这样的火锅馆子，正如李碧华所说：一室皆暖，赴汤蹈火。汤要滚，火要猛，菜和肉要多，还有人要开心。味道当然不会差到哪里。他乡异地，跟着当地人的脚步，吸一口真实的本地烟火，原汤化原食。

旅途常有寂寞疲乏之时，这时，一点食物就能把人从无尽的烦恼中打捞起来。因为半生流徙，苏轼的名气除了诗文还有馋嘴。即使落魄到苍颜白发，形单影只，让人起死回生的还是美食，唯食忘忧。天大的难事，把饭吃饱了，吃香了，自有豁然开朗的周转余地。一顿美食足以消化旅途中的所有疲倦和烦恼。眼睛需要美景来滋养，舌尖上的味蕾等着那陌生的烟火来开启。行到水穷处，自然要吃到心满意足时。

你好，西瓜

意大利人在超市门前立了一块牌子：别敲西瓜，它们真的不会回答。中国人说：不敲就买，太不尊重西瓜。英国 BBC 也来凑热闹，用西方人严谨的实证精神，援引大量事例证明：敲西瓜，是全世界都流行的交流语。这一次，意大利人落伍了。

不过，别看中国人理直气壮地说：不管听不听得懂，买之前都要敲一敲。然而，这些年，我们当真许久都没敲过西瓜。因为西瓜越来越大，能一起吃瓜的人越来越少。卖西瓜的干脆把瓜剖开买，鲜红的瓜瓤，黑籽、白籽、无籽，一目了然，童叟无欺。相中就买，早已不再通过那沉闷的回响来暗通款曲。

西瓜，如果轻轻地敲，你该怎样回答，圆圆的瓜藏着所有的过去：云淡风轻，夕阳西下。青绿的瓜蔓是记忆的脉络，我要顺藤而上，摸一只藏在岁月深处的瓜。

小时候，读鲁迅的《故乡》，琅琅读书声中，鲁迅记挂着闰土，我惦记那深蓝星空下，海边沙地，那一望无际的碧绿的西瓜。守护着这样一大片西瓜沉沉睡去，该是多么踏实的安稳和幸福呀！以前，我们乡下，土贫地少，种粮食都忧心不够吃，更不要说占地耗肥的西瓜。所以虽然长大后的闰土艰辛可怜，但至少他曾经看护过一地滚圆的西瓜。

成长的脚步匆匆，西瓜和我之间的礼节早已生疏。敲一敲，权当抱拳于胸，或是现在流行的双手相击，洋气地说一句：give me five。西瓜怎么会不回答？烂熟于胸的兴奋以及多年不敲、久别重逢的喜悦，都要通过那沉闷的声波一一传达。

能够一起吃西瓜的人，和西瓜一样，必然是熟得不能再熟的朋友。不顾形象，狼吞虎咽，风卷残云，互相怂恿和鼓励。吃的人要眼疾嘴快，牙齿舌头还要配合默契，瓜汁四淌，手忙脚乱。是畅快的狼狈，嬉闹中的亲热，痛快淋漓，百无禁忌。那种温文尔雅的谦谦君子和礼仪繁多的小姐就只能喝喝西瓜汁而已。

日益精致的时代里，西瓜和我们不仅隔着青绿的瓜皮，沉闷的回响，还有与坦率、自在，酣畅淋漓的疏离，不做作，不矫情，不粉饰。西瓜当然知道这一切，它用沉闷的回响传递着要加入一场狂欢的快乐和迫切。

以前的好瓜是要看产地的，本地瓜因为雨水多，日照少，熟不透就不甜，熟透了就裂。有一年，爸爸从西安带回一个20多斤的黑皮大瓜。十几个小时的硬座车厢，闷热难耐。一车厢的人都虎视眈眈盯住那个西瓜，出高价买的不乏其人。父亲把西瓜放在身后，只说：这是给我女儿带回去的，她们从来没见过这么大的瓜。一车厢的人在干渴焦躁中再无异议。于是，那只瓜走了一千多里地，从秦川入巴蜀，从黄土到方桌，一路的车劳舟顿，风尘仆仆的西瓜和安然无恙的父亲让普通的日子定格为欢腾。

我们欢天喜地围着西瓜转来转去，转的人越来越多。一个院子的孩子和大人们都笑逐颜开，每个人都轻轻敲几下。西瓜说：我熟了，很好吃。真是让人稀罕的瓜，在近乎虔诚的刀起瓜裂中，瓤又红又沙，黑籽发亮，排列整齐，大大的惊奇变成大大的惊喜。那是这辈子吃过的最甜的瓜，是最快乐的日子。

如今，南来北往的瓜果再不稀奇，西瓜也不再是夏日里唯一的等待。我们的胃似乎不太习惯这样饕餮的吃法，最重要的是能一起吃瓜的人零落不齐。只能在街道拐角处买上一块，一个人坐在厨房里，慢慢地吃下，耳边响起从前的欢歌和笑语。

你好，西瓜，好久不敲，别来无恙。

板凳长，板凳宽

无印良品（MUJI）的一条长板凳卖到上千元，大家在惊诧之余，恍然发现：原始粗朴、司空见惯的老物件其实早已退出生活舞台，就是卖上千块，也与普通人的生活再无关联。日益精致的时代，板凳所代表的生活方式以及其中沉淀的人与物的关系在慢慢消失，只有我们的记忆和情感还在。

旧时小木匠学习木工的第一件作品，常常是板凳。小板凳，虽说是简单粗糙，但锯刨削锉一样不能少。不图花样，稳稳当当，结实牢固就行。

板凳是乡下最好用的物件，家家户户，不可或缺。做板凳的木料常是就地取材，什么样的木材就做出什么样的板凳。长短、高低、宽窄，是木匠们漫不经心的随意。长板凳做好，剩下的料就随手做几条小板凳。小板凳靠着长板凳，长板凳就自动升级成桌子。

在简朴家庭里，像板凳这样简到极致的物件，反而多了与其他物件合作的可能。相辅相成，随意组合就会有新的功能。当餐凳自然是本分，做木工用的临时马凳，简单的锯料、开榫、斧头削木头都可以在这个长板凳上进行，不怕刀刀钉钉留下伤痕；碰上家里聚会，来了远客，板凳的用处就更大了。两条长板凳搭上一个门板，垫上褥子就是舒舒服服的临时床，再多的人也好安置。

最常见的是晴天，两条板凳相对，中间放一大簸箕，各种珍贵的粮食——萝卜、豇豆、红薯、蘑菇、辣椒，干净整齐地晒在太阳下，坦白而诚实。阳光在上面，风在下面，水汽安心地蒸腾。

调皮捣蛋的小孩常常把条凳翻过来骑在上面当竹马，把院坝跑成千里草原。或者冬天农闲时，用粗麻绳绑好吊在屋檐下，就成快活的秋千凳；女人们洗衣服时找不到搓衣板，也顺手找张宽凳子；农活累了男人点上旱烟坐在长板凳的一边，在另一边泡杯热茶，茶喝光了，气力就来了；拿高处的东西，轻轻一跃跳上板凳，还是够不着，就再摞上一根。

板凳经得起这样繁密而粗犷的使用，拿得起，放得下，简单合用，扎实可靠。没人时，往墙边一搁，摞上好几层，不会占空间，不用小心伺候。人多了，拖出来，堂屋、院坝，七八根板凳就是一大圈人，开个会，唱个戏，办个宴，几条板凳就搭好了人间喜怒哀乐的戏台。两个人坐，宽宽绰绰，三五人挤在一起，亲热而体己。10年修得同船渡，这该是水乡的姻缘际遇。在我们乡下，10年的缘分应该是从坐一条板凳算起。

长板凳配八仙桌，总有些老派的礼节在里面起承转合。遇人起身，不管熟不熟悉，总要先试着抬抬身，打个招呼，抱歉而体贴地点头："你坐好，我要走了。"坐着的人也要欠欠身："好，你慢走，我坐稳了。"你恭我谦，入座，落座，起身，这样的谦和周到在简单的板凳上自有一种悠久绵长的古意。

人多，板凳一来，自然分群：男人一伙、女人一堆、老人小孩、同辈、老辈。一条凳就是一群人，井然有序，绝不混杂。板凳不分尊卑，但板凳有自己的礼仪。

乡下普通人家很少有一人一把的椅子，这样明目张胆圈定空间的个人主义不容易在乡下流行。物件习惯互相依傍着生活，就像那时的人。如今的人们，井井有条的划分世界，细分功能，物以类聚，物归其位。看似井然有序，却在井水不犯河水中少了扶持与依靠，在独立中不合群。

高楼林立的城市里，板凳早已不合时宜，退出了家庭。没有沙发的软和舒适，也没有红木椅的器宇轩昂。它曾经代表的合作与联系也在自我时代变成臃肿与繁赘。

家什如此，人也这样进化着。以前，一个农人可以创造一片广阔的田野：耕田、收麦、烧窑、编席。今天，我们是大时代里完美光亮，独立坚强的螺丝钉。

虽然理解，总有些怀念：板凳上的岁月，板凳上的人。

机器人保姆

带孩子的时候，最怕保姆请假，完全是天崩地裂，末日来临的感觉。现代年轻人被鼓励着努力工作，家务能力都是江河日下。成家立业之后才发现没有父母和保姆，精致的现代生活转眼就是鸡零狗碎之后的恼羞成怒。

我妈当年能兼顾工作和家务，完全是因为医院小，上班在一楼，家在三楼。她两头一跑，相当于做点工间操。即使这样，也常常会来不及做饭。常有相熟的病人，等看病的时候，顺便帮我妈理菜、淘米，甚至到三楼帮着把饭蒸好，我们放学回家才能准时吃饭。

现在，哪有这样的单位布局。我们每天在路上的时间足够吃顿满汉全席。更何况，病人和医生如今互相腹诽，彼此警惕性都很高。

常常有不知天高地厚的年轻人发宏愿：不会做家务有什么，以后请个保姆就是了。结果大家都这样想，保姆们都成了专门技术人员，工资一路高歌。而且勤快、贴心又专业的保姆不知要积攒多少好运气才能遇上呢。我朋友看中的保姆，价钱谈好后还有许多附加条件：周末休假，节日回家，中午要午休，晚上要去跳坝坝舞。朋友说：她这一安排，我觉得我们两口子倒像真正的保姆。

幸好，我们现在有了许多机器人保姆。只是大家还不习惯用保姆的眼光去评价它们而已。其实，它们比人贴心得多。

买预约电饭煲回家时，我爸听我讲完功能，用过一次后，背着手，绕着电饭煲转了一圈，赞许道：嗯，很不错，相当于半个保姆。

以前做早饭，不管是烧蜂窝煤还是用天然气，很早就要起床。中午也是雷打不动要蒸饭。只要说煮饭，啥事都可以耽搁。人是铁，饭是钢，一天不吃人发慌。大家都懂这个理，饭比菜实在。没菜的时候，泡菜坛子里的酸萝卜也能对付一顿。现在，传说中的田螺姑娘转世投胎，变成预约电饭煲，至少吃口热饭可以从容不迫。

给我妈买了一个扫地机器人，就是那种圆盘子，能自己趴在地板上吸灰尘，碰着桌椅脚不得喊疼，晓得自觉躲避。我妈用了一星期，我特意去问她体验感受。刚一到家，我妈就异常激动：你不晓得，那机器人好乖。我边脱鞋边问：有好乖嘛，难道每天早晨起来还要喊你一声“妈”。我妈横了我一眼：比那个还乖。没电了，我还以为又要到床下面到处找它呢？晾衣竿都准备好了。结果。它自己跑到充电器那里，背靠着墙，乖乖地充电。我妈说起，满脸的慈爱。我记得从我青春期开始，她就再也没夸过我——好乖。人是多么容易感动的生物，机器人小圆迅速成为我妈的心头肉。幸好它没幻化成人形，不然，我们当儿女的会被父母开除户籍吧。

买了一个炒菜机器，只要把切好的菜放进锅里，它自己就会炒熟。少油、少盐，而且没得油烟，简直就是需要减肥的家庭主妇最贴心的小棉袄。后来，买了洗碗机，抓阄和值班的方式到此结束。最容易引起战火的家务事让机器人承担，从此母慈子孝，家庭和谐美满。不知不觉，我们家的保姆越来越多，感觉厨房都住不下了。怪不得，现在的豪宅标准是厨房大，主要是考虑机器人保姆要住。

上次参观一个智能住宅，叫“小白”的机器人管家也乖得不像话。不但帮主人负责关电、关水，还能通过手机遥控，在你回家的路上，就能把窗帘，空调打开，洗澡水放好。等主人疲惫地回来，只需要舒舒服服地坐在沙发上。电视刚打开喜欢的频道，室内温度刚好，窗帘打开，阳光进来，饭在锅里，菜马上就可以端到桌上。粗心大意也没关系，人一走，不仅茶凉，小白会让房间断电断气断水，大门紧锁。如有梁上君子，它会自动报警。售楼小姐信誓旦旦保证：理论上，可以连接起一切程序，智能住宅让你瞬间拥有帝王般的感觉。你说能不心动？我和老公相视一笑之后，都有点心虚，我们彼此好像还没这样周到过。

老是赖床的女儿买了一个机器人闹钟，甜美、温柔的人声，一遍一遍，耐心感天动地。绝不像老妈，乖儿喊三遍之后就是河东狮。老公躺在按摩椅里，闭着眼睛，满意地说：比你有力气，而且还不话多。它们实在比人更贴心呀，我们倒要向机器保姆学习如何与家人相处。

所以，对于机器人代替人，我一直持乐观看法：贴心又不抱怨，没有情绪的专业保姆只能可遇不可求呀。机器人就不同了，别看现在长得很机械，但省心省力，早晚会赢得人类的芳心和认可。

我爸说：旧社会，有钱能使鬼推磨。现在新时代，至少可以买几个机器人，当然也不需要它推磨。时代进步，你们年轻人好享福。

我要减肥

我决定要减肥。

这样的时代，自有其时代的特征：每逢佳节胖几斤。节日循环往复，肉却日渐增多。麻醉自己的办法，最初是不去称重，但肉有的是办法让你明白它的存在。脸上的肉开始横着发展；衣柜里的衣服，裤子从有点紧到穿不上。当我从一大堆心爱的衣服中满头大汗地挣扎出来时，终于看到了现实的残酷。减肥，这样的时代主旋律自然在脑海里一遍一遍重播。

朋友们各有自己信奉的健康哲学，纷纷慷慨“解囊”，对我的行为提供理论注释。

健康派引经据典，言之凿凿：必须控制体重，万恶胖为首。胖了，会引起心脑血管疾病、糖尿病等，世界上已知的病大部分都会寻胖而来，觊觎着这庞大的肉体。但你自己的关节却可能随时罢工，两条腿撑不起这身肉。为了健康，必须节制饮食，马上就减。

自然派是孺子不可教的鄙视：好不容易吃上饱饭，你却要节食。人生连吃吃喝喝的自由都没有了，还有什么乐趣？吃饭要数米，吃肉要用针。做人的坦荡与豪气就被十几斤肉活生生逼回去，就不觉得冤屈？

联想派条分缕析：形体管理可以看出一个人的克制与自律。皮松肉垮，一看就是一个放弃自我的人。管理好身体，才能管理好自己的未来。一身痴肥的中年人，甭管再怎样标榜，左不过是随波逐流、无所事事的人生。

虽然理论依据各有道理，我还是决定尝试。既然减肥是现代人必然面对的难题，挑战自我也算是一种超越。

减肥的消息一经公开，就迅速得到传播。各种减肥达人携带各种减肥大法供我参阅，归纳起来也有几种。

自然节食法：最方便、最简单的操作，就是少吃或不吃。从不吃晚饭开始。但最简单的才是最困难的，最难熬的是白天，一个饥肠辘辘的人每天游走于城市的酒池肉林，各种美味的诱惑简直是对活人的现代凌迟。好不容易睡着了，每晚的梦里都在吃。虽然成本低，但饱食终日的身体反抗得也激烈。但坚持就是胜利。

神秘东方派：点穴位，扎针灸，揉肚子，拔火罐，点艾灸。理论纷繁芜杂，技术古怪玄妙，儒家、道家、佛学，集中华千年优秀文化于一体，说是减肥，最后呕心沥血，成了传统文化的继承者。不过，都有附带的一句：多动，少吃。

西式技术派：控制中枢神经，减少肠胃吸收，最有效的是把大胃变小，不管几百斤，保管瘦成皮；或者现代抽脂，指哪瘦哪，简单粗暴，效果直接，只要不心疼钱，不怕肉疼，什么都不是问题。

代食欺骗派：亲，吃点减脂饼干或者山药薏米代餐粉，不用节食，消肿祛湿，不知不觉就瘦了，只要两个月，刚刚赶得上穿衣露肉的季节。今年的肉今年减，一定不要隔年，肉长久了，剐都剐不下来哟。我们这个代餐是减肥的最新产品，少吃多餐，没得心理负担，绝对减得下来。

每个人都这样信誓旦旦、振振有词：肉根本不是问题，随便减。如果多种方法，多管齐下，只怕减完之后，还要增点肥才行。

我当然心花怒放，下定决心：反正都是很好减的肥，不如再多吃点，多长几斤，减起来，更有成就感。于是，我高高兴兴在各种美食间吃来吃去，再不想减肥这个问题。

不时不食

最爱吃的菜——油爆黄鳝，因为实在太喜欢了，所以一年只吃一次。要耐心地等，等到春天的花都落尽。农人们开始整理水田，稻秧准备分苗的时候，在田里藏了一个冬天的黄鳝，长得圆圆滚滚，这时就呆不住了。

晚上，被寒冷拘禁了好几个月的孩子打着手电筒，或者点一盏老油灯，挽着裤腿，顺着田塍下到水田里。眼瞅着黄鳝出来看稀奇，手一去，一摸一个准。悄悄地压低声音的欢喜，生怕吓跑了黄鳝。

城里的蒜薹渐渐满大街时，就是乡下土黄鳝上市的季节。我喜欢早早地乘车，到最近的乡镇上去——那些依然保持三天赶集的乡镇上去。早早地，趁露水还没干的时候。晚上捉鳝鱼的孩子，捉了好大一筐。惦记着第二天的好价钱，哪里睡得沉，心急火燎地等着天亮哩！

常常是几个孩子簇拥着一个提竹篓的，头上、衣服上的泥还没掸干净，笑逐颜开地看着问价的主顾。这个时候，买到的鳝鱼才是真正的土鳝鱼。

买的时候，要故意和孩子们讲讲价，他们当然不肯便宜点。他们会讲昨晚在田里多么惊险：突然游来一条水蛇，吓得大家像扑腾的鸭子。最小的孩子没认出来，还大叫：快抓大的；或者是风太大，捉到后来，脚都冷麻了。他们在田边烧了一堆火，又顺便摘了某家的胡豆，烤着吃。他们七嘴八舌，添油加醋，讲述着惊险而又安然无恙的夜晚。兴奋中有夸张，还夹杂着少年的自得。推推搡搡，又笑又闹，把普通的日常讲成童话剧。买了一竹篓黄鳝，还要附赠乡下的传奇。

把鳝鱼提到市场上，划鳝鱼的伙计殷勤而颇有眼力：嗯，是土黄鳝，有福气。我心照不宣地点头，看他手脚伶俐：口袋里的黄鳝全倒进大盆里，千头万绪的样子。伙计用手指一勾，掐紧黄鳝，挥手一拍，在木凳上敲晕，然后用钉子固定好。尖起刀片，嗖嗖嗖，取骨头，取内脏，划成片，一气呵成。血是多了点，君子当然应该远离庖厨。但美食家心中有美味，眼中不见杀机。

鳝鱼变成片，口袋就轻了。回家，用清水冲掉血水，在开水锅里涮一分钟，等鳝鱼身上湿滑的黏液凝固，鳝鱼片变成了鳝段，再次清洗。

泡菜坛子里泡生姜、泡海椒，这时也到了扬眉吐气之时。先切片，再切丝，葱姜蒜、花椒，一样不能少。本来应该加粉丝或者蒜薹。但一年只吃一次的菜呀，自然要它唱台独角戏。

大火，油多，一大盘鳝段迅速倒下去，轰的一声，油粒四溅，火光如闪电，才对得起爆炒两个字。

泡生姜、泡海椒、花椒、蒜、葱，排着队下锅，叽叽喳喳，吵个不停。

一年才能吃一次的美味呀，要一边唱歌一边炒，要拿着筷子边尝边炒，不要着急。直到尝得满意，所有的味都聚合在一起。

吃黄鳝的人也要齐整，亲人或知己，都耐心地坐在桌边。听着厨房的油爆声，咽着口水聊关于黄鳝的往事。一年一次的事，当然味觉深刻，记忆深刻。

关火，装盘，油光闪烁，姜黄椒红葱绿，鲜嫩欲滴。一群人的眼睛都围着那活色生香的油爆鳝鱼，东瞅瞅，西瞅瞅，先找一块小一点的下筷子。挑一块，吹吹热气，互相鼓动着：吃吃吃，趁热吃。然后飞快地放进口水四溢的嘴里：天哪，果真是美味无敌。

孔子说：不时不食，意思是食物要按照时令来吃。从前的食材遵守着光阴的顺序，即使摩肩接踵，也井然有序，考验着人的耐心。在无限期待中积攒着对美食的思念，一次相遇足以记忆一生。如今，发达的科技与运输让许多食材可以轻松穿越时空和距离。在超市明亮的灯光中，粮食和瓜蔬以静物的形式存在，失去田野生动的背景和许多故事。

网红小龙虾一年四季都是大排档的爆炒嘉宾，从北风呼啸吃到夏夜酷热。大闸蟹还在坚守自己的脾气，不到秋风起，不会蟹肥膏黄。鱼腥草自从被人驯服后，格外殷勤。随时蹲在市场里，要么长好几米的白色根茎，要么长一头蓬松的叶。想吃什么，就长什么，随叫随到，不会拒绝。倒是春天的笋子依然固执、倔强，你不来，我就长成竹子，只有让熊猫来吃了。

美食的美味除了烹饪，还来自时间的酝酿。等待与节制不仅是为了美食，所有欲望的满足如果有足够的延长期，稀少即是珍贵，获得就会欣喜。在物品阜盛的今天，我们用节制来制造清晰的感动和记忆，不限美食。

新说文解字

小时候听人说：我姓章，不是弓长张的张，是立早章的章。觉得这人可真够饶舌。其实，怪只怪老祖宗造字时，同音字太多。因此我们不但饶舌，而且人人都是说文解字的高手。特别是对自己的姓名，不厌其烦，花样百出。

况且在这提笔忘字的时代，我们随时都会面对别人写不出自己名字的状况。一定要保持相当的机敏才能在一秒钟之内解除别人的尴尬，凸显个人的才华和内涵。比如梁姓朋友介绍自己时，可以说是梁朝伟的梁，有时尚气质；如果说是梁启超的梁，自然是学者风度；当然，要说梁山好汉的梁，那必定是爽直、果敢之人。

有些姓名不用多做解释，比如毛、周。如果实在遇到反应慢得不识相的，缠着问，你一声断喝，保管他羞愧难当，茅塞顿开。过于简单的姓名非要解释一番，可能就算是别有用心。我一位刘姓朋友，逢人对人总爱说：我姓刘，刘易斯的刘，完全是攀洋亲的思路。当然，姓王的说自己是大王的王或者王妃的王，更是明显地以莫须有的权势来充实自己渺小的人生，让人不胜唏嘘。

当然，有些复杂点的字，释名时非得作详细的结构分析。一位韩姓老师每次碰上有人迟疑写不出自己名字的时，不但绞尽脑汁，还要借助四肢，他说：朝阳的朝左边，伟大的伟右边。遇上路盲症，这左左右右就让人吃不消。不过，这几年简单多了，他说：我姓韩，韩国的韩。干净利落，再不指手画脚。

虽说有时只是正字、正音，但这说文解字依然颇有讲究。姓黄的先生总愿意说：鄙人姓黄，黄继光的黄。绝不会不识好歹说：我姓黄，黄世仁的黄。除非是上门讨债。不过，那时，大可不必如此繁文缛节。

一位叫婷婷的姑娘这样解字：婷是亭亭玉立的亭加上一个女字，她个高且美，让人忍不住击节而叹：好名字，好在最后的释文上，恰到好处，画龙点睛，一点不饶舌。如果说话人又矮又胖，这样的解释需要强大自嘲的心胸和勇气。

小学一年级的老师亲切地对刚入校的孩子们这样介绍自己：同学们，老师姓青，青青河边草的青。话音刚落，一小男孩兴奋地站起来：我知道，老师，是青蛙的青。这是想象力丰富到肆无忌惮的孩子，我们只能假装正经，不敢造次。

本人单名一个曼字，碰上需要启发别人写自己名字时，以前这样解释：慢慢走的慢，不要“忄”，然而碰上打字快的，上半句才说完，他就写好了，下半句倒成了引诱别人犯错的陷阱。名字一错，就像无端改了身份。名不正，不仅言不顺，连人都行不端了。所以仍然要费尽心思的解释下去。为了让别人少些错字，我颇费了一番心思，见人说人话，见鬼自然说鬼话。

对岁数大许多的，我说：曼，赵一曼的曼；穿着时髦的中年人呢：曼，张曼玉的曼。因为沾了美人的光，总在别人抬头细打量时，眼神迷离，心虚气短。后来，有一回上医院，刚报上姓名，医生马上说：喔，陆小曼的曼。那几天，电视台正播《人间四月天》。

现在，我倒是可以解释得随心所欲一些了：曼联的曼，是留给年轻小伙的；曼谷的曼可以激发出旅游达人的热情；而曼陀罗是给神秘主义者准备的。这样换来换去，凭空多了让人遐想的人生，也算是平凡生活的乐趣。乐乎！趣哉！

买包后悔药

双十一之后是双十二，冬天来临时，我们很容易给自己找一些温暖而任性的囤积理由。在欲望狂欢和制止冲动的天人交战之际，购物车被一车车清空之后，我愿意聊聊这些年在网上买过的那些让人懊恼的东西。

网络的方便快捷有时还真是坏事。本来不过是想一想，结果一搜，看到了，手一点，轻松拥有，许多人爱死了这种快意。不过，万事都有利有弊。太轻松地获得后面自然有欲哭无泪的后悔。网上有人问：来，说说你曾买过哪些愚蠢的东西。下面回答踊跃。

根本不需要检索淘宝足迹，让人后悔不跌的比比皆是。家庭妇女头脑发热，最多不过是买几件衣服而已，其他时候都精于算计。男人头脑发热，买回来的物件才是真正的蠢东西。

有一年，郊游时看到一条美丽的河。老公马上在网上买了一艘橡皮艇，兴奋地说："以后，我们可以划自己的船了。"快快乐乐盼到了橡皮艇，老公邀约好几个家庭，到河边举行下水仪式。男人们都很雀跃，沧海轻舟的梦想马上实现。结果，把橡皮艇拉倒河边，打开包装，发现：

橡皮艇是要充气的。当然不可能用嘴吹啰，那恐怕要吹一天。用车载电瓶充，嗯，不错的主意。

一伙人把橡皮艇搬到了车边。不一会，瘪瘪的橡皮吹成了气鼓鼓的橡皮艇。结果还是傻了眼。河与路永远是平行线，怎样把这个号称能载四个大人的橡皮艇运到河边呢？不能拖，不能拽，生怕树枝，石子把橡皮划破了，那就真是竹篮打水一场空了。

最后，全体男人挽着袖子，使劲抬着橡皮艇，才把它顺利放到水边。而我们又低估了划船所需的体力。孩子和女人们只能穿着救生衣摆姿势照相，划船划得筋疲力尽的男人们回去时还要如法炮制，再一次把橡皮艇抬到马路旁汽车边。毕竟，电动放气更快。大家都强装欢笑，说好开心呀，划了自家的船。只是从此，我们的橡皮艇再也没下过水，一直搁在储物架上。

没有几个青壮年，谁能来开这个船。每年整理货架时，都要重新生一回气。后来，连送人的念头都打消了，时间一长，橡皮老化，万一下水漏气，出了问题，谁负责呢？一想到这个关系生死的问题，除了暗骂老公愚蠢外，束手无策。丰满的梦想和骨干的现实一相遇，就是戳得漏气的下场。

有一段时间，对原生态突然感兴趣。于是，虽然有豆浆机，我们还是在网上买了石磨，准备亲自磨。老公自告奋勇，拍着胸脯说，你放心，我来推磨，就当是健身嘛。老板是个实诚的人，坚持要买一送一。送来的那天，快递员都很好奇：你们买的啥子？重得很哟。我们气喘吁吁抬进屋，打开一看，大石磨下面还送小石磨。老公说：管他的，就当是个装饰品嘛。果然一语成齑，后来，大小石磨都成装饰品。我们的家庭博物馆增加了乡土馆藏。

还买过一把号称全网最厉害的砍骨刀。当刀快递到家时，发现刀是好刀，就是死重。看看我的细胳膊，想只能张飞附体，才能抡起来削铁如泥。还是把它放到储物架上，成为愚蠢购物史上斩钉截铁的证据。

我们对物的占有欲是从这种好奇开始，工欲善其事，必先利其器成了买卖最好的广告语。

朋友为了餐桌的格调直追五星级，买的刀具让人眼花缭乱。除了各种大小规格外，还有按功能来分的：切草莓的，削菠萝的，切西瓜的，切芒果的。我们都觉得是多此一举，她却振振有词：专业刀具切出来才漂亮，摆起好看，才有食欲。当然其他的各种碗碟、杯子，都是按照专业配置，从日本料理、中华美食到意大利菜系。连煮蛋和煎蛋、蒸蛋都要分出专门的锅具。唉，好怀念以前一把刀、一口锅也能做珍羞美味的日子。

只是有一个事实，我们一直不敢提醒她：她每周五天在单位吃工作餐。其余两天，也差不多在外面觥筹交错。这是把厨房变成博物馆的节奏吧。我们一直都等着看她幡然悔悟的样子。

我妈常常批评这些年轻人：败家子呀，败家子，买来用了几次嘛？是来接灰尘的。她其实也好不到哪去。为了养生，她对收集各种厨具情有独钟，大大小小的各种材质的煲汤锅、没有油烟的智能炒菜锅、省气省电的焖烧锅、空气炸锅，只差太上老君的炼丹炉还没有买到。可是家里常年只有老两口呀，他们把这些厨具挨着使用一次，估计也要一个多月吧。

大道至简，一个家也得有这个观念。在买了这么多物件后，才发现日子一长，都是无用之用。这样的随心所欲也许就是今天的消费升级。今天，最该买的是后悔药，反躬自省，不被外物所役。

读“博”的快乐

读博可不一定是攻读博士学位，我说的读博是阅读博客。自从朋友圈和自媒体热闹起来后，以前各大平台的博客开始慢慢萎缩。虽然有长江后浪推前浪的无情，但慢慢地心中只有窃喜。因为还有一句：大浪会淘去沙子，留下真正有分量的东西。

如今，坚持写博的人无论在文笔还是思想上都有自己的特色。许多人一写就是好多年，和朋友圈的“三天可见”不一样。这些博客是精心打造的个人博物馆，按照时间的顺序陈列着，是漫长丰富的前因后果。在这里，可以看到一个普通人的日常。他们的世界和生活，娓娓道来，像老朋友一样絮絮叨叨。

有为了爱情嫁到国外的聪慧女子，遭遇婚变后，在异国他乡努力打拼，重新收获事业和爱情。将近 10 年的写作叙事，与异国的婆家姑嫂斗智斗勇，超得过任何家长里短的连续剧。

失去父亲的女儿，用博客记录自己带着父亲治病，遍访名医，最后不能挽回时，全家的伤痛和悲戚。孝顺的子女在与父母分别时的孤独、疲惫，以及无能为力。世间的苦味要用笔写一遍之后，才能让负重的灵魂获得解脱。

70岁的老女儿，每天锻炼自己的身体，为了把90多岁的老父亲照顾得舒舒服服，让他撒娇，让发脾气。人活得足够的长，就自然回到小时候，女儿反倒成了幼儿园老师。

还有最心疼女儿的妈妈，连女儿工作实习都要跟着一起去。以为是简单的溺爱，读完她的博客，才发现：在激烈的工作竞争中，妈妈杰出的后勤能力确实能保障女儿全身心投入工作。那个妈妈让人佩服，从女儿焦虑的心理疏导到饮食起居的健康管理，都做得相当专业。

我们不一样，即使这个世界想尽一切方法把人们变成大数据中的字节，还是有许多人拒绝同化，或者是在趋同的形式下保持着自己的一方田园，努力寻找着自己的意义。我喜欢在博客中去阅读那些千姿百态的人生，普通却浸润着生命的真诚和洒脱。

互联网时代，人们习惯快速获得信息，快速得出结论。因此，非黑即白的思维颇为流行。对于和自己不一样的选择，总是下意识的先否定。但在读博的过程中，我们可以看到事件的过程，和人的考量以及详细的心路历程。

这时，我们更能理解别人不一样的选择，也意识到这个世界的丰富与复杂。读博和写博的人都能自觉摒弃偏见和浮躁，更有耐性，这恰是今天的人们在急速前进中最欠缺的品质。

朋友圈是年轻人的天下，晒着最新鲜的信息，活色生香，新潮时髦；自媒体绞尽脑汁，多出网红爆款文，犀利偏执煽动情绪。

博客却要安静得多，悄悄地写，慢慢地看，大多是属于过去的时光，远远近近的过去。写字的人要静下心来，才会有足够的时间审视岁月和心情。那情绪不再是热烈和冲动，而透着更多的理性和思考。读博的人看的不是稀奇和热闹，在足够长的篇幅与连续章节中，一个人一生的片段在徐徐展开。不管科技如何发达，打动人的还是真实的喜怒哀乐。

写博的人把博客作为一个树洞，或者是自家的院子，精心地打造。不是为了展示，而是在宁静的孤独中倾听自己的声音。不发红包，没有动图。这里清风雅静，远离时代的喧嚣。他们不会为了流量和置顶而绞尽脑汁收获视线。一个写作博客的人如同荒野中的植物，不再争奇斗艳。只是自由成长，保持着天然纯真的模样。

漫长的文字编辑会消释掉人们的冲动和轻率，有更从容的时间来审视和梳理。这样的书写是倾吐，也是反思。真正的书写者，他们隐身在喧嚣世界的一隅，用文字为自己和观者砌出一方真实的天地。志趣相投者常来看看，闲逛一番，留少许痕迹。如同我们在田野间散步，偶然遇见，聊聊、听听。

它少了朋友圈里暗藏机心的炫耀，也没有短视频里的直观快乐。这里有孩子成功时，做父母的开心，也能看到成长过程中，父母的担心和焦虑；朋友的相聚和分离；海外游子的梦想和心酸。林林总总，有哀有乐。博友好多都是老朋友，即使从未谋面，也在惺惺惜惺惺中拥有真正的默契，点赞和评论都是发自肺腑，并不虚与委蛇。喜欢就常来看看，不喜也就飘然而过。

当朋友圈逐渐退化到三天可见，身边的知音开始寥寥无几。但博客中常能碰到志同道合的人，常有多年博友成密友的佳话。

写博的人不为点赞，故不会有惊世骇俗之语；读博的人没有负担，安静地翻开是一本关于个体记忆的书。撇去了社交的繁琐礼仪，在博客中，我们反而会对陌生人真实地倾吐。

在屏幕的光亮中，看亲历者叙述沧桑的岁月，也有一种舒缓的宁静和亲切。隔着距离来看待人和事，更容易有心平气和的同情心。

年轻的世界固然热闹欢腾，但我更喜欢那些经历了岁月的人，阅读他们平凡却并不平庸的生活。他们的智慧与阅历是静水深流，让人受益匪浅。阅读那些细密的文字，更能看到一个人的完整，没有讳饰，不贩卖人设。那是虚拟世界里最接近现实的故事，一个人的《史记》。

转动你的万花筒

装修那套70平方米的二室一厅的房子，我特意请了装修公司的设计师。因为觉得屋子太小了，一定要好好设计。按照我的要求，是简洁的北欧风格。从客厅到卧室的设计不但有图纸，还专门制作的动画视频，自动播放。颜色和灯饰，简单的家居，在设计师的精心制作中，我未来的家一点都不狭窄。空间宽大，游刃有余。

看到我对效果图非常满意，设计师好意提醒我：这个设计图景的比例是按照1.2米孩子的高度来制作的，实际效果会有一定差异，真实的人眼看到的场景会小一些，矮一些。

原来，当我们的角度发生变化时，看到的世界是不一样的。站在1.2米小孩子的视角，这个世界果真很大，也很美丽。许多人都有这样的感觉：以前小时候玩耍的地方，宽广辽阔。长大之后，再回去看，又破又小。我们都以为是自己的错觉。其实，记忆并没有欺骗我们。站在孩子的高度来看许多场景，有迥异的秀色。

也就是说，我们眼中的世界其实并不是一成不变的，而变化也不仅是由时间来决定。只要改换一个高度或者角度，我们会看到不一样的空间，也会有不一样的情绪。

《航拍中国》第二季，郫县豆瓣和都江堰，都不过是普通的日常和建筑，却在无人机带来的上帝视角里美得让人屏住呼吸。就连屋顶上簸箕里的红辣椒也能构筑成奇异的壮丽，既熟悉又陌生。让人感叹的是，对于那些安静而绝美的世界，我们一无所知，但它们又确实地环绕着人间的庸常。只要改变一个角度，我们就能发现沉闷中的艳丽，单调中的惊喜。

今年，我开始骑单车上班，突然觉得城市友好了许多。轻盈地从城市所有的缝隙中穿过，人的缝隙，车的缝隙，楼的缝隙。如同一条鱼，在所有的水域中流畅地游过，再也不用担心被堵在路上。

从空气中穿过，没有了外物的保护，皮肤异常敏感。面颊上的风时时不同，炙热中有过一丝的清凉，寒风开始有了团团暖意。那季节和时间不再是日历和节气。我穿过街道时分明感受到的时空，那么细致，那么真切。

变换的风，每一天都有所不同，身体直接与自然接触，炙热的、温和的、清凉的、寒冷的。朋友圈的桃花还未开放时，我的面颊已经接到春天的消息。

夜色中除了街灯的闪烁，空气中有以前忽略的元素。从法国梧桐树下穿过时，那些漂亮的落叶轻轻触地的声音；桂花的幽香会在某一段突然出现，猝不及防；它甚至让许多年前青春的感觉和记忆都突然喷涌而出，流逝的只是风和时间，永恒的是单车上轻快的自己。

甚至听得到城市的呼吸，起起伏伏，如同生命的吐纳之气。早晨，从北边那条街出发到单位，马路上车和人都少。而到了中午，我要绕着南边的路骑过去。在庞大城市的坚硬道路上，车流和人被城市吞吐，一呼一吸之间，繁忙和悠闲在这里交替。一人一车，在空荡的马路上，自在而放肆地飞过。只需要这样的速度就行，人恰好地和空气接触，和自然融合。我们每天从一个空间平移到另一个空间，在人造的空间中交换着位置。人被屏蔽，和真实的天气隔着玻璃，隔着金属，隔着房屋。

作家唐诺也曾这样感叹：“我们都需要偶尔挪移到不同的位置，产生新的视角并由此开启新的途径，通常你会发现眼前的固定景观开始转动起来，陌生起来，甚至像花朵般缓缓绽放开来。”

在无法离开的地方，如何打破周而复始的单调感，最好的办法是换一个角度。它并不会花费太多的时间，也许只要是把上班的线路和方式略作改变，就能看到四周重新的聚合：春天，路边黄葛树的嫩叶垂下来时，风也会穿过碧玉妆成的高树；阳光明亮时，洒水车的身后会有彩虹半圈；红绿灯前驻足看一群鸟盘旋在云层下飞过，这一刻，人逃离了约束。

城市，即使是水泥的坚固，也能有让人内心柔软的时候。就像小时候的万花筒，世界的颜色只有 7 种，万紫千红是因为我们转动的手改变了视角和组合。

不过是惜物

最严格的垃圾分类，在中国各个城市逐步推广。段子手的狂欢和当事者的困惑交织成网络上热门的序曲，为各地的垃圾分类做好了大规模的前期宣传。

“瓜子壳、湿纸巾”是干垃圾还是湿垃圾像脑筋急转弯。鱼骨头和猪骨头是同一类垃圾吗？这似乎是社会大学的神秘考题。一颗发臭的榴莲该怎样扔？所有人都绞尽脑汁。茶余饭后，现代人的焦虑困惑中多了全新的内容——扔垃圾。

面对着站在垃圾桶前踟蹰徘徊的年轻人，大妈们的老经验倒是派上用场：与其为垃圾分类焦虑，不如少制造垃圾。网上有个最简单的判断：以猪能不能吃来判断。大妈说，更简单的是，猪能吃，你为什么不能吃。于是，皱皮的胡萝卜、白萝卜，劝你干脆自家红烧吃下去。记住，就是有冰箱，也不要把食物囤积到过期。

以此类推，可以二次利用的就旧物改造吧，旧T恤做成拖布；湿纸巾最让人头疼，干脆改用手帕，几条换着用，至少不会每天倒垃圾；小年轻的外卖就改成在家做饭，不然，光扔外卖包装盒就能把宝贵的休息时间弄得四分五裂。

看似复杂的垃圾分类，考查的可不仅是我们高超的记忆力，更多的唤起人们对物的珍惜。

在物资匮乏的年代，人们因为贫穷而惜物。扔掉一件东西的理由是“不能用”，“新三年，旧三年，缝缝补补又三年”。现在，我们把物品变成垃圾的理由是“不喜欢”。惜物节用反而成为小气的代名词。

我们今天当然用得起，从淘宝、京东到拼多多，物品多如牛毛，只有想不到的，没有买不到。对付一个生鸡蛋就有煎蛋器、煮蛋器、分离器、搅拌器。如果每天都需要用，当然无可厚非。但许多人买回去，就是图个新鲜，用一两次，就放在那里，最后变成垃圾；汗牛充栋的不是书，是小孩子的玩具和旧衣。买的时候毫不犹豫，扔的时候斩钉截铁。一进一出，人不但消耗着资源，还生产垃圾。

白居易说：“天育物有时，地生财有限，而人之欲无极。”消费浪潮中被鼓动起来的欲望让人失去了爱惜之心，敬畏之心。《周易·系辞上》曰：“备物致用，立成器以为天下利。”《辞海》中对“致用”的解释为：“尽其功用。”

每一次购物狂欢后，真的物尽其用了吗？在商家消费的鼓动中，人们头脑发热，总要买下不必要的物品，囤积在家中。

老年人受不了超市里买二赠一的促销诱惑；女人常说，“去年的衣服已经配不上今年的我了”；男人们对各种电子产品换代升级痴迷；孩子的各类童车顺着年龄摩肩接踵。因为来得太容易，所以丢弃也就随意。抢了10卷卫生纸的朋友，觉得怎么用也用不完。于是，抹布不用了，用卫生纸擦桌子；冰箱成为垃圾预处理器，装得满满，然后慢慢过期。产生的垃圾应该怎样分类其实不重要，重要的是我们对物轻慢的态度。

今天，我们普通人消耗的物品是过去的6倍，但人们的囤积欲还在膨胀，忍不住在每一次消费狂潮中清空购物车，恨不能把家变成阿房宫，穷奢极欲，迷失在物的环绕中。孔子在《论语·述而》中曰："奢则不孙，俭则固。与其不孙也，宁固。"意思是奢侈使人狂妄，节俭使人寒酸，与其显得寒酸也不能狂妄。"鼎铛玉石，金块珠砾，弃掷逦迤"的秦帝国灭亡了。现代人站在垃圾桶前接受灵魂的拷问：奈何取之尽锱铢，用之如泥沙？至少有这样一个时刻，在思考垃圾的去处时，我们会反思日子该怎样过？

《中庸》说"万物并育而不相害"，儒家世界观一直倡导人与物共存不相害，惜物不仅是节约资源，更是减少污染，爱护环境的需要。

国际回收局号召人们：不要将废旧纺织纤维直接扔进垃圾箱里。因为每利用 1 公斤废旧纺织物，就可降低 3.6 公斤二氧化碳排放量，节约用水 6000 升，减少使用 0.3 公斤化肥 0.2 公斤农药。除了把垃圾二次利用变成资源，还要学会节约。

人人都讨厌的湿垃圾中，大多数是厨余垃圾。古人常说："一粥一饭，当思来之不易；半丝半缕，恒念物力维艰。"央视报道，中国人每年在餐桌上浪费的粮食价值高达 2000 亿元，被倒掉的食物相当于 2 亿多人一年的口粮，真是让人触目惊心。与其把猪能不能吃作为垃圾分类的标准，不如控制我们制造垃圾的频率。

大道至简，把每天的餐盘吃得干净，不盲目购买物品，简化日常行为。"取之有度，用之有节，则常足。"精打细算不仅是过苦日子，富裕的生活同样用得着。

古人说："唯天下至诚，为能尽其性。能尽其性，则能尽人之性。能尽人之性，则能尽物之性。能尽物之性，则可以赞天地之化育。可以赞天地之化育，则可以与天地参矣。"

人要尽人性，物要尽物性，才能天人合一、物我共生。惜物就是对万事万物的尊重，物尽其用能让资源发挥最大的作用，垃圾就少了。敬天惜物，珍惜每一粒粮食、每一滴水，才能让物和人彼此滋养。这才是垃圾分类背后人们需要明白的道理。

七大姑、八大姨

每逢春节，或是假日稍长的时候，七大姑、八大姨就会准时从家乡附近雨后春笋般地冒出来。她们目光锐利，神出鬼没，哪壶不开就提哪壶。简单、粗暴、直接，每句话都如 GPS 精准定位，句句击中年轻人精心装饰的软肋。“结婚了吗？”“工作落实了吗？”“买房了吗？”“孩子几岁啦？”“该生二胎了吧？”

人生中所有的要言大义都不如七大姑、八大姨们的好奇心。三言两语，几个来回，就揭穿生活的真相：一地鸡毛，一片狼藉。

“节日回家指南”中有专门的章节指导涉世未深，拥有诗与远方的青年从容不迫地应对七大姑、八大姨，绞尽脑汁地提防她们突然撕开生活的画皮，猝不及防，血肉相连。

七大姑、八大姨除了这点本事外，其实最擅长的是用过来人吃过的盐来指导你未来将要吃的米。心是热心肠，主意却是馊主意。打着为你好的旗帜苦口婆心地要你遵守老皇历。

七大姑、八大姨不受待见也是近些年的事。以前，信息闭塞的时候，也全靠这些七姑八姨传闲话，说是非，拿主意，潜移默化地把人生经验一代代交接下去。即使今天一片喊打之声，她们的作用也不完全是负面的。正因为如此，考验着听者的判断力和决策力。

七大姑、八大姨的人生经验其实早已老迈，功力已成颓势。意气风发的新青年大可嗤之以鼻，在她们的碎碎念中，似乎更容易轻松建立起“自我”的藩篱。用视而不见，听而未闻来表示鄙弃和反击。老一辈古旧的经验在这个巨变的时代，或者为创新者作对比烘托的幕布，或者恰好成为反抗传统的靶子。

现实中的七大姑、八大姨总算以这样尴尬的方式退场。然而明枪易躲，暗箭难防。网络时代有千千万万的七大姑、八大姨应运而生，借各种公众号和App还魂：精美的文字、唬人的头衔、货真价实的流量数据、“德高望重的人生导师”。他们掏心挖肺，言之凿凿：

“选对老公，知道这一点就够了”

“穷养孩子祸害一生”

“人生一辈子，别太善良了。”

“太热情的人，其实很可怕。”

“怎样与高手成为朋友”“如何让人忍不住喜欢你”

诸如此类，斩钉截铁，怪力乱神。

面对这些振振有词的人生经验，单一个耸人听闻的标题就可以让我们乖乖就范，毫无防备地打开，读完，然后心有戚戚地点赞。人们相信那些所谓的精英，他们总结的人生经验可以放之四海而皆准，普通人只需要亦步亦趋就可以大获全胜。人们尊敬成功者的耳提面命，以为世界有了新的金科玉律。如果真的对这些“七大姑、八大姨”深信不疑，可能会有更大的混乱和迷惑等着你。

刚刚听七大姑说，要想熟练掌握一门技艺，得花一万个小时，业精于勤荒于嬉。八大姨马上扯着你的耳朵：这个一万小时定律是错误的，低水平的重复会让你掉进不思进取的舒适区，熟练不是优秀。它们相互矛盾，却各自言之成理。你信与不信都需要勇气。

然而，这些手机里的七大姑、八大姨居然还颇受各种群体的欢迎，从老年人的养生之道到年轻人的职业忠告、交友指南，中年人的成功秘方，情绪紊乱，到教子良方。他们源源不断地提供斩钉截铁、不容置辩的正确方案。模糊世界的复杂，无视因果的不一致，以一种简单而奇怪的逻辑企图一劳永逸地帮助我们解决不同人生的不同困惑。

照本宣科，本不再是书，是手机里各种各样时髦而博学的七大姑、八大姨。她们改头换面，幽魂不散，以前所未有的渊博指点迷津，逢凶化吉，危言耸听却又让人欲罢不能。

他们果真能确定对我们生活一无所知也能提供恰当而负责的建议？

别人的经验终究无法替代自我的探索，一棵松树的经验怎能让榕树受益匪浅。我们是不同的植物，站在不同的风里，感受潮湿与干旱。或者我们是不同的河流，来自不同的纬度，或汇于大海，或中途消失。

每一条路都只有行走在道路的人才知真正的艰辛，我们将各自面对属于自己的命运，在抗击各种挫折中获得智慧和勇气。

做自己的主人，走自己的路，意味着通达平顺时你享受策马而过的畅达，困顿纠葛时，你要独自披荆斩棘。每个人都有自己的迷宫，孤身上路，最终练就一颗孤胆雄心。没有人能真正指导我们生活，无论是以前的七大姑、八大姨，还是现在热门的公众号和自媒体。

旅行与拍照

在如今这个交通便捷，人人都有点文艺情怀的时代，放个假，如果不去旅行，不在空间、朋友圈中秀秀照片：美丽的风景和悠闲、自在、风情万种的自己，你都不好意思把 QQ 设为在线。你要说不喜欢旅行，怕是连街角擦皮鞋的大妈都会同情地开导你：人嘛，还是要学习享受，钱是挣不完的。

旅行成为继春节之后，中国人的又一种壮观大迁移。一路千山万水的占领，看名胜古迹挨个沦陷。人人都踌躇满志：走，去远方。固守土地几千年的中国人啊，抛下了诗里、画里的床前明月光，乘时代的列车，走遍世界。于是，每一次节日都堪比麦加朝圣，穆斯林参拜神灵，我们反观自己——照片中的自己。

在人满为患的旅游区，怒气冲冲的游客最大的抱怨是所有的照片都是集体照，最让人耿耿于怀的还是照片。数码、单反、手机，自从这些神器普及之后，我们开始变得冲动而自大，不假思索，举头拍天空，低头照脚丫。没有等待，无须构图，见啥拍啥。咔嚓之后，就觉得自己把世界带回了家，有一种占有之后隐秘的快感。满足了我们自以为是的收集癖。在迫不及待胀爆了几十个G的硬盘后，我们到底还记得多少怦然心动的风景？没关系，赶紧，抓住时机，定格时间。我们不相信自己的记忆力，我们是纪录片忠实的粉丝。

这是我们旅行时的集体无意识：上车睡觉，下车拍照，热衷和所有标志性的建筑、石碑、大字合影。恐龙博物馆里，人们绞尽脑汁把自己和那些巨大的骨骼拍在一起；雪山高原，十级防晒的游客把自己迅速剥开。快点，照完相之后，又把所有的防晒设备——墨镜、口罩、披风、遮阳帽，快速还原，乐此不疲。人人都认为，不留下点合影，回家炫耀起，几千块钱的花费好像没开发票，总有点来路不明的心虚。

所以你完全能在别人的影像里找到自己的记忆：丽江古城口的木水车前，你敢说没比过V字；夏天清华园的牌匾前烤得流汗滴油的你没说过“茄子”；所有的地标建筑前，你一定笑得心满意足，露了牙齿。每到一地，不管三七二十一，拍了再说。麦哲伦走了个新大陆，徐霞客走出几百万字的地理名著——《徐霞客游记》。我们当然不敢以此悬的，还是照相最省力。不过这样单纯地拍下去，即或是全世界走过，也不过是一场昂贵的人肉PS。

据说，日月潭已经在各个方位立了几块石碑，上面都清一色手书“日月潭”三字，方便游客拍照。在这一点上，我挺埋怨长城管理委员会的死脑筋。如果当年他们在长城上下立10块“不到长城非好汉”的石碑，我们也不至于爬得切齿咬牙后和另一群拍照爱好者为争位置吵了惊天动地的架，差点都成了梁山好汉。不过，凤凰古镇的经营者已经开了窍，举一反三：准备再造一座一模一样的古镇来吸引更多的游客。既然大家来了都是喝喝茶，拍拍照，发发呆，地方挪动过几十里又有多大关系呢？

我们把旅途用数码一片片切得菲薄，得空儿看到的不过是生活的肌理，对于整体的样子，已经生疏很久了。我拍，我拍，大胆地拍，偷偷地拍。拍完之后，关进硬盘，喔，现在是手机。然后心满意足、斗志昂扬在下一次旅行中重复相同的姿势。所以如果现在有人旅游回来再让朋友欣赏照片就太不厚道，恐怕会看出脑出血。因此，要感谢那些偷偷溜进空间看照片然后删掉足印的人，或者在朋友圈浏览后从不点赞的人，这样的朋友已经不多了。

我们把旅途用数码一片片切得菲薄，都说要留住记忆。其实不过是把人生对折，一半拍照，一半看照片。认真沉溺其中吧，不管是旅途还是生活。记录不是生活的目的，用心体会才是。

完美是一种伤害

英国的凯特王妃向来是社交媒体的宠儿，无论是什么场合，她都美丽优雅，衣着得体。

生育三个孩子，每次生完孩子几个小时后，总能完美地出现在公众面前，没有产后的虚弱，没有臃肿的腹部，不像从产床上下来，好像刚从度假村归来，让普通女性都觉得自己是矫情的弱者。

英国一位女演员凯拉·纳特利猛烈抨击凯特树立了一个“完美的不可能达到的标准，让新手妈妈们产生错误的期待”。

33 岁凯拉尖锐地指出：生产七个小时出现在世界面前的完美凯特，化了妆，穿着高跟鞋，笑容满面，神采奕奕。但是在这背后，隐藏着产妇的痛苦、还未愈合的伤口、流出乳汁的乳房、激增的荷尔蒙。

凯特很幸运，至少在出现的画面中，她身体没有遭受太多的生产暴击。但是这样完美地出现，实在可能误导大众。凯特的行为让公众忽视了生孩子和养孩子的难度，给女性造成更大的压力和困扰，也让广大男性对生孩子的艰难和残酷产生错觉，觉得它是轻松、自然的。

实际上，不管是生产还是哺乳喂养，对于妈妈都是辛苦而艰难的事，所有的轻描淡写都是别有用心的掩饰。生产七个小时之后的凯特，即使如履平地，也不需要对着摄像镜头来展示自己的钢铁意志。她的举重若轻会让人们误会女性真实的痛苦，以为那只是女性的过于软弱而已。

作为公众人物的凯特因为她的完美给世界做出错误的示范，即使是因为个人体质的差异，真的轻松，也应该在家里和自己的家人待在一起，好好享受私人空间，而不是忙着给公众汇报表演。

那个每天只睡三个小时的勤奋青年，在朋友圈里炫耀着自己创造的辉煌业绩，成功要趁早才有意义。他这样涸泽而渔，实在让人看不下去。很多创业圈勤奋过劳的大咖已经去世，无休无眠的加班和学习都不是生活的常态。即使像达尔文那样天赋异禀，也不要用这样的完美来标榜自己，好像其他人都是尸位素餐的失败者。

央视《新闻直播间》报道："猝死盯上中青年，过度压力是元凶。"那些歇斯底里的企业管理术，崇尚用高强度的劳动和效率来创造奇迹。一向以极速的高周转模式骄傲的碧桂园，2017 年因上海和六安连续工地的安全事件迎来了自己的至暗时刻。当高速超越常理，就是完美被击碎的时刻。

那个被踢出同学群的妈妈，炫耀着女儿的清华通知书，一次一次。同学们的恭喜已经说过了。明知道其他孩子也在承担着升学的压力。这样的对比会让别人瞬间觉得自己没有意义。你当然可以嘲笑落后者的玻璃心，希望他们心平气和一遍一遍表达对你的恭维和羡慕。但是既然要比较，应该有更多的标准、更多的维度，你确信你每次都是第一。

人类喜爱比较与追随，并不是坏事。只是树立一个过于高大的标杆，实际上是误导围观者。没有考上北大清华的学子自然也有属于自己的人生快乐和不可知的未来成就；狼狈的新手妈妈可以理直气壮要求家庭其他成员的支持。不喜欢熬夜、不喜欢加班、不喜欢奔跑快速的年轻人也能发挥自己的天赋。不同的人有不同的生活节律，连大自然都允许大象和蚂蚁同时生存。生命不是单调的追逐和比较。对完美过于执着的追求是新的掩耳盗铃。

2018年，在大量欧美用户集体抗议后，苹果在最新的操作系统中去除了用户自拍中的自动磨皮效果，这种前置摄像头在自拍时的美颜功能虽然深受亚洲用户的喜爱，但是许多人表示：这不是真正的我，虽然美丽漂亮。但是我不接受那个完美的虚假的自己：没有皱纹和斑点，肤色白皙，脸颊柔美。

以美容整形产业世界闻名的韩国，如今正迎来审美新风潮：越来越多的人拒绝整容，甚至愿意素面朝天。摘掉假睫毛，卸掉厚厚的粉底和口红，再戴上框架眼镜。以往，每三个韩国女性中就有一个接受过整形手术。现在，他们厌倦了这种对女性外貌的单一、严苛的要求。她们要突破韩国传统社会文化对女性的束缚，最直接的方式就是对人造的完美说“不”。

“是的，我并不完美。”我不需要掩饰与遮蔽，这才是真实生活的样子。你这样夸大其词地展示完美，就是一种欺诈，你用表演出来的虚幻完美误导我，伤害我。允许世界和人的不完美，不管是外表还是心灵，我们并不会变得面目可憎，真实比完美更可贵。

日本乒乓球名将福原爱在微博上发布退役声明，唤起了中日两国民众对她的重新关注。电视台把跟踪27年的拍摄剪辑成一个多小时的纪录片。

这个可爱的姑娘，从小到大，唯一没变的是对乒乓球的热爱，还有就是一输就哭的特点。

人们喜爱她的大部分原因，在于她从不掩饰自己的负面情绪。她不热衷成为励志偶像，总是所向无敌。她天真而率直的处世之道不仅让自己摆脱奖牌与名次的焦虑，能够享受职业生涯，活得坦率自然，也让镜头前面的观众少了负担，多了亲切感：喔，失败了，我们都有权哭泣，不要强撑美好。

山本耀司说：完美是丑陋的。完美是秩序与和谐的呈现，是强制力的结果。自由的人类不会期待这样的东西。

你所呈现的完美并不真实，它伤害你，也伤害我，使我不能容许自己的虚弱、软弱、懦弱。但是生而为人，哪有天生的超级英雄，哪有什么完美人生。在看得见的靓丽背后都有孤独、痛苦、沮丧的黑暗时刻。

我们的人生也无须这样的苛求。即使仰慕太阳，也绝不粉饰阴影。

爱我，请喜欢我

获得第 75 届金球奖音乐喜剧类最佳电影的《伯德小姐》讲述的是一个女孩克莉丝汀的成长故事。除了青春的梦想和野心外，最大的看点是伯德小姐和母亲的相处，会让观众会想到自己成长时与父母的冲突：琐碎、密集、互相伤害、互为软肋。不满管束，却最希望获得亲人的认同。但是有些人，一生都不能成为父母希望的样子，这样挣扎着从母体剥离的过程，每一秒都是疼痛。无法控制的生命对自由独立的渴望和对亲子爱的天然索求尖锐对峙。

克莉丝汀不喜欢家乡小城的沉闷和千篇一律，她渴望到繁华，充满生机和文化气息的东海岸上大学。但是她固执强硬的母亲却责怪她不知体恤家庭的难处，希望她珍惜眼前的幸福，不要好高骛远，那会断送自己。和许多母女一样，克莉丝汀和母亲的日常也是相爱相杀的模式。克莉丝汀给自己取名伯德小姐，以此来显示自己的独特有趣，鄙视父母的平庸无能，这是青春期孩子残忍而冷酷的挑衅。你我也曾这样莽撞地起义。

在挑选舞会裙子的时候，暂时休战的母女有了一次平静的对话。伯德小姐问母亲：你喜欢我吗？母亲说：我当然爱你，伯德追问：但你喜欢我吗？母亲没有正面回答，只说：我只是希望你能努力成为最好的你。

我当然爱你，但是我并不喜欢你。

这是成年子女和父母很难真正和解的终极原因。对不起，妈妈，我长成你不喜欢的样子，虽然愧疚，却实在身不由己，因为这是我喜欢的样子。

多少孩子在对父母的愧疚和生命本能的轨迹中苦苦挣扎。是成为父母生命的翻版，还是活出自我的风姿？是在爱的羁绊下成为失去自由的奴隶，还是做独特的自己？

当成年的儿女不再需要父母温暖的怀抱，他们需要的是作为人被另一个人肯定的价值。而“喜欢”是独立个体彼此给予的最高敬意。

举世公认的文学天才卡夫卡终其一生都活在父亲强悍的阴影里，父亲是精明的商人，专横、严厉、粗鲁，而卡夫卡敏感、脆弱、害羞而固执。不管卡夫卡做什么，在父亲眼里，他就是寄生虫一样的不肖子。既不能继承家族的商业，也不能在社会上有新的出人头地。

懦弱、胆怯、敏感的卡夫卡很难成为父亲喜欢的继承者。不认同、不喜欢埋下了卡夫卡自我怀疑与自我贬谪的种子。年岁愈久，阴影愈浓。他写了许多以父亲为影子的角色，用文字的力量反抗。甚至写了长达 52 页的给父亲的信，最终也没有勇气交给父亲。“你永远也不会喜欢一个与你迥异的孩子”。卡夫卡因此也怀疑自己追求幸福的能力，他三次订婚之后都主动取消，一生郁郁不已。

桀骜不驯的王朔也曾主动求助央视《心理访谈》节目，期待节目组邀请的心理专家能帮他跨越多年来阻碍母子感情的鸿沟，修补 30 年母子不睦的感情。父亲与哥哥的相继离世，让王朔意识到多年来与母亲的坚冰再不融化，今生连后悔的机会都没有了。然而调解并不顺利，王朔时时情绪起伏，母亲也觉得委屈和不解。当然，双方都表示有爱，但这种天然的亲缘之爱无法消弭多年的芥蒂。因为即使是母子，却都是对方不喜欢的人。

我当然爱你，但我实在不喜欢你。多少孩子长成父母不喜欢的样子，不是所有的生命都是复制粘贴。当我们以成年人的姿态独立并列时，请不要说爱我，请喜欢我。即使不能悦纳，也不要轻易鄙弃。有些父母和孩子是相同的印模，有些不是。

正如卡夫卡所说，您觉得不愉快，因为我们两人的需要各不同。往往能够攫取住我心的东西常使您无动于衷，而您会十分感动的却使我漠然：您觉得光明磊落的事情，我却深负罪恶之感，反过来我自觉有罪的您却是一副无所谓的样子。总之，对您毫无影响的东西，可能就是我棺柩上的最后一根钉子。

成年之后的子女有属于自己的情感和天地，他们不再臣服于父母的膝盖边。这样的冲突，无论在怎样的文化背景中，都是漫长的悲剧，啮噬得更多的是孩子。

我当然知道他们对我无私的爱，但在成长时，当我们从乖巧温顺长成叛逆不羁，并且走上一条与父辈完全不同的路。请你们敞开心胸，真诚地接纳，说：喜欢你。让儿女活在来自父母的赞美目光中，那才是成长中真正的阳光，刚健而温暖，播撒生机。

生命的传递不是刻板的循环，一脉相承。如果我们还有下辈子，许多人会选择过一种另外的生活，不愿意一模一样的轮回下去。那么那些孩子，和父母迥异的孩子就是下一辈子。这样想来，会不会更能宽容一些。

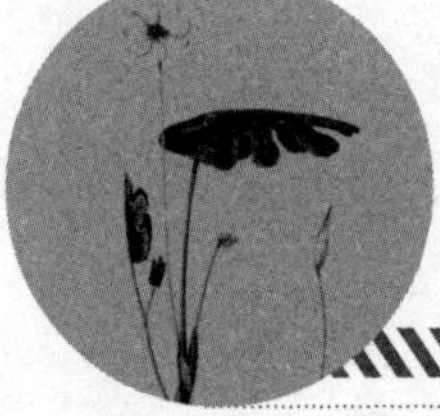

第五辑　时间的流苏

千万人走过的痕迹，五风十雨，都盛放在蔚蓝色的天空中。被礁石击碎的浪花沿着几千里水路，重返蒸腾之地，你还在那里。

树上有只猫

教学楼前的雪松上，黄猫已经叫了几天了。谁也不知道它是啥时上去的？又是啥时开始叫的？蜷伏在离地两米多高的树枝上，不断声的细声细气地叫。雪松的枝都是略微向下斜，黄猫肥硕的身体压着斜枝，不是舒服的姿态，这叫声听起来就多了怯生生的可怜。

明良没放在心上，猫上房，猫上树都不是啥稀罕事，许是在地上跑得倦了，上树讨个清静。明良是保安公司临时派来代班的。学校这样重要的大门，明良还没有资格来守。保安队长翻来翻去把注意事项说了好几遍。临走时，还不放心："一句话，闲事少管，守好大门，学生面前，一定严肃，不能心慈手软，不然，他们顺杆爬，后面难得收场。"明良心里嘀咕："哪里只有一句话。"

雪松树下，学生来了好几拨。七嘴八舌想办法，要把黄猫弄下来。可黄猫死活不来气，只管傻傻地叫。女学生仰着脸："猫咪，乖，下来嘛，别怕，我们是来救你的。"明良站在一旁看热闹，听得好笑："它听得懂啥？畜生嘛。"女学生白了他一眼："畜生？猫还不是一条命，都饿了好几天了，见死不救就是残忍。”

明良被抢白得不好意思，眼见学生们越来越着急，啥办法都使完了。明良觉得自己真是见死不救的坏人。

明良找来电工放在门卫室的长梯，学生们发出快意的呼声。雪松高是高，树干却不粗，枝杈细密又尖利。明良把梯子稳稳地斜搭在树干上，然后稳稳地踩着梯子向上。学生们围了一个大圈子，屏住呼吸。明良还从来没在这么多人的注视下做事，明良觉得自己在做一件很庄重的事。他小心地拨开眼前细密的针状枝叶，偏着头，向黄猫伸手过去，想一把提起黄猫的后颈毛。然后，在学生的欢呼声中，把黄猫救下去。

突然，黄猫向上一蹿，嗖嗖向上，几个三下就又爬了几层树枝，远远避开明良的手。学生们发出失望的惊呼。明良愣了一会儿，快快爬下梯子，耳根子红了好一阵，手也被树枝挂了好几条细口。有人拿了创可贴，坚持要给明良贴上，明良心里热乎乎的。

一只猫，明良以前没觉得它是一条命。猫在乡下，命贱得很。明良也没觉得自己是个人物，明良只是刚进城的保安而已。

猫离地更远了，学生们哭丧着脸，认定黄猫这次是必死无疑。

又来了一个男生，拿着小孩子网鱼的网，在细柄上又接了竹竿：“走，我们到三楼去，在教学楼走廊上网它，你们在下面把校服扯开，掉下来了，就用校服接住。”学生们一副稳操胜券的样子。明良觉得不对劲，网实在是太小了，猫实在是只肥猫。

明良下意识地跟着学生到了三楼。从铁栏杆望去，黄猫歇在雪松顶上，还在颤颤巍巍地叫。学生探出身子，明良站在走廊边的花台上，抓住学生的衣服，眼瞅着靠近猫的网，指挥着方向和角度。

“你们几个在干啥子？马上下来。”有人威严而厉声地呵斥。明良心里一慌，就势把拿渔网的学生拖下花台。值班的王校长气冲冲地站在过道上。学生们都不吭声，有人小声说：“猫跑到树上去了，我们把它救下来。”

“救？救个屁，猫不上树，不上房，你喊它天天逛菜市场嗦。”校长没好气地训斥。

明良嗫嚅着：“猫在树上三天了，天天叫，叫得可怜。”

“可怜，有啥可怜？猫儿上得了树，自然下得来，这么肥的猫，饿三天，它怕是想减个肥，瞎操啥子心？”校长从铁栏杆探出身子，对树下扯衣服的娃儿暴呵：“各人回教室，莫在这里打旋旋。”

楼下学生隔着校长远，胆子就大点，不肯散，回嘴说：“猫还不是一条命，这么冷的天，它不下来，饿死了怎么办？”

校长怒了，从花台上跳下来，瞪着明良：“猫是一条命，你们不是一条命，这铁栏杆都十年了，你们压在上面，滚下去，你给我算算，有几条命？你一个保安，不守校门，跟着学生瞎胡闹。猫儿上个树，就这么大惊小怪，你看我，一坨石头扔过去，它得不得下来。”校长说着，在花台里捡起一坨土块，顺着怒气一扔，打在黄猫旁边的树枝上。

狗日的黄猫，就像安了个弹簧，当真一溜烟从树枝上麻利地滚下来，跑了……

校长自得地拍拍手：“猫在哪里，我管不了，你们各回各位，少管闲事。”

猫果然贱得很，明良忽然记起：猫有九条命，明良只是保安而已。

算得很准

何仙姑的算命店在金岭街文海诊所的楼上，没有招牌。不过，酒好不怕巷子深，慕名而来的自然找得到。是隔壁的茶坊隔出的小间，里面照例是红布铺的案桌，供着香炉和水果。窗帘厚重，遮住了光线。幽暗的房间里，左手是关公，右边是如来，中间是观音，各路神仙在供香的缭绕中无端多了许多神力。

门口的布帘被人挑起，门边的铃铛轻微地响。正在打瞌睡的何仙姑睁开睡眼。一位年轻的姑娘正探身向里望，她的眼睛还不能一下子适应房间的光线，一脸的茫然。何仙姑动动身，发出声音，暗示着方向。姑娘站定，终于看到了何仙姑，“阿姨，”她怯生生地打招呼。

何仙姑心有不悦：哪有进来算命喊阿姨的，一看就是个生手。不叫仙姑，至少也该叫个师傅之类，算了，懒得计较。何仙姑正正身子，抬抬下颌，威严地示意姑娘坐下。姑娘有点不知所措。何仙姑细一打量，学生模样，要高考了，估计也是来问学业的。

何仙姑指了指案桌旁边的一个牌子，慢声说：“明码实价，你先看好了才说话，价格都在上面。你是学生吧？学生我是有优惠的，你放心，不得收你的高价。”姑娘点点头，仔细看着价格表，有点犹豫，“准不准。”“准，肯定准，我这个店在这里几年了，不准，早就被人掀了摊子，你放心，绝对比那些街上摆摊的强。”何仙姑打着包票。

姑娘放下价格牌，下定决心的样子“我看生辰八字，”她从衣袋里摸出一张折好的纸，小心地打开，交给何仙姑。纸像是放了许久，上面的字迹有点模糊，店里光线不好，何仙姑凑近看：张全花 女 1979 年 5 月 8 日 四川省武胜人。“不是你，”何仙姑有点诧异，“帮别人算的，”姑娘点点头，“嗯，有生辰八字就可以了，这个生日是公历还是农历，”“公历，”姑娘肯定地说。“那我要换算下，”何仙姑拿着老皇历，一页页翻过去，找到对应的农历，用笔潦草地记在一张黄纸上，“有时辰没得，”姑娘小声说：“没得，就只有这些。”

何仙姑点点头，也行，这个就可以了。

“要问啥，先看好，一个项目是一个项目的钱哈。”

姑娘看了看手边的价格牌：“婚姻、健康、财运、子女，都问。”

何仙姑有点迟疑，她怕到时这位女学生没带够钱，要她少收钱。

“你先上炷香，给观音磕个头。”姑娘照做，很虔诚的样子。

何仙姑心里略微满意，开始在纸上东画西画，念念有词，一会儿皱眉，一会儿掐指。姑娘全神贯注地看着她。过了一阵，何仙姑渗透了天机：“你听好，我一个一个说。”姑娘把身子往前倾了倾。

“先说婚姻，女命婚姻不美，夫妻有口舌争执，日支戊土为枭印，恐怕丈夫少主见，优柔寡断，偏听偏信，小心眼，婆媳关系不好。时支酉金为墙外桃花，命主长相不错，但命犯桃花，有婚外情，应该晚婚才对，她要是结婚早，怕有二婚。”姑娘听得很专心，她眼里有热切的亮光，突然，她问：“她第二任丈夫对她好吗？”何仙姑心里嘀咕：“现在的年轻人哟，连算命都不知道该咋个问。”

她沉吟一下："正夫不胜偏夫，第二个丈夫比第一个强。"何仙姑继续宣命："财星弱，祖基靠不住，外乡远行才得安稳，走对了东南方，要靠着水，中年后会发点小财。命中二子，头胎是女，可能有离散，少了时辰，看不准。"姑娘放在膝盖上的手绞在一起，紧紧地。

"年轻时是个劳苦命，中年后安定下来，普通人的命格，不得大富大贵，安适和乐，有惊无险。"

姑娘突然发问："她现在身体好吗？"

何仙姑看着算出来的八字："别着急，肝旺相，身体不错，有点伤病，命中有劫数。"

姑娘急切地问："会危及生命吗？""土主脾胃，命主有点胃病和糖尿病，问题不大，劫数可化。"

姑娘明显松了一口气。何仙姑终于算完了，姑娘有点不甘："完了吗？""完了，总体来说，命主前半生坎坷多难，中年之后，时来运转，子女孝顺，生活安定。"

姑娘怔怔地盯着眼前的命纸，好久没吭声。然后，她小心地把它叠好，整整齐齐的，抬头望着何仙姑："阿姨，你确定她还活着。"

何仙姑愣了愣，哪有这样问的，"活着，肯定活着，八字上看不出凶相，健康不错，有点小病小灾。"何仙姑开始收拾整理香案。姑娘起身告辞。

何仙姑随口问了一句："她是你啥子人？"

姑娘的眼睛有了一层水雾："她是我妈妈，我 3 岁时，她就离开了家，他们都说她死了。今天是我 18 岁生日，很想她，只能在你这里问问她的消息。她很好，我就放心了。"她低头望外走。

何仙姑看到有晶亮的东西坠落，她拿起姑娘留下的钱，看着她转身向门口走去，看着她掀开门帘，突然大声地说："放心，我算得很准的。"

牵手食

牵手食大酒店其实是小可巷里不起眼的小饭馆，临街的老宿舍改的，除了厨房，也就放得下四张桌子。大酒店是熟客们随口赠送的，因为小店的家常菜味道好，做工讲究。老板大成以前是本市一高档酒店的大厨，做得好好的，突然和当服务员的老婆辞了职，找到小可巷这僻静所在，几天工夫就开了“牵手食”这家夫妻店。

大成开业的那天，没放鞭炮，没放花篮。大成说：铺子小，味道好，生意自然来，排场大了受不住。中午，第一个客人就是老徐，“才开张嘛，我来尝尝，这巷子偏，生意不容易做好哟！”老徐四周一看，大大咧咧送上这几句吉言。

大成笑了笑，没搭腔，心里憋了股炫耀的气。老徐点的是水煮肉片，端上桌，老徐没动筷，先闭上眼睛，轻轻一闻：“不错，不错，豌豆尖新鲜，是今早买的，花椒和干辣椒的比例合适，葱香夹杂得刚刚好，稍微压了下蒜味。”大成真笑了，这老头有两下哈，“你尝尝，看看我这小店开得下去吗？”

老徐伸手从筷筒里抽出筷子，在盆沿筑齐，挑起一块肉片，对着光看了一会儿，“好，这豆粉好，顺滑透亮，是从乡下收来的正宗豌豆粉吧？”大成一听，顿觉眼清目明：“师傅，你是行家，这豆粉真是我从老家背来的。”老徐点点头“这道菜，人都说佐料好，花椒、辣椒、葱蒜一上，大味一提，随便哪个做出来都好吃。其实不然，最难的不是佐料，是豆粉，要不掺假的豆粉，才裹得住肉片，晶亮，有弹性。”老徐一顿饭没吃完，大成就觉得这店开得真有意思。吃货好找，知音难觅。有了懂吃的行家，大成的用心和手艺就有了呼应，菜做起来就多了乐趣。

老徐成了牵手食的常客，可常客并不常来，老徐说：味要欠着点，才吃得欢。有一回，老徐点了一盘肝腰合炒，瞅人少时，走到大成身边“大成，这几天身体可有不顺？”大成忙着锅边的活计，没回头：“没啥，好得很。”等大成忙完，老徐才指着盘中的腰花：“大成，这花刀少了点力道，切得厚了点，你看，花没卷起来，嫩脆就少了点火候。”大成肃然：“老徐，你是活神仙，这几天搬家，怕耽搁店里活计，都是深夜搬的，觉没睡好，早上切菜，手就软了点。”从此，大成做菜，断不敢有半点懈怠。

只要每次老徐一来，菜还是平常的菜，可心思、技艺、火候，大成就特别用心，老徐筷子一伸就探得几许。他俩也不说话，一个炒，一个吃，一个点头，一个笑。

夏天过去好久了，老徐一直都没来。大成心里惦记得紧，常常炒着炒着，下意识地往门口看，他存了好几样秋天的鲜货，等着在老徐面前施展施展。

一天，一个年轻人匆匆进店，“老板，一盘肝腰合炒，打包”。大成眉头一皱，双手抱胸：“本店规矩，肝腰合炒，概不外卖。”年轻人愣了愣，嘟哝着：“果然，老徐说，你不得打包，哪有不做生意的。”大成一听老徐，连忙上前“老徐？老徐在哪？”年轻人急着往外走：“在家，老徐，想吃肝腰合炒，最后一次。”大成一把抓下白帽，旋风一般装好食材：“走，带我去见老徐。”

老徐在家里吃了最后一口腰花，缓缓地，一字一句地说：“大成，费心了，你抓多了腰花、猪肝，家里火小，埋没了你的手艺。”

大成突然哭出了声：“老徐，不是我古怪，肝腰合炒不外卖，是因为现炒现吃才滑嫩、香脆。外卖一捂，就捂老了，怕坏了名声和手艺。”

老徐吃力地点点头：“我懂，手艺人，要的就是这份细心和用心。心中要有招牌，才能保得住手艺。”

广场舞

明秀在小区的空地上才跟着跳了 3 天的广场舞，领头的梅姐就来搭讪：“这位妹子，刚搬来的吧。”明秀笑着点头，梅姐很和气：“我们这个是自发的群众组织，如果你决定一直跟我们跳呢，每个月就交 5 块钱，主要是用于买点光碟、电池之类。”

明秀懂得起，连忙从贴身的口袋里翻出 10 块钱，递给梅姐：“我们那边也是这样收的，10 元，就不找了，权当我给咱队的见面礼。”

明秀很耿直，收钱的梅姐对她印象不错。清苑小区是个刚修好的大型小区，人口密集，跳舞的大妈、大姐多。广场舞跳得火，轮到交钱，总有些人不自觉，拖来拖去的。

明秀跳舞时，一头红发很是引人注目，有人开始来打听。梅姐说，是城南小区的，儿子外出培训，媳妇怀孕了，来照顾媳妇的，是个负责的婆婆。

梅姐有点羡慕明秀的红头发，你可真胆大呀，这岁数了，还染红头发。

明秀快人快语，头发全白了，染成黑色吧，白头发长出来了，反而遮不住，干脆染成红色，还藏得住一些。岁数大了，只要不影响别人，管他的。

梅姐觉得明秀是个洒脱人，跳舞时，就让明秀站第一排，说明秀动作到位，能给其他人做示范。

过了不久，跳舞的姐妹里，有几个也染了各种的红发。大家一起打量，都说比染黑发好看，精神了很多。

梅姐和舞蹈队的骨干邀明秀喝茶，明秀拿了一大包干果，无花果、碧根果、腰果。老姐们说："吃吃花生、瓜子就行了，这些东西贵。"明秀说："都是媳妇不想吃了的，大家帮着吃，免得放久了，坏了，就浪费了。每天吃点坚果，对心血管好。"

梅姐问明秀，晚上总是跳一半就走，是要回家给媳妇做宵夜吗？明秀忙解释：岁数大了，晚上跳久了，膝盖受不了，运动过量了，对身体也是有损害的，老年人最要保护的就是膝盖。

梅姐有点不以为然，我们这个队都跳了大半年了，人越来越多，有的上午，下午加起来要跳三五个小时。

明秀诚恳地说："我以前是医生，保健知识还是懂一点的，老年人活动要多样化，散步、跳舞、拉筋，一样做一点，过犹不及嘛，动静结合，体力、脑力都要锻炼。"

还有，梅姐，那个音箱声音太大了，刺激鼓膜，对耳朵不好，我跟你们在第一排，都塞了个耳塞。

梅姐和几个大妈都笑："明姐，你果然保养得好，连耳朵都注意到了，干脆给我们队的老姐妹开个健康讲座。"明秀说："只要梅姐下命令，老身不敢不从。"

过了几天，明秀真的给舞蹈队的姐妹们做了健康讲座，梅姐还煞有其事地说，这是她特意请的专家。

明秀说，早上醒了，不要立即起床，揉腹部，顺时针 300 下，逆时针 300 下，吃点东西再运动，不然，容易低血糖。冬天污染严重时，就不要外出锻炼了，雾霾伤肺。

明秀还教大家拍经络，按穴位的方法：胆经是外侧，管脾胃的，心包经在手臂内侧，是为心脑血管保驾护航的，睡觉前泡泡脚，喝点桂圆茶，安神助眠。别喝多了，晚上尿多，起来多了也睡不好。

明秀教了好几天认穴位，辨经络。当时没弄清楚的，又来反反复复地问。梅姐说，比教跳舞还累。明秀说，“这是锻炼你的脑子，免得以后痴呆”。后来，大家都说把这些做完，时间不够。于是，跳广场舞的时间晚上就从七点到八点了。跳完之后，大家又凑在一起，讨论效果，学习新的养身方法。

梅姐和明秀私下里逛了好几次街，买了时髦的衣服，染了红发，还组织舞蹈队的大妈、大姐一起郊游，做公益表演。梅姐说：“明姐，你来我们这里跳舞，真的让我们增加了好多知识，你又是医生，以后小毛病，我们这些老姐妹都不用去医院了。”

明秀照常爽直，“小毛病，那是没得问题。只是儿子要回来了，媳妇以后生了，她娘家妈要来照顾，我过不了几天，要回老地方去了”。梅姐和舞蹈队的都有点依依不舍。明秀说，我以后会来看你们的，我孙子还在这个小区里呢。

明秀儿子回来的第一天，就问媳妇：“咦，窗子下面那群跳广场舞的老太婆现在素质突然提高了哈，声音小了不说，晚上跳到八点就散了，早上也不跳那么早了。”媳妇笑笑说，那都是妈的功劳。

儿子给明秀打电话：“妈，你还真有两刷子，我扔垃圾都撵不走的讨厌鬼，你全搞定了，小西现在睡得可好。听说这次你打入了敌人内部，分化、瓦解，战术高明呀。”

明秀在电话里沉吟了一下：她们不是敌人，我也没啥战术，将心比心罢了。

唉，聪明的孩子

我不喜欢豆豆的同学——嘉奉。

虽然都是一年级的小学生，虽然都 6 岁多，嘉奉明显比豆豆聪明。这种聪明让人不太舒服，并不是它刚刚触动了一个年轻母亲的一点虚荣心、攀比心。嘉奉瘦小，却远比豆豆灵活，很能看人的眼色。说话，做事沉稳，颇有心机。

第一天放学回家，就没有人来接他，他趁着人多混乱，从老师眼皮下溜走，跟着其他的家长慢慢走，一点都不害怕。后来发现我总来接豆豆，就悄悄尾随着我们，和豆豆迅速地搭上了话。“你们住在哪里的？”他可怜兮兮地问，“我们一起走吧。”豆豆和我都是不设防的人，毫不犹豫地答应了。

豆豆一路上有了伴，说说笑笑，又开心，又热闹。“为什么没有人来接你呢？”我好奇地问，嘉奉闪烁着眼光：“我自己认识路，不害怕。”“这么小，过马路太危险了，你爹妈倒是省心。”我顺口说。“我自己能走，他们都忙。”嘉奉脸上闪过一丝倔强和恼怒，不像一个 6 岁小男孩的神情。

我爽快地同意带他一起走，豆豆有了小伙伴，就不会随时缠着妈妈。有时候，碰上给豆豆买想吃的棒棒糖、冰激凌之类，也会给嘉奉买一份。嘉奉一点不客气，吃得理所当然。后来，连“谢谢阿姨”也免去了。

两个小男孩很快有了矛盾，嘉奉是强势的孩子，又有主意，说一不二。豆豆呢，简直就是傻白甜的童年版。每次小纠纷，都是豆豆让步。嘉奉总是撺掇豆豆买学校边上小商店里的各种玩具，然后在路上边走边玩，玩到意犹未尽要分开时，他总有办法说服豆豆让他拿回家玩。“你好小气哟，反正都是你的，我只借一晚，研究一下，明天就还你。”“你家不是有别的玩具吗，你先玩着呗。”“我明天把我那个大的带过给你玩，好嘛！”但实际上，嘉奉从来没有与豆豆共享过他的玩具。

豆豆虽然不情愿，最后还是同意。我很不满意，对怏怏不乐的豆豆说：“明明不愿意，为什么不懂得拒绝呢？”豆豆是单纯天真的孩子，含着泪：“可是每次他都说得有道理呀。”唉，善良的孩子就是吃亏，我懊恼对豆豆进行的“绵羊教育”。

终于，有一次，在我的鼓励下，豆豆开始对嘉奉的自私自利行为说“不”了。嘉奉却并不止步，反而异常恼怒，气势汹汹地把那本想借的书扔向豆豆，刚好砸在豆豆的脑门上。豆豆没有还手，愣了一下，“哇”的哭出了声。我又气又恨，上前一步，大声呵斥：“够了，你太过分了，明明是别人的东西，这样硬借就是抢了，还动手打人，太坏了。”我连珠炮似的开火。嘉奉并不胆怯，也不羞愧。他用怨恨而愤怒的目光和我对视，那种怨恨不是属于一个孩子的眼神。我心里很是讶异，暗下决心，再也不会让这孩子跟着，豆豆会被带坏的。无情无义，占强占胜，没有感恩之心，一定要远离这种人，哪怕是孩子。

后来接豆豆回家，我故意避开了嘉奉。豆豆却总是健忘，还是记住等着嘉奉，“你不长记性，又说他欺负你，又要缠着一起玩，非要跟他玩吗？为什么这么没骨气。”豆豆迷惑又委屈地看着我。好吧，我承认，骨气这个词对于不满 7 岁的豆豆实在是难懂了点。

嘉奉仍然跟着我们，悄悄地，不声不响，相隔 100 米。豆豆扭头过去看，我厉声呵斥：“看前面，自己走自己的路。”豆豆没吭声，却故意放缓了脚步，或者假装系鞋带，或者假装掉了东西，偷偷地和嘉奉对视，然后偷偷地笑。在我接电话或者问路边菜价时，他们快速地传递信息，然后倏地分开，板着小脸，虽然嘴边的笑一点都没揩干净。真拿这些小孩子没办法，我虽然余怒未消，也不好坚持，毕竟是孩子。

两个小男孩见我没有反对，马上就如胶似漆地混在一起，又开始以前的老游戏，还是会闹别扭。嘉奉并没有明显的改变，只是忌惮着我，会躲着我去施展他的“诡计”，豆豆却很少告状了，虽然还是不乐意。我心痛豆豆的单纯善良，劝告他多向嘉奉“学习”。“他发脾气，你还不是可以发脾气，他要你的东西，为啥你不要他的东西。”

直到有一天，我又为此数落、教育豆豆：“你这个样子，以后怎么适应社会，胆小、怕事。他抢你的，你要学会说不。”豆豆玩着手里的玩具，漫不经心地说：“嘉奉的爸爸妈妈每天忙着上班、吵架，哪会给他买这些玩具。他说，每天最开心的时候就是和我们一起回家，你像个好妈妈，总是给他买好吃的，我像个好哥哥，总是让着他，像一家人的样子。”我愣在那里，半晌，才叹了一口气。

唉，真是聪明的孩子，聪明得让人掉泪的孩子。

嘉奉是，豆豆也是。

母亲的纪录片

母亲从未想过有一天她会成为纪录片的主角。而我是唯一的观众、忠实而贴心的观众，全神贯注地寻觅她的踪迹。

在乡下，母亲慢慢老去，不愿意跟着儿女到城里生活。她说：蒲公英的种子才需要跟着风飞走，她是老茎，必须守着自己脚下的土。

城市里，年老的母亲觉得自己是一个无用的外来者。她衰老的身体挤不进坚硬的水泥森林。在熟悉的乡村里，她才会有连续的存在感连同珍贵的记忆。她的倔强随着岁月见长，她顽固地守护着一点点缩小的家园连同她的尊严。

做不动稻田了，也做不动山上的旱地，她至少要守护她的菜园子。那些熟土是比熟人还熟的土，只要点下种子，自然是齐头并进的葱绿。

几十年的菜种起来，就像养育着一年一年粉嫩的子女，它们不会离开，即使变成种子，也会被母亲安心地放进肚皮里。

乡下流行起给老家装监控，科技让我们分离，也用另外的方式让人们聚合。蓬山此去无多路，青鸟殷勤为探看。现在，连青鸟都用不着。

在镜头与镜头之间，不管隔着几多山水，抬眼时，老屋就端端正正在手机的屏幕处。

监控安在一棵高大的香樟树上，那是我小时候曾经爬上爬下的树，现在壮实得可以托付。把眼睛交给它们，帮我们日夜守护老母亲，看着大门和院坝，看着大路和菜园，顺便看着后山的翠竹和天空的一角。手机里流淌着家乡的云和阳光，雾气和星辰。

那些本该给女儿做嫁妆的树，它们在镜头之外，在四季之中，青了又绿。叶子有落下的一天，年轮却忠实地记录阴晴风雨，镜头和年轮一样执着。

母亲成为家乡纪录片中唯一的大女主，所有的镜头里都是她一个人进进出出。晴天时，她把长板凳和簸箕搬到院子里，从春天的青菜晒到冬天的萝卜。我知道用不了多久，就会收到她晒干的豇豆或者豌豆粉。

她总是不听劝告，要喂鸡鸭，说是给孙女喂的，真正的跑山鸡。我可以从手机里看到它们跑来跑去，从一团毛球长成公鸡、母鸡的样子。时而悠闲地在院坝中三五成群漫步，时而气急败坏地为抢食打得不亦乐乎。

黄狗起来得很早，有时又晚。它要么躺在院坝里睡觉，要么无聊地跑出镜头，消失在我的手机边缘。我吓唬它，对着手机大声喊话："黄狗，快跟着我妈，她去赶场了。你不去，当心吃不了肉骨头。"黄狗迷惑地四周张望，然后茅塞顿开地溜走。

邻居家的狗和猫也会常常来串门，还有过路歇脚的人，他们从我家的镜头里走来，又消失。热闹的涟漪消失在巨大的平静中。

母亲拿着锄头和小竹筐到后山去了。等我从市场上回来，正好看到她在院坝里打理竹筐里的菜，我对着手机问："妈，你去挖了折耳根吗？"

母亲抬头看空空如也的空中，我看到她高兴又迷惑的脸，她还不习惯对着镜头背后的女儿说话。

“还这么冷，折耳根就开始冒出来了？”我不太确定地问。母亲拿着几根折耳根在镜头前展示白生生的嫩根。她照例大声说话，好像以前在田野上和村里人呼喊着聊天，只隔着一道河沟而已。

“地里暖和得早嘛，已经冒芽了，长了好长的新根。”我回家做饭，吃的是红烧牛肉，却总有一股折耳根的味道徘徊四周，挥散不去。

家乡的夜色和朝霞在我的城市里升起，那里还有走来走去，让人安心的母亲。她还在忙着赶鸡进圈，收拾柴草，有时晒玉米，有时晒花生，或者把蒜头捆扎好，放在木栏上，等风吹干。母亲努力让老家处于整齐的时序中，她用忙忙碌碌的手脚来对抗着衰老和荒芜，她让一切散乱，破旧归位，让一切有序。她让老屋坚固地站在时间之外，端正、挺拔，站成永恒之所。

半夜睡不着的时候，听到外面雨棚上滴滴答答的雨声。打开手机，家乡的屋子静谧而安详，沐浴在月色中，母亲的房间窗户黑沉沉。我的家乡和母亲安睡在月色中，我嗅得到香樟和黄荆条的香味。于是，想着那一枕的月色，我跌入家乡熟悉的梦境。

灿烂的阳光下，母亲晾好一竹竿的衣服。然后，她吃力地穿好针，安静地把所有的缝隙和漏洞补好，把天上的云彩和阳光也补进去。从地铁出来发现天下大雨，突然记起母亲的衣服，下意识打开手机，准备喊母亲收衣服，却发现母亲坐着院坝边剥豆子，阳光和风都刚刚好，落叶在地上轻轻翻转，听得见细微的刮擦声响。黄狗躺着她的脚边，昏昏欲睡，它黑色的鼻尖反射着一缕光线，温柔地照亮岁月。母亲和家乡静如处子。

在家乡生活了 10 多年，在离开之后，在无限距离中，我开始清楚地观察着母亲和她的生活。那也是养育我的日常，在阴晴变化中，在四季轮回中偶尔有雪白的花、肥硕的瓜果连同母亲的坚强和孤独。

遥远喧闹的都市里，我用视频和镜头依傍着家乡和母亲，搓纺着母亲的倔强和家乡的蓬勃，把它们缝进我的皮肤，生长出新的坚韧。每一天，穿梭在岁月的前方与后院，在家乡的半空中，在自己的城市里，我学会踏踏实实地行走和呼吸。

比较

“人家孩子一次要喝 180 毫升的奶呢，这孩子不知为啥，胃口这么小，每次喝到 120 毫升就不开口了。做儿保的时候，体重和身高都比前面那位差一截呢。”“都一岁了，还不会走路，只知道叫妈妈，你看看楼下的圆圆，走路稳稳当当，不但可以叫爸爸妈妈，连婆婆爷爷都会叫了。吃了那么多奶粉，不知道长哪里了？”

“进幼儿园都一个月了，你还哭，你看一起去的优优，比你还小三个月，人家早不哭了，每天都笑着给奶奶说再见，比你乖多了。”

“又病了，怎么搞的？这都是学期里第三次感冒了。你同桌小玲，连一次病假都没请过呢。”

“别看电视了，你们班的班长都参加英语演讲比赛，得一等奖了，你连单词都没搞清楚。人家小杰钢琴都过八级了；小武的跆拳道都是黑带了，小西的舞蹈都在电视上播出来了……”

“你看看这试卷，全是 ×，老师的红笔都被你一个人用完了，全班平均成绩都是 80 多，你看看你考这个分数。一样都在教室听课，为啥别人都会做，就你不会。”“唉，都是一个老师教出来的，一样的试题、一样的年龄。我们单位的孩子都上的是重点大学，就你考上个破学校，看以后怎么找工作。”

“为啥小康暑假可以出去旅游，我不行？就你们理多。浪费钱？是钱不够吧？小康的爸妈一天就可以挣好几千，人家就敢闯敢干，不怕冒险。都是差不多年龄的人，保守胆小，就你们混得惨。”

“隔壁小胖妹今年都结婚了，比你还小一岁，你也该找个对象了，成家立业嘛，先成家，后立业。”

“你看我同事，爹妈早就把房和车准备好了，当然可以结婚哟。你们给我啥子？光棍一根，白手起家，能养活自己，已经不错了，不要对生活提高要求了。”

“小董当然可以生两个哟，人家两边的父母抢着带娃，你们为啥不能帮我们带，年轻人工作竞争这么激烈，你们一点都不体谅儿女，只顾自己好玩，太自私了。”“人老了，也要与时俱进，每天不要老看电视剧，要多看看新闻，看看法制频道，不然是要被社会淘汰的。上次你们乱去投资理财，没过几天，公司就跑了，把辛辛苦苦节约的养老钱都亏掉好多。你看王伯伯，多聪明，钱财都交给儿女管理，也从来不买保健品。”

“吴阿姨的牙都没掉，赵大爷还会用智能手机，眼神可好，肖奶奶的血糖，血压一点都不高……”

“唉，也不晓得你们是怎么搞的？活了一辈子，钱没挣多少，身体到先垮了。你看楼上的李大爷，岁数比你们大，精神抖擞，活蹦乱跳，每天忙着给儿女做饭，看书看报。你们现在，年纪也不算大，就得个这种病，动都没法动，给儿女添堵呀。要是人挂了，连人均寿命都没达到，退休钱都少领好多。唉……”

妈妈的三轮车

彩龙巷里的云珍考上了省城的大学，她骑三轮车的妈硬是几天不拉客，连老熟人的生意都不做，把云珍哄上车，在城里转了两天。

云珍坐在宽宽绰绰的三轮车上，浑身不自在。

“妈，你去做生意吧，我有公交卡，学生半价，花不了几个钱，我自己去逛就行了。”

“珍啊，你上了十几年学，妈一天也没送过你。再热，再冷，雨再大，你都一个人走着去。这两天，妈要好好补偿你。想到哪里，给妈说一声，这个城市，妈啥子地方都熟悉。”

“妈，太阳出来了，热得很，我们还是早点回家哈。”

“珍，热吗？妈骑快点，风就来了。这条街上的李凉粉，说是名小吃，6 块一碗，妈拉了好多人来吃，你也下来吃一碗。”

“妈，高三坐了一整年，胖了十几斤，这个暑假说好要减肥的，你又来破坏我的计划。”

“珍，这条路转弯就是滨江路了，那边的黄果树，叶子长得密，又好看，又遮阴，妈最喜欢这条街。”

“妈，你是活地图，啥都晓得。”

“珍，你是书呆子，在城市里读了这么多年的书，只晓得学校和家的路，白做了城里人。”

“妈，我好重，上坡了，我还是下来走。”

“珍呀，你莫动，两个大男人，妈都拉得起，你一个小姑娘，能重到哪里去。妈带你去看看市里最漂亮的公园，旁边就是百货大楼，里面全是高档货，妈也给你买一件。我珍是大姑娘了，也该打扮打扮。”

“妈，你高兴过头了，开学还要交学费呢，衣服花那么多钱干啥子？我不要。”

“珍，听说省城冷，妈给你买了件羽绒服，夏天打折厉害，花不了几个钱。”

“妈，你个子和我差不多，干脆我们一人一件。”

“傻女子，妈一天都是路上跑，热得很，哪需要羽绒服。这条路过去就是客运站，记住了，寒假回来，妈在左边街口等你。”

“妈，这不还没走哩。城里车好多，妈，你一定要注意安全，慢点骑，莫和别人争生意。累了，天气不好，就别出车。”

“珍，妈又不是大小姐，打得粗，皮实得很，莫担心。”

“珍，第一次出远门，得想妈啵。”

“想，肯定想。妈，我每天给你打电话。”

“唔，那不行，老打电话不好，人长大了，太黏糊了没志气，好好学习。妈拉三轮都在路上，吵得很，听不到铃声，接不到，看了心慌。”

“那……妈，我教你用微信，可以发短信，还可以用语音留言。”

“哎哟，我珍果然是大学生，可以教妈高科技了。”

“妈，我们马上回家，表哥不是给了你一个二手手机，我教你用微信，你教我做水煮鱼好啵。”

“好哟，你坐好，妈骑快点，趁你爸这几天也在家，顺便也把他教会。以后，我珍就是家里的顶梁柱啰……”

失语

姑姑腿摔伤的消息传到我耳朵时，她其实早就从医院出来了。消了炎，打了钢针，没有回家，住在一家养老院里。联系不上，只好给堂弟小吉打电话，带着一点责怪，“姑姑住院这么久，为啥就不给我们说一声。”

小吉不以为然，也不是什么大病，大家都忙，怕给你们添麻烦。

突然就有些失语，我们离姑姑的城市往返要四个多小时，就是抽个周末过去探望一下，于自己是个大事，于姑姑也真是无济于事。

心里愧得紧，觉得自己的兴师问罪有点欲盖弥彰的虚伪。只是毕竟是姑姑呀，一个人在养老院里养伤，也不知惯不惯。现代人一板一眼的过日子，稍微偏离轨道，对付起来就觉得压力山大，不能从容，亲戚那里又怎能顾及?

还是在电话里叮嘱小吉：“有啥要帮忙的，一定要给我们说说。”

小吉大学毕业后，考上外地的公务员，离家几百里。姑姑一退休就嚷着要过去带孩子，虽然孩子都不知道在哪里。这几年，小吉结婚，生子，生二胎，像藤上的瓜，一个接一个，顺序倒是整齐，就是把人乱得不成样子。

幸好有到嘉城出差的机会，于是专门留下了时间，一定要和姑姑见见。最主要的是要给姑姑拿点钱，来平息心中慢慢强烈的不安与无力。

和小吉在养老院见到姑姑时，已是傍晚。姑姑正在房间里来来回回地慢走。看到我，自是高兴，又是让座，又是让喝水，让吃水果，恨不得亲手做一大桌菜来招待。

“姑，你别瞎张罗，我想吃啥，自己动手。”我慌忙拉住姑姑，“今天是专门陪你聊聊天的。”小吉坐在沙发上，忙着接电话，忙着玩手机，他真的忙，还要忙着和我们聊天。

“姑，这养老院住得怎样，吃住都习惯吧，有没有结交几个玩得好的朋友。”我话音刚落。小吉接过话，“老年人接受新生事物的能力弱得很，科研表明，人从 40 岁开始，处理新信息的能力就开始减少，每 10 年就会出现断崖式下降，对外来新鲜的事物开始出现抵触情绪，不容易建立亲密关系，社交领域开始萎缩，最后退居于家中。”

姑姑没认真听，她急着问我，“你大伯今年修新房，要祭梁，你们回去没有，办了几桌呀？”小吉撇下嘴，“农村的房子修得再好，也没人住，留不住人呀。城里的房子才值钱，你看北上广的房子翻着涨，我们这三线城市，也要几大千哟，货币宽松化造成了货币贬值，钱放银行就是贬值，当然争着买房哈，”小吉滔滔不绝，看样子，对这个问题研究得深入，也算是见过世面的人，没白玩手机。

姑姑看着小吉，还是笑眯眯的样子，她用手捻着袖口边上的毛球，一颗一颗，扯下去，用手指团成团。

我和小吉对房价上涨与农村留守儿童与老人的状况表达了深深的同情以及忧虑。小吉又趁机报道了手机里刚刚发生的一起高速公路交通事故，我们又一起感叹交通事故猛于虎，平时开车要谨慎，同时又温习了各种交通法规，对各种交通状况都想出了完全的应对之策。

但其实，我一直想跟姑姑说："他们放了一千响的鞭炮，把菜园里的青菜盖得红红绿绿，小麻狗吓得跑了半里路，不过，后来吃饭时就回来了，用嘴在桌边蹭骨头吃，把尾巴摇得那叫一个欢，半个身子都在动。蒸九大碗的大厨是姑姑的小学同学，带着儿子、媳妇，农家宴办得很有名气，用面包车拉来的桌凳、碗碟和大蒸笼，齐齐地码在院坝里，还挖了两个土灶，烧的是冬天砍下的大柴，火烧得旺，蒸笼码得老高，流水席吃得热闹。上梁的馒头比脑壳还大，货真价实的老面馒头，发酵的味儿香得很。"

我瞟了小吉一眼，不太敢提这个话题，我怕我们会为食品安全问题或者关于宠物的问题又讨论半个小时。

姑姑开始打哈欠了，她另外一只袖口上的毛球也被扯得干干净净。姑姑累了，我赶紧告辞。

我们热热闹闹地聊了好几个小时，小吉可真能说，姑姑应该不会寂寞吧。

说得口干舌燥，喝了一肚子的水，尿涨得紧。可我老觉得自己啥都没说哩，心里空空如也。

大老倌

大佬倌不是我们镇的原住民，大家也不知道他到底是从什么时候来到镇上，为什么不再继续流浪下去。大佬倌其实和镇上的人一样，看不出来差异。日子久了，只剩下名字还有外地的特征，他渐渐融化在我们镇里。

什么都没有的大老倌住在我们小学食堂外的屋檐下。食堂对外开了一道侧门，外面是缓缓的小坡。大老倌靠着食堂外的墙和屋檐顺势搭起了竹棚，后来又顺势编起了竹墙，抹上了厚实的黄泥巴，顺势在屋子旁边开了一块菜园，顺势铺了小煤渣路。大老倌就这样顺势在我们小学外生了根。后来又顺势搭了猪圈，顺势把弟弟二老倌送到学校来听课，还仗着那条雨天不湿脚的煤渣路，顺势让二老倌到食堂捡了剩饭，喂饱了哥俩，还喂了一头猪。

大佬馆是精打细算的人，没有土地，就只能仰仗一身气力，靠着给镇上人家挑水，挑煤为生，挣的是分分角角钱。一般家庭不缺劳力，只有家里男人有事或忙不过来时，才喊大佬倌挑水或挑煤。

大佬倌挑水时总是起得很早。天麻麻亮，水井里的水都没睡醒。这时的水最好，一夜的安安静静，水清凉得很。大佬倌小心地把桶放下去，手轻轻一挑，水就到了桶里，大佬倌轻轻巧巧就把一桶水拎起来。然后挽好麻绳，用扁担挑起，一晃一晃就送到家门口，一滴水都不会浪出来。夏天，他用两张大荷叶盖在水桶上，水跃上荷叶，变成圆溜溜的水珠滚来滚去，真是好看。常有孩子一路跟着看。大佬倌不会嫌孩子碍手碍脚，总是好脾气：小心点，娃娃乖，不要撞到了。

大佬倌喜欢孩子，常常揣着几颗硬糖，塞给跟着的孩子，但孩子们似乎受到了统一的警告，吃大佬倌糖的人很少，大佬倌常常讪讪地收回糖，放在他的裤兜里。

大佬倌下午挑煤，这时的煤吹了大半天的风，晒了大半天太阳，干得刚好烧。大佬倌天天在我们镇上走来走去，扁担被磨得精光，一身精肉上的汗水也闪着光，一年四季。大佬倌看见女人们，总是说：这几天煤站的煤好，从陕西来的无烟煤，上火快。或者说，昨天井刚刚洗过，水好得很。那些婆娘却不领情，老是说：大老倌，挣那么多钱，要娶几个老婆嘛！大老倌皮肤黄黑，听到这些话，会红一阵耳根子。

中午天热时，大老倌在小学校的侧门边做家里的活，看着成群结队的小学生，笑得像他家的菜园子，寥落也有生机。镇上的人背后都说：就这几间草棚，两兄弟，讨老婆，难呀！

大老倌天天勤苦地挑水、挑煤，悄悄存了一笔钱，到底娶了一个媳妇，虽然是瘸子，媳妇是给二老倌娶的。新媳妇上任三把火，第一把就把大老倌赶到猪圈边和猪睡在一起。小学校的老师要打抱不平，大老倌忙说：莫得事，莫得事，屋子太窄了，弟兄大了要分家，应该的。

老师们气不过，写了一首打油诗，不小心让学生知道了，于是一伙小孩子常在大老倌草棚的马路对面，挤眉弄眼地唱："远看战马悬蹄，近看步兵稍息，坐起还可以，睡下去长短不齐。"唱完就哈哈笑。瘸子媳妇总是听不见的样子，大老倌还是笑眯眯：娃娃乖，娃娃乖，娃娃记性好。

瘸子媳妇实在厉害，除了把兄弟俩管得服帖，居然三年生两娃，全是儿子。大老倌也跟着神清气爽，专心在猪圈里把肥猪喂好。后来，镇上有了自来水，又有了天然气。大老倌带着两个侄儿，在田野上光明正大地捉各种虫，麻雀和鱼。瘸子媳妇还会骂："娃儿要惯了，未必像你一样当一辈子苦力。"大老倌笑眯眯说："不得，不得，现在都用自来水了，莫得苦力了。"不做苦力的大老倌哪有歇下来的时候，还是那身气力，渐渐衰老的气力，帮了这家，做那家。终于也修起了砖房，在我们小学校马路对面，帮着瘸子弟媳带孙子。

技术侦查

金岭中学的赵子午没有想到：

腊月二十五，到油坊街买年货，居然就被抓进了派出所。

刚刚只问了五香瓜子的价钱，顺便抓了几颗腰果，难道就犯了王法？几个年轻男子一窝蜂扑上来，抢包的抢包，按手的按手，几下就把赵子午抓得个严严实实，弓腰趴背。赵子午以为遇上抢劫了，大喊：“救命哟！抢人了。”几个男人喝止道：“喊啥？我们是便衣，有啥到派出所说。”

赵子午歪斜着外衣，被几个人抓住，推搡着走。“老子啥时候得罪这帮家伙，难道多吃几颗腰果也要遭唛？要过年了，是在严打，可也不至于严成这个样子。”赵子午没想明白。

到了派出所，一群人兴高采烈地打招呼：“总算抓到了”“今天运气好，说抓就抓住哈。”“这下过年不得加班了。”赵子午又气又急，他大声抗议：“光天化日，强抓良民，成何体统？”旁边的小警察凶神恶煞地训斥：“闹啥子？闹啥子？蹲下，好好想，自己做了啥事？派出所都来了，还有啥事？坦白从宽，抗拒从严。你娃好生想，脑壳上包的是啥子？”

赵子午有点糊涂，民警还要管脑壳上包啥？“喝酒喝多了，上厕所摔了一跤，把脑壳碰出血了，不包纱布，包啥子？”小民警冷笑：“编，编，你娃给我慢慢编，等我们所长来了，你就编个花篮，提着它，把牢底坐穿。”

蹲了一个多小时，韩所长虎着一张脸，从审讯室门口踱进来，后面还跟了个拿记录本的。“说名字，老实点，想好了再说，昨晚上在干啥？”赵子午的惊魂定下来，脚也蹲麻了。他站起来：“我是老师，金岭中学的老师，昨晚在学校上自习，你们可以去问。抓人要讲证据，不能冤枉好人。平白无故把我抓进来，也不许我辩解，太不像话。我是个老师，从来都是站在讲话，我不得蹲着讲，要杀要剐由你们，士可杀不可辱。”

韩所长见赵子午说话有点书生气，就问：“教啥的老师？”“语文老师，”赵子午理直气壮地回答。旁边的小民警撇撇嘴：“老师？现在骗子多得很。老师？骑三轮的、开摩托的、修空调的、跑江湖的，都自称老师。”

“那你给我上节语文课，证明一下。”韩所长沉吟一下。赵子午爽快地答应：“没得问题，你想听哪课，随便点，我高中、初中都上过。”

“会议室的黑板报还没办好，小李，给他拿支粉笔，就上《出师表》。”

“我一个人讲，下面没得学生，不容易讲出感觉哟。”赵子午有点担心。

“这还不容易，我给你找几个人来，派出所里面闲人多，你放心讲。”韩所长应承得干脆。

“犯罪嫌疑人”赵子午拿着一截黄色粉笔在派出所的黑板前，开始讲《出师表》。

讲背景，讲段意，讲刘备的信任，诸葛亮的忠诚。讲着讲着，就带上自己一上午的委屈。这课呀，就讲出了激情，讲出了味道。韩所长读书时，就喜欢语文。派出所整天跟群粗人打交道，吆五喝六。难得重温过去的滋味，自然听得入迷。有人进来问：“搞啥子哟？搞培训嗦。”韩所长不耐烦地说：“去，去，技术侦查，技术侦查。”硬是讲了半个小时。直到最后一句话：“出师一表真名世，千载谁堪伯仲间。”

赵子午潇洒地把笔头一抛，戛然而止。没有掌声，坐在下面的好几个都睡着了。

韩所长笑容满面：“赵老师，讲得好，讲得好，好久没听这么精彩的课了，你绝对是老师，没得问题，受委屈了，马上放人。”

赵子午的悲愤被这突如其来的热情一拱，烟消云散。不好意思地搓着手上的粉笔灰：“讲得不好，把他们都讲睡着了。”“莫理他们，他们是班上的差生。”小李揉着眼睛，讨好地说：“赵老师，感觉是对了的，我以前也是一上语文课就打瞌睡。一看，就是正牌老师。”

“上次来那个，也说自己是老师，喊他讲个课，他讲得眉飞色舞，像打了鸡血的，下面一伙人听得如痴如醉。我一听就不对，后来一查，果然是搞传销的。”赵子午听了哭笑不得。

不过，人倒是放了。后来才知道，昨晚油坊街发生抢劫。劫匪霉得很，被人打伤了脑袋。派出所接到通知，布控、抓捕一名头上有伤的中年男子。而赵子午就阴差阳错地“自投罗网”了。

当然，这都是后来韩所长说的，他们一起喝酒的时候。

私奔的凉面

金岭街上卖凉面的赵姑娘已经3天没出摊了，金岭中学的学生下午放学时照例像潮水一样围向凉面摊，结果一次次在惊讶和疑惑中散去。没吃成凉面，连晚自习也上得格外的空荡。

赵姑娘的失踪让平静的金岭街陷入无尽臆测的烦恼中。病了不可能，赵姑娘人小个矮，却是结结实实、精力充沛。平日里推车打伞，不见得是个风吹就跑的人。去耍或者走亲戚，更不可能。这么红火的面摊，一天不来，大家一算账，都心疼得肉慌。赵姑娘还不是这样洒脱的人。

赵姑娘其实不是姑娘了，娃儿3岁，还没上幼儿园，就在凉面摊赵姑娘的脚边滚来滚去地玩。除了有时绊脚外，还算是乖。只是偶尔会滚到街边，被手忙脚乱的赵姑娘眼风扫到后，几脚又踢回来。

赵姑娘长相平淡，却胜在随和、灵活。一到金岭中学六点放学，一大群饥肠辘辘的学生把她围得水泄不通，语无伦次地提出无数奇怪的要求：少放花椒，不要豆芽，一半韭菜，不吃花生，多点榨菜，大蒜不要。被囚禁了半天的学生绞尽脑汁地把对一碗凉面的要求调成满汉全席的配方。赵姑娘不慌不忙，在凉面与调料之间飞沙走石，来往自如。每一碗都是莘莘学子苦心孤诣的独家配方。所以这凉面摊红得简直不像话。旁边的烙饼、烧烤、凉粉、寿司都眼馋到没办法。要等凉面卖完了，其他摊上才有围起来的盛况。可这嘴边的肥肉说不吃就不吃了，总得有个理，金岭街上的街坊们想了好久，连广场舞都跳得没意思了。

赵姑娘是乡下妹，个矮，人却扎实，手脚不粗，还是有劲。不知怎的嫁了个城市老公，也是初中毕业。但肤白人帅，生了个敦实的儿子，开了家红火的面摊，简直就是乡村正经姑娘仰慕的逆袭典范。只是老公仗着人帅，每次到面摊来帮忙，就一副不得志的郁郁寡欢，满脸的不耐烦与庙小不能容身的委屈，好像站错了T型台。对于学生的要求，认为简直就是一种刁难。一碗面，至于吗？配来配去，还不是一碗面，未必可以吃出肯德基的味道唛？他哪里明白金岭中学的学生在经过昏昏欲睡、刻板寡淡的下午后，被压抑的味觉需要复活及被确认的渴望。

“只知道吃、吃、吃，怪不得升学率这么低，能考大学吗？”他总要在心里恶声恶气地骂来骂去。当然，当他如此表达自己的绝望与痛恨时，凉面里的作料就会乱放一气。

对于老公的捣乱，赵姑娘百思不得其解：你们城里人不是说顾客是上帝吗？而且这些城里的学生嘴甜人乖，客气得很，为啥不满足他们的要求嘛。读书的娃儿，哪个不是嘴馋的？读书费脑嘛。

帅老公气不打一处：“费不费脑关你屁事。你再多搞点作料哈，再配下去，作料都比面多了。要吃就吃，不吃拉倒，老子难得伺候这些人。”

帅老公家其实也是一介平民，不过在城市待久了，就无端生出优越感和少爷脾气。娶个乡下妹子，原以为可以当终生保姆呼来唤去，结果开了个面摊，伺候是等不来了，还要伺候老婆、孩子，外加金岭中学几百号自以为是的上帝。帅老公志大才疏，又喜欢胡乱捣蛋，终于被赵姑娘撵走了，当然这正合他的心意。

赵姑娘独掌了经济大权，累的是自己，钱也是自己的。钱是人的胆呀，钱多了，赵姑娘的胆也养肥了。街坊们终于发现一起消失的还有超市旁边卖美国爆米花的小伙子。

卖爆米花的小子，生意冷清些，要等学生们狼吞虎咽把凉面吃完了，他的生意摊才会陆陆续续有人来。因此，赵姑娘忙得火起的时候，他就会去帮忙。几个回合下来，与赵姑娘配合默契。几个月下来，居然就有了相见恨晚的感觉。最后，一合计，抛夫弃子，私奔了。学生们的胃空虚了好一阵，大家都大骂那个帅老公，既幸灾乐祸他丢了老婆，又痛恨他让金岭中学的招牌凉面从此销声匿迹。

后来，又来了一家凉面摊，夫妻两人，摊子大些了，生意却赶不上以前。老街坊路过时偶尔还会说："赵姑娘连档口的转让费都没收，这摊子捡了个大便宜呢。"

金岭街上所有过往的故事其实都是这样潦草的结局。忽然就消失了，忽然就结尾了。

算来算去

万福超市一开门，孙瞎子就提着他的特号水瓶，慢慢踱到超市左边第一块玻璃橱窗前坐下。

刚把自带的厚纸壳坐垫摆好，孙瞎子还没来得及把早饭的饱嗝打完，金岭中学的赵子午老师就一股风似的冲到他身边。

他早感觉到此人来者不善。不过，这种场合他“见”多了，又是在自己的地盘上，他不慌不忙，照样打他的饱嗝。“孙瞎子，这回，你也太过分了。”赵子午一开口，孙瞎子就听出了他气恼的声音。孙瞎子对赵先生的气急败坏早已领教过。

上回高一开家长会，金岭街上拉三轮的、开摩的的走了一大半，到金岭中学开家长会，一次20元。赵子午班上一浑小子来迟了，满大街找不到人，横眼一看，就孙瞎子还在，就死皮赖脸缠住孙瞎子，还给了一个好价钱。孙瞎子不去，好歹也是金岭街的“名人”，特征又这么明显，怕认出来。那小子说：“高一新生，一个班八九十个人，哪个认得到嘛？我叫人在教室后面给你留个座，找同学把你扶上去。老师点名，你答应一声就可以了，又不要你讲演，带个太阳镜嘛。”孙瞎子于是就凑了这份热闹。结果，被赵子午的火眼金睛识破，赶出教室。赵子午也是这样气急败坏地干吼：“孙瞎子，你当我也是瞎子嗦！还戴个太阳镜，你就是穿着太空服，我也把你认得出来。算命就算命，还敢来乱客串。哼，晓不晓得，隔行如隔山。”后来，金岭中学开家长会要带身份证的规矩就是从孙瞎子穿帮开始的，搞得几个摩的司机对孙瞎子很有点意见。

不过，孙瞎子听出是赵子午的声音后，就放了心，读书人唧唧哇哇闹得凶。清晨的金岭街，学生都进校了，街上清静得很。稍不注意，动静就大了，呼啦啦围一群人上来，和孙瞎子算的账就没法说了。赵子午权衡了形势，只得挨孙瞎子坐下，压低声音：“卖酸辣粉的王米粉两口子到哪去了？”

孙瞎子盯着前面：“老师又不是公安，你还每天清候他起床，吃饭，摆摊摊。”

“孙瞎子，你要积德哟！王米粉两口子自从在你摊上算了几回命，双双失踪，只留下纸条，说是上山修道，找你师兄去了。”

孙瞎子好生奇怪：“这事跟你有啥关系？”赵子午一拳打在孙瞎子背上：“孙瞎子，你干的好事，王米粉两口子修道成仙，啥时升天？那是你们的事。他留下两个娃儿在出租房里交不了学费，吃不了饭，我当班主任的管不管？”孙瞎子有点明白了。自从他上回从西安回来，算命时就爱卖弄新长的见识：“西安哟，古都嘛，奇人高士多得很，随便一个尿巷子都有人晓得‘乾为天坤为地’。我拜个师傅学了三个月《易经》，也才学了点皮毛，不过，功力涨了一大截。现在我天天晚上打卦，修道，神得很哟！”孙瞎子逢人就这么吹。还说明年夏天，天热暑到时到重庆缙云山闭关修行，“我师兄在那里当主持，一直喊我去”。

旁边王米粉的生意一直不好，金岭中学附近做小吃生意的几十家。他们又是刚开，味道欠缺点，摆摊的地方也不好找，只有旁边卖凉面的小伙子不来的时候，才能在他的位置上挤一挤。唉，也难怪机缘巧合，买凉面的得了阑尾炎，住了十几天院。王米粉两口子生意不错，挨着孙瞎子就听了好多龙门阵。孙瞎子难得遇上一个不算命的忠实听众，便越发吹得神神道道，还免费吃了几十碗酸辣粉。随着每次酸辣粉分量的增加，终于有一天，王米粉开口了："孙大师，我们想出家，庙里总比这里强。"孙瞎子很气恼："不是出家，是修道，我学的是道家。"王米粉讨好地说："是，是，你看，卖凉面的李三娃马上要来了，我们又要到处打游击了。这段时间听你说了这么多，我想通了，莫啥留恋的，我们想上山修行，麻烦你给你师兄说下，把我们收了，也是缘分、造化。孙先生，光算命不得行，你要帮我们改命，那你不仅是高人，还是我们的贵人。"孙瞎子架不住王米粉的花言巧语，还有几十碗酸辣粉的后劲，脑壳一热，就把缙云山师兄的名字、电话说了。结果，第二天，王米粉两口子就消失了。结果，赵子午就找上门了。

孙瞎子有点懊恼，因为王米粉一直没说他有两个儿子在金岭中学读书。他两口子的凡尘孽缘是这么大两个大树桩，居然就扔下不管，难道修行的热情这么高，硬是没算出来哈！赵子午恨恨地说："你马上去找，留了1000块钱，马上就用完了，房租要交，学费要缴，饭要吃。找不到，我就给你带两个徒弟来，天天跟你练摊。年轻人，学东西学得快，等他两兄弟把你那点学会，金岭街上还有你的地盘，我赵都不姓。"

孙瞎子有点埋怨王米粉两口子。他倒不是怕收两徒弟，只是怕赵子午真带两娃儿在他摊前站两天。从此，减了人气，失了地盘。算命这一行竞争也激烈。据说，二街的李太婆已租了二楼一套住房，行商改坐摊了，孙瞎子有种危机感。

赵子午走了，孙瞎子央人给师兄拨了个电话。还没开腔，师兄就夸奖开了："孙瞎子，这回你推荐的人不错，老实勤快，山上的道友们都喜欢，一个抵俩，两个抵四。他弄的酸辣粉味道也还不错，这两天又摆了凉面摊，生意可以得很哟！”“那他学道没得？”孙瞎子小心翼翼地问。“学道，他学啥子道？才坐一天，就说腰椎间盘突出，生意都忙不过来，学啥道嘛！他说你喊他上来卖酸辣粉的。”

孙瞎子好一会才把脑筋转过来，“不是说是修道去了吗！”“那你喊他给娃儿老师打个电话，寄点钱。”他最后给师兄说。

“这个王米粉，还说成仙去了，他两口子是成精了。”孙瞎子这点真没算出来。

乔云相亲

乔云是今年才开始喜欢上相亲的。

以前，风华正茂时，她也是一路言情小说，心灵鸡汤看过来的。连小学生都知道爱情美好的时代，相亲，好像是旧社会头上插根草，大庭广众贱卖自己。乔云连嗤之以鼻都觉得浪费精力。

乔云谈过恋爱，各种类型都有尝试：单恋一枝花，日久生情式，千里姻缘网线牵。各种爱情的甜蜜和烦恼，她都一一体会过，但只开花，不结果。花总是要谢的，果才是种子，实实在在的收获。乔云本不是大展宏图的人，青春的釉质被时间剥蚀掉后，渐渐露出自己泥塑的土胎。当然，让人失望，但这点失望是平静的认可，并不会有五雷轰顶的绝望。大家不是都这样从年轻的幻想中脚踏实地，乔云的通达就在这里，不过于为难自己。乔云借着这一点失望一步一步走下云端，而相亲是刚好合适的梯子。

大姑从来对乔云的拒绝不以为然：我就不明白，为啥你就觉得是买卖，你就是吃亏的那一方？男女平等，要说挑三拣四，也是你们彼此挑，公平合理。你们天天说自己能力强，连基本的交际能力都没有？哪个说见几面就要说婚嫁，不过是个认识人的平台而已，又不是强卖强买。见个面，聊个天，就觉得亏死了，这么脆的玻璃心，当尼姑都会嫌庙深。

大姑说话向来一针见血，乔云疼个几回，现在想来，似乎也有些道理。

“效率，重要的是效率，现在是个什么社会，讲究效率的社会，”大姑是个与时俱进的人，最擅长讲道理，“年轻姑娘的时间都是黄金，浪费不起。你以为一天窝在家里看手机，逛街买个新包包就是追寻自我，这是新样式的自私自利。成家立业，敢于担起责任才是成熟的样子。”

乔云当然知道时间对自己的重要性，而立之年越来越近。春夏秋冬，乔云恨不得拖住太阳的脚，让它走慢一点。所以乔云喜欢相亲，是从这种效率开始的。以前，谈恋爱时，时间过得慢，你来我往，推来当去，好像打太极，缠绵倒是缠绵，只是打着打着，一套就完了，该换广播体操了。

现在相亲，约个晚饭，聊个把小时的天，还可以回家把耽搁的电视剧开完。合适就约下次，不合适就说不合适，干净利落。再不像以前，试探得虚虚实实，感情不怕浪费，最怕的是浪费时间哟。一切不以结婚为目的的谈恋爱都是耍流氓，好姑娘乔云在谈了好几场无疾而终的恋爱后才发现自己居然是个女流氓。可没关系，不是还有句老话：浪子回头金不换。“谈物质条件，就是把家庭的基本框架确立，现在修房子都是框架结构——抗震，后一步慢慢补充细节。”大姑把物质条件谈得如此清新脱俗，让乔云打通了思想上的任督二脉。俗气也是需要理论支撑的。

乔云一旦想通了这个道理，就迅速以自己的聪明才智掌握了相亲的秘籍，那就是：理直气壮提出自己的要求，从容不迫地等待别人的拒绝。没办法呀，毕竟结婚是两个人的事。

她的标准也开始有了更大的弹性：以前觉得1米75以下的都是废

品，现在嘛，先见见再挑问题，废铁练成钢嘛，乔云觉得自己也有那个手艺。以前觉得内向，话少的男人无聊、无趣，后来又发现话少的比饶舌的更清静。上一天的班，回家吃好喝好，你打你的游戏，我看我的剧，互不打扰，彼此预留自我的空间，相安无事。宽容别人就是怜惜自己。

乔云现在哪有委屈，她乐此不疲地在各种餐馆、咖啡馆考查夫婿，练就了高考阅卷老师30秒判文的特技。她更加深刻地了解男人和自己，也随时感受到社会对单身人士的宽容和恶意。现在她对人宽容了许多，在她过滤掉别人和被别人过滤掉无数次之后。只有知道自己的不易才能体恤别人的尴尬。

一年三个月之后，乔云找到了自己中意的夫婿。她以前还打算写一篇相亲秘籍。谁知道婚一结，整个人就意兴阑珊。人与人的际遇不同，资质不同，他人的美酒也许是你的鹤顶红。算了吧，还是让后来人自己真刀实枪地总结。更何况，凭什么白白便宜了那些年轻貌美的后来者。世界上少了一位单身姑娘，多了位红尘隐士。

只是有一次乔云看到网上有人提问：我们为什么要结婚？她突然觉得有许多理由要列举出来，点开评论，刚要打字，突然又觉得哑然失声，世界万籁俱寂。

绝对智取

金岭中学不过是个三流中学，虽然也修了高挑、气派的罗马柱大门。大门正对的一条不过200百米的校园大路被称为万里大道，带着让人疑惑的隐喻。名人大头塑像，几百斤的镇山石，螺蛳壳里做道场，巴掌大块地，排得密密实实。不过毕竟也是从初一到高三的完全中学，一顺溜六个年级，满满几十个班。上学、放学，浩浩荡荡几千人，人来人往。

每年毕业季，金岭中学老是开会，开不完的会，开得毕业班的老师心生怨恨。可如果不开，大家又觉得了无生趣。私下抱怨：不知道校长干啥去了，连会都不开了。

五月底了，又突然通知开会。老师们都犯嘀咕：例行的会都开完了，油也加了，报名、签字、确认，该做的都按照顺序做好了，大家都盼着一考解千愁，还有什么要说的呀。

一伙人满腹疑虑地走进会议室，校长、主任都正襟危坐，严肃得很。校长总是先提纲挈领：老师们，马上就要放假了，千万不要大意，不要仗着自己教了几十年书，自以为钢口硬。越是临近毕业，越容易出问题。

天亮了撒泡尿在床上，一晚上的觉就搞脱了。不要把学生逼紧了，我们是普通中学，虽然也有升学奖，但这不是主要的。多给娃儿们减压，考不起大学，没啥关系，你看他们爹妈，没得好高的文凭，还不是活得好好的。也要给家长通气，成人比成才重要，不是读书的料，读个专科也可以。老师们要和颜悦色，紧中有松，松中小心，千万不要出什么乱子。

校长开会主要负责说正确的废话，具体的事都是各种主任说。这次上场的是政教主任，“把老师召集起来，主要是这个事情。据可靠消息，高三毕业班准备在放假那天下午，撕书、吼楼，制造毕业气氛。我们学校的娃儿虽然成绩不好，人还是朴实的，每年毕业都规规矩矩。现在，受到网络上不良风气的影响，也开始蠢蠢欲动。特别是昨年我们这里一新建中学，几个狗日的不嫌事大，还专门组织学生撕书、撕卷子，拍了视频，放在本地论坛里，自以为是领导教育潮流。学生哪经得起这种煽动，今年，好几所学校的毕业生都密谋要撕书、吼楼，大家赶快想点办法，这个事迫在眉睫。”政教主任这次是真心请教，各路教育一线的高手要集思广益。

老师们在下面交头接耳，议论纷纷，情绪颇为激烈。

“撕书可以减压，这是哪门子道理，考前学生应该是平静的，考完撕还差不多。”

“考完撕也不行，读书人哪有撕书的道理，往小里说撕书就是破坏环境，大处说就是不尊重文化。”

“唉，现在舆论都是支持的态度，管多了，学生说我们思想老化，脱离时代，以前还可以严厉批评，现在，哪个敢批评。”

“反正也是最后一天，就随便他们吧，只要不把楼拆了。”“那可不行，我们教学楼下是车棚，上面落满了废纸，不好清扫，而且还有火灾隐患。上次安排人上去清理，差点把人摔下来。”

“这考试都没考，就把书撕了，总觉得不是好兆头。”

“放假那天，我站在教室门口，看哪个敢撕？”

老师们七嘴八舌，怨气连天，就没有个主意。政教主任敲着桌子，“大家不要抱怨，要想个办法才行，硬来要不得的。最后一天，和学生发生纠纷，影响学生应考的心情，不管怎么说，都是不好的。娃儿成绩差是他自己的事，如果我们影响了他的发挥，家长是有意见的。”

这也不是，那也不对，最后还是马老师胸有成竹地站起来，“我有妙计，绝对可以把撕书大战给灭下去，大家不要着急，你们也不要问，不要打草惊蛇，等那天到了，自会明白。”

主任不无担心，“行不行哈，不能蛮干，只能智取哟。”“智取，绝对智取。”马老师打着哈哈。其他人很是怀疑。

最后一天，平静的校园，暗流涌动，箭在弦上，“六月飞雪”会不会下呢？校长主任都有一点紧张。最后一天，平平安安，平平静静，千万别处什么乱子。

书到底没有撕成，马老师把金岭街上所有收破烂的都召唤到金岭中学，一个班门口站一个，拖着大大的编织袋，手拿一杆秤，大声吆喝：“卖废书，废报纸哟，一块钱一斤。”虽然实际上是公斤，但学生们都“见钱眼开”，纷纷清理自己的书和试卷，卖得个人仰马翻，笑逐颜开。收废旧的忙不迭：“慢点，慢点，一个个来，收完才走。”

等到收废品的把十几个编织袋装满，教室里居然连一张废纸都没有了，全校的毕业生都忙着数这意外之财，个个春风满面，撕书大战变成了数钱大赛。

门卫还临时放进来几个捡垃圾的太婆，拿个编织袋在教学楼里转悠。金岭中学的娃儿都是淳朴的孩子，好多娃儿直接就把废纸和塑料瓶给了太婆们：“婆婆，都给你，我们不要了。”

婆婆们感激涕零：“娃儿们，你们好懂事哟，好好考，以后考个好大学。”

政教主任叹了口气：“好是好，可惜说晚了。”

樱桃熟了

天麻麻亮时，金奎忽然醒了，是被屋外的鸟吵醒的。大家都说乡下好睡觉，天黑物静的。只有乡下人才知道，在乡下睡不成懒觉。只有冬天，天寒地冻，活物都躲在自己的窝里，一声不吭。人也一声不吭睡到天亮，天亮得晚，觉就睡得长。其他季节可不行，鸟起得早，鸡还没亮就开始打鸣，猪呀，狗呀在圈里，窝里不安分，催着人早起。

金奎年纪大了，图个清静和利索，啥都没养。这鸟可不管不问，到点就在窗子边，拍着翅膀，串来串去的叫。金奎听到女人的鼾声没了，他用脚碰了碰女人。女人迷迷糊糊的应声："唔，天亮了，"金奎轻声说："你听，以前那只麻拐拐好像又回来了，声音都是一样的。"女人没睁眼，它叫的啥？"嫂嫂乖，嫂嫂乖，你听不出来嗦。"

女人睁开眼，听了一会儿，硬是这么叫的哈，这鸟叫得跟人说话样，它有好几年没来过了。今年，樱桃结得好，兴许是在天上飞的时候，看到了，兴许是闻着味找来了。金奎眯着眼瞎猜。

女人抽抽鼻子，"味，啥味？我挨着这樱桃树住了几十年，没闻出啥味来。树像小娃儿样，还是要管。前几年，我们没管这树，樱桃越结越少，连鸟都不来了。昨年给它培了几筐鸡粪，今年马上就结一树的果，这树呀，也是现世报。”

金奎把手从被子里伸出来，摸索着床头的烟，“果结得好又咋样？也没人吃了，培那么多鸡粪都是空事，前几天，喊军娃回来吃樱桃，他还顶我几句，说哪有时间，花几百块钱过路费、油费，回来吃几斤樱桃，哪个吃得起哟。”

“娃儿说的也是，城里的活一天都没法停，哪有为了几颗樱桃回家的，说出去，老板会把他骂死的。城里啥子东西没得，只要有钱，啥都买得来，不缺这几颗樱桃。”女人慢声慢语地劝着。

“也是，城里好呀，城里啥都有，不像我们乡下，水果只有一季，吃完就没得了，可城里的果哪有我们家里的好，树上现摘的，新鲜得很。”

金奎家的樱桃是军娃刚生下来的时候种的，他一家一家到处尝，看哪家的樱桃好吃，才把苗移来，后来，还找人嫁接了一回。樱桃一直长得好，又红又甜。金奎叹了一口气，“可惜，现在娃儿大了，走得远远的，连小孙子都不能回来吃果子了，这一年一红的樱桃只有等鸟来吃啰。”

金奎和女人岁数大了，手脚也不大灵活，去年扭到的脚踝，今年还隐隐痛，搭梯子摘都不大放心，更不要说爬树。樱桃是给孩子摘的，家里没了孩子，樱桃也结得没精打采的。

“那拐拐鸟是识货的鸟，看准了我们今年的樱桃好，早早带了一大家来占地盘呢，它们吃这么多，晓得嘴壳发软啵。人吃多了，牙都要软。”

“要是我们军娃在家，哪有这些鸟的份，以前他小的时候，只要樱桃一红，他就像个蝉，天天粘在树上，还专门给他做了根竹竿，撵鸟，肚儿吃得滚圆。”女人想着就在皱纹里笑了。

“也不光吃，军娃主要是把樱桃护住，摘下来，拿到城里去卖钱。娃儿从小就爱钱。”

女人不乐意，“哪有这样说自己娃的，那是军娃懂事，晓得为你我分担。这几颗樱桃树全靠他管理，一年的学费都是他自己摘来的，军娃自己舍不得吃那又红又熟的樱桃，就想卖个好价钱呢。”

“唉，真想给娃儿摘一盆送过去，这都是老树了，味道更地道。可惜这东西娇贵得很，一天没送到，就变色变味。你过年给他留的红心苕，他带走没得？”

“早就带走了，是自家种的，全是农家肥，我一窝一窝灌的。”

天亮了，鸟在树边扑棱着叫，各种的鸟，欢天喜地地叫，那么多的樱桃熟了。

孩子大了，离了家，樱桃没人吃了，人呀，难得守住一棵树。到是鸟，忠心耿耿，走多远，都知道回来等樱桃成熟，一大家子热闹开心地闹腾。总归也是一大家吧，金奎高兴又寂寞地想。

留守乡村的爷爷

孩子的爷爷在乡下，80多岁了，嗓门洪亮，身体硬朗，还能参加各种劳动。他似乎从未有退休打算，每天都很忙碌，忙着照顾他的鸡、鸭、蔬菜和庄稼。

前不久，接他到城里住过几天，可他老是记挂着乡下：菜该灌肥，该撒点草木灰；寄养在邻居家的看门狗还是天天回来睡；水沟要刨刨，不然树苗的根要烂了，母鸡们都下蛋在山上，便宜了黄鼠狼。在他的土地上，有太多需要他的物和事，从未有被生活丢弃的感觉。

从爷爷身上，我看到这样一个老人，面目黝黑，衣衫褴褛，在与土地朝夕相处的日子里，大自然慷慨地把尊严和自豪传给他。二十四节气镌刻进他的血脉，知道什么时候劳作，什么时候休息。

平常日子，他会仔细地安排家里地里的活计。菜长出来了，鸡长大了，就在它们之间编一道竹篱笆；赶场时，买点不常见的菜苗，种出来，看着都感觉稀奇。天燥地旱，他不着急："没啥，油菜今年长得好，天干油分足。"如有阴雨，他也会安慰家里人："稻子灌浆的时候，雨水多，不空壳。”

他很少抱怨老天爷，又如此笃定。兵来将挡，水来土掩，胸有成竹。某年洪水来犯，他也照样淡定：“这土肥沃啊，明年又种嘛。”数十年与土地亲密相守，其经验足够让自己从容不迫。

乡村老人对死亡有一种独特的豁达：生死本是自然轮回，荣衰不只是庄稼和草木。爷爷能在一岁一枯荣的山野田间洞悉生命秘密。在乡村，死亡从来不是禁忌。到了高龄岁数，他们会早早地请来风水先生，选好墓地，准备好寿木，放在堂屋里。每年会亲自刷一遍漆，红色的或者黑色的。平时用来储存需要干燥的粮食，最后，存放自己。

墓地就在屋后不远的后山，靠着自己的田，自己的树。村里的孩子会在坟头玩耍，如果草木茂盛，会有野鸡扑棱出来，吓得孩子飞奔而逃，顺便骂骂地下的先人。坟里的人一定会满意这种恶作剧。爷爷经常带我们参观他的墓地，满意地说：“你看，这块地风水好得很哟，看过去，墓地对面是最高的山尖。我死了，埋到这里，你们就好得很哟。”他相信来生，相信阴阳，相信神灵，相信大自然不会隔绝身体与灵魂的相遇。

孩子的爷爷喜欢种树。老公考上大学，他高兴地在村里小学种下一排香樟树，现在还都郁郁葱葱，生长在已被废弃的小学校里。我们结婚时，他建议我们种一棵树。然而在水泥森林的城里，连人都难以安顿，我们在哪里可以种下属于自己的树呢？

有了小孙女，爷爷说：“我在乡下给孙女种了棵香樟树，以后她大了，树也大了。”爷爷说不来动听的话，小孙女却记住了爷爷的礼物。这个城市出生的孩子，从此与遥远的乡村老家有了心灵相通的所在：一棵树，一棵和她一起成长的树。

有一天，我们回老家时，女儿终于见到了这世界上有属于她的树。爷爷领着孙女，骄傲地走在自家的土地上，满怀一个勤劳庄稼人的自豪感，大声地告诉孙女：“这地是我的，也是你的。小池塘是你的，大公鸡是你的，坡上的柏树全是你的，那只叫团团的狗也是你的……”

不由地凝神驻足，聆听又感动。我们给了孩子生命，爷爷则给了她广袤而丰盈的故乡：豁然开朗，哀而不伤。

——2017 年广西贺州市中考题